Alice, Aline et Rosalie

Édition : Sophie Aumais
Infographie : Chantal Landry
Révision : Élyse-Andrée Héroux
Correction : Odile Dallaserra

Design de la couverture : Christine Hébert
et Nancy Desrosiers
Photo : © Julia Marois
Photo de l'autrice : © Pascal Rameux

Catalogage avant publication de Bibliothèque et Archives nationales du Québec et Bibliothèque et Archives Canada

Titre : Alice, Aline et Rosalie / Marthe Laverdière.
Noms : Laverdière, Marthe, auteur.
Description : Mention de collection : Les collines de Bellechasse ; 3
Identifiants : Canadiana (livre imprimé) 20210049251 | Canadiana (livre numérique) 2021004926X | ISBN 9782761958066 | ISBN 9782761958073 (livre numérique)
Classification : LCC PS8623.A835318 A45 2021 | CDD C843/.6—dc23

11-21

Imprimé au Canada

Dépôt légal : 2021
Bibliothèque et Archives nationales du Québec

ISBN (version papier) 978-2-7619-5806-6
ISBN (version numérique) 978-2-7619-5807-3

DISTRIBUTEURS EXCLUSIFS :

Pour le Canada et les États-Unis :
MESSAGERIES ADP inc.*
Téléphone : 450-640-1237
Internet : www.messageries-adp.com
* filiale du Groupe Sogides inc.,
filiale de Québecor Média inc.

Pour la France et les autres pays :
INTERFORUM editis
Téléphone : 33 (0) 1 49 59 11 56/91
Service commandes France Métropolitaine
Téléphone : 33 (0) 2 38 32 71 00
Internet : www.interforum.fr
Service commandes Export – DOM-TOM
Internet : www.interforum.fr
Courriel : cdes-export@interforum.fr

Pour la Suisse :
INTERFORUM editis SUISSE
Téléphone : 41 (0) 26 460 80 60
Internet : www.interforumsuisse.ch
Courriel : office@interforumsuisse.ch
Distributeur : OLF S.A.
Commandes :
Téléphone : 41 (0) 26 467 53 33
Internet : www.olf.ch
Courriel : information@olf.ch

Pour la Belgique et le Luxembourg :
INTERFORUM BENELUX S.A.
Téléphone : 32 (0) 10 42 03 20
Internet : www.interforum.be
Courriel : info@interforum.be

Gouvernement du Québec – Programme de crédit d'impôt pour l'édition de livres – Gestion SODEC – www.sodec.gouv.qc.ca

L'Éditeur bénéficie du soutien de la Société de développement des entreprises culturelles du Québec pour son programme d'édition.

Conseil des arts du Canada | Canada Council for the Arts

Nous remercions le Conseil des arts du Canada de l'aide accordée à notre programme de publication.

Financé par le gouvernement du Canada | Funded by the Government of Canada | Canada

Nous reconnaissons l'aide financière du gouvernement du Canada par l'entremise du Fonds du livre du Canada pour nos activités d'édition.

Marthe Laverdière

Les collines de Bellechasse

Alice, Aline et Rosalie

Roman historique

LES ÉDITIONS DE L'HOMME

À pépère Samuel et à sa douce Marie xxxx

Avant de commencer...

Ce matin, je commence le dernier livre de la trilogie *Les collines de Bellechasse*. Vous devriez me voir... J'allume mon ordinateur, puis je l'éteins. Je sors de mon bureau et pars ma cafetière. J'ai un peu froid. Je mets mon gros gilet de laine blanc.

Je me sens toute drôle.

On dirait que je suis en deuil.

Je remonte dans mon bureau, je rallume mon ordinateur et je m'assois devant. Je me suis attachée à mes personnages, ils sont presque devenus une partie de moi. Quand j'écris, j'ai l'impression de vivre leur vie. C'est un drôle de sentiment. Je suis sur le point de les perdre. Ils vieillissent. Et vieillir, ça fait peur, même dans un roman. Leur vie achève. J'ai de la peine. Mon temps avec eux est compté.

Mon bel Hormidas, tu vas me manquer! T'étais parfait, ou presque. Tu me fais penser à Minou, mon homme à moi. Tu as le bleu de ses yeux, et beaucoup d'amour en dedans. Et toi, Eva, ma forte Eva, ma biche apeurée qui fait quand même face à toutes les épreuves pour le bien de sa famille... J'aimerais avoir tes qualités, ta force, ton courage de faire des choix parce que la vie t'oblige à en faire, sans savoir si ce sont les bons. Je vais m'ennuyer de toi.

Mes personnages, mes amis imaginaires, ce fut un très grand plaisir de vous avoir créés. Merci de m'avoir accompagnée.

Je me fais un chignon. Je fais bouger mes doigts pour les dégourdir. Bon, je ne peux pas repousser plus longtemps. Cette très belle histoire d'amour-là, je la porte en moi depuis des années, il faut que je vous la raconte jusqu'au bout.

Allons-y!
Marthe xx

Chapitre 1

Le début de janvier 1931 fut marqué par un froid à faire péter les clous des bâtisses. Dans le 6e Rang, le vent soufflait de l'ouest à déplumer une corneille en plein vol. Ça faisait longtemps qu'on n'avait pas vu de frettes aussi intenses, tellement qu'on n'avait pas le temps de mettre le linge sur la corde dehors qu'il raidissait comme du carton. La poudrerie façonnait des bancs de neige quasiment infranchissables autour de la maison.

Or, le pire des froids n'était pas dehors, mais dans la maison. Il régnait entre Eva et Hormidas depuis le lendemain des fêtes. On se rappellera que sans laisser le temps à Rosaire Longin de s'expliquer, Hormidas l'avait chassé de sa maison en pleine nuit de la Saint-Sylvestre. Le sang lui était monté à la tête, au pauvre père, quand il avait vu sa fille, son Aline, le corsage ouvert devant le jeune homme. La scène parlait d'elle-même. Le p'tit chieux! Pris en pleins mamours avec Aline, qui voulait pas, c'était évident. Hormidas était sorti de ses gonds. C'était pas un tondeur de moutons qu'il avait accueilli sous son toit, c'était le loup qu'il avait fait entrer dans la bergerie.

Eva, à qui le père indigné avait tout raconté, reprochait à son mari d'avoir été impulsif. Mais Rosaire pris en flagrant délit d'attouchements sur Aline, ça collait pas pantoute dans l'esprit d'Eva. Pour la première fois depuis leur mariage, le ton avait monté.

— Depuis quand, Joseph Hormidas Leblanc, tu te laisses abuser par les apparences? Que tu laisses pas le monde s'expliquer? Hein? Chus sûre que t'en as manqué des bouttes!

Hormidas accusa mal de se faire servir son nom complet sur ce ton-là.

— Comment, expliquer? J'avais pas besoin de me faire servir des explications à pus finir, c'était tout vu! C'est pas toi qui étais dans' p'tite chambre avec Aline!

— Non, j'y étais pas! Pas de saint danger que tu m'aurais mise au courant, hein? Y'a une ou deux choses que j'aurais pu t'appr...

— MAIS ON ÉTAIT EN PLEIN RÉVEILLON!

— CHUS PAS MOINS UNE MÈRE EN PLEIN RÉVEILLON, TU SAURAS! Pis j'ai deux filles à défendre dans c't'histoire-là, pas rien qu'une!

Eva fulminait. Hormidas soufflait comme un bœuf. Il se pensait dans son droit. Personne rirait de ses filles, en tout cas pas lui vivant! Et sa femme qui ne voulait rien entendre!

— Comment ça, deux filles à défendre...? De quoi tu parles, Marie Eva Audet Leblanc, hein?

Eva baissa le menton et darda son mari avec au moins autant de colère que lui, colère qu'elle avait bien du mal à ravaler. La dernière fois qu'il lui avait vu cette expression-là, c'est quand le vicaire était venu leur annoncer la mort du curé Tardif.

Elle martela ses mots:

— Alice, c'est elle que Rosaire aime depuis le début. C'est elle qu'il couvre d'attentions, c'est elle qui l'intéresse. Pas Aline. Aline, elle est maline avec sa sœur depuis un sapré boutte. Ça m'étonnerait même pas qu'elle aurait manœuvré toute cette affaire-là. Mais bon, j'imagine qu'avec la grosse poutre que t'as dans l'œil, tu peux rien voir, hein?

Hormidas reçut l'insulte comme une claque au visage. Il en fut tellement saisi qu'il se déchoqua d'un coup. Sa fureur fut balayée par un grand sentiment d'avoir été trahi: c'était la première fois que sa douce Eva faisait allusion à son œil crevé, et l'avait fait pour l'humilier, sur un ton qu'il n'aurait même jamais pensé lui entendre un jour. Il fallait que la fureur de sa femme soit grande pour qu'elle le plante de même. Pis elle était loin d'en avoir fini avec lui.

— T'aurais pu agir autrement. On n'en serait pas là si t'avais juste pris le temps d'être l'homme que je sais que t'es capable d'être. Jamais Rosaire a manqué de respect à aucune de nos filles, j'en mettrais ma main au feu! Il a une réputation sans tache, ce garçon-là qui a traversé les paroisses d'un bord à l'autre. Tu penses que je me renseigne pas quand je vais au village? Tu penses que je les prends pas, mes informations sur c'te gars qui rentre dans ma maison? Tu penses que t'es le seul à vouloir protéger nos enfants? Hein? Pis tu penses qu'il y en aura d'autres, des bons partis, pour Alice? Des aussi vaillants, des aussi sincères? T'as peut-être ruiné la seule chance de bonheur de ta fille, Hormidas. T'aurais dû protéger ce bonheur-là, pas l'anéantir! J'espère que t'es content pis que tu seras capable de vivre avec ça!

Eva lui avait tourné le dos pour retourner à ses poules, le rouge aux joues. C'est sur ces entrefaites-là qu'Alice et Rosalie étaient rentrées dans la grange, dans une ambiance à couper au couteau. Hormidas, pour se rattraper, annonça qu'il irait au-devant de Rosaire. Mais on le sait, le mal était fait. Le prétendant était parti. Hormidas dut se résigner à laisser les choses telles quelles, ce qui ne fit qu'attiser encore plus la colère sourde d'Eva.

Ils étaient tous dans une belle impasse.

Hormidas avait en masse de quoi ruminer, le pauvre vieux. Est-ce qu'Eva avait raison? Est-ce qu'il était passé à côté de l'attachement réel de Rosaire envers Alice? Pourtant, il l'avait bien vu parler souvent avec Aline. De commerce et de bêtes, surtout, mais il avait pu constater que les deux étaient animés d'une même passion. Sa fille était ben bonne pour les animaux, Rosaire était très impressionné. Il l'avait d'ailleurs avoué à Hormidas.

Eva soutenait que Rosaire n'en avait que pour Alice. C'est vrai qu'il était doux avec elle, mais Hormidas avait toujours pensé qu'il s'agissait d'égards dus au handicap de sa fille. La jambe de bois d'Alice ne lui permettait pas toujours des déplacements faciles, c'est pour ça qu'Hormidas n'avait jamais vraiment cru qu'elle pouvait être préférée à sa sœur par un homme qui ambitionnait d'être cultivateur. Aux yeux d'Hormidas, Aline était un bien meilleur parti. Surtout sur une ferme. C'était une évidence. Tout comme il lui paraissait évident que la bague laissée à l'auberge, c'est à Aline qu'elle était destinée.

Même s'il adorait Alice, même s'il avait tout fait pour normaliser son handicap le plus possible, Hormidas avait toujours douté que sa fille trouve un jour chaussure à son pied, c'est le cas de le dire. Peut-être parce qu'il avait été lui-même ignoré par les demoiselles, qui ne voyaient en lui qu'un borgne ? Il avait présumé que la même indifférence serait servie à Alice, que jamais personne ne s'intéresserait à elle pour vrai.

Il s'en voulait.

Depuis leur chicane dans la grange, Eva boudait ouvertement son mari, même devant ses filles. Jamais elle n'avait fait ça, mais il faut dire qu'elle n'avait jamais eu de motif pour le faire non plus. Leur relation s'était modifiée. Elle servait Hormidas à table sans le regarder. Elle ne se préoccupait plus de savoir s'il avait eu une bonne journée. Elle avait installé entre elle et lui une ambiance polaire qu'Hormidas avait du mal à endurer. Surtout dans leur lit. Là, il faisait frette en maudit. Tellement qu'Hormidas retardait asteure le moment d'aller se coucher.

Eva faisait souvent semblant de dormir quand son mari se glissait près d'elle. Elle ne savait plus comment détricoter leur chicane. Elle avait été dure avec lui, mais dans toute cette histoire, c'est Alice qui était sa priorité. Elle aussi s'en voulait, elle se blâmait de ne pas être intervenue plus souvent quand Aline traitait mal sa jumelle. Elles n'avaient jamais eu une grande complicité, c'est vrai, mais c'était pire depuis qu'elles étaient devenues des jeunes femmes. Aline avait développé un orgueil démesuré qui mangeait ses belles qualités, alors qu'Alice continuait à se démarquer par sa gentillesse et sa douceur. Eva n'en revenait pas qu'Hormidas ne se soit aperçu de rien, qu'il ait pris aveuglément pour Aline. C'est vrai qu'il avait peu de chances d'être témoin des petites perfidies de sa fille préférée; ça se passait souvent quand il n'était pas là, ou qu'il avait le regard détourné.

Ben, il fallait lui remettre l'œil en face du trou.

Debout dans la grange, Eva venait de finir de tirer la vache, les autres ayant été taries depuis belle lurette. On ne gardait qu'une vache en lactation l'hiver, c'était suffisant pour les besoins puisque la beurrerie du village était fermée durant la saison froide. On disait alors qu'on mettait les vaches en neillère.

Hormidas tournait le dos à Eva. Il donnait du foin aux chevaux tout en leur parlant. L'étalon s'ébrouait.

— Back, mon beau! Après ton repas, je vais te passer l'étrille. T'as le poil tout cotonné.

Eva s'approcha, sa chaudière lui tapant sur les genoux. Ça faisait un gros dix jours qu'elle battait froid à Hormidas. Elle avait envie que ça s'arrête, ils ne s'en allaient nulle part de même. C'est pas en se fuyant qu'ils allaient régler leur problème. Elle prit un grand respir.

— Hormidas, y faut qu'on parle tous les deux. J'pense qu'on s'est dit des affaires qu'on n'aurait jamais dû se dire.

Il la regarda, le visage de marbre, mais son œil bleu était ben vif.

— Bon, J'AI DIT des affaires que j'aurais pas dû, reprit Eva. J'aurais jamais dû te parler de ton œil, je m'excuse. Je pense que je voulais te faire de la peine comme t'en as faite à Alice.

— Pour que tout le monde souffre égal?

— Quelque chose du genre.

Hormidas se retourna et ramassa son étrille.

— Tu m'as mis à terre, Eva. Plus solidement qu'un coup de poing su'a gueule. J'aurais jamais pensé que tu m'dirais une affaire pareille un jour. Pas toé.

— Je m'excuse.

Elle déposa son seau et se rapprocha d'Hormidas. Elle posa sa tête sur son dos et l'entoura de ses bras, comme elle aimait tant le faire pour lui donner de sa force ou pour lui en prendre un peu, selon les besoins. Ah, mon doux que ça faisait du bien de se rapprocher ! Tant mieux qu'elle fasse les premiers pas. Lui aussi cherchait depuis plusieurs jours comment s'y prendre, mais elle avait trouvé plus vite que lui.

— Tu m'touches même pus, Hormidas…

Il se redressa d'un coup sec et regarda sa femme par-dessus son épaule, surpris.

— J'te touche pus parce que tu m'fuis ! Tu me r'gardes pus, tu m'adresses pus la parole ! Tu penses que ça donne le goût à un homme de se coller, ça ?

— Non, ben sûr.

— Pis chus trop occupé à jongler à tes paroles pour te toucher. Tu m'en as fourni en masse pour me garder occupé jusqu'au printemps !

Il se dégagea doucement et lui fit face.

— Chus pas le père aveugle que tu penses, Eva. Mais ça se peut que tu dises vrai pis que j'en aie manqué des bouttes. Tu vois ? Je fais acte de contrition, là.

Eva ignora le petit ton badin.

— Alice file pas ben ben, Hormidas. Je pense que c'est grave, un genre de dépression.

Il reprit l'étrillage du cheval.

— Bon, autre chose. Tu la couves trop, aussi. Elle doit apprendre à se battre dans la vie, faut qu'elle soit plus forte que ça.

Eva se mit les mains sur les hanches. Son instinct à défendre Alice remonta en elle tout d'un coup. Comme on dit, elle avait le feu là où le dos perd son nom.

— C'est toé, le père poule, qui dis que chus trop protectrice ? Pis qu'Alice devrait se battre ?! Mais elle passe son temps à se battre ! Rien que marcher dehors l'hiver, c'est une bataille pour nous autres, imagine pour elle ! Elle était en amour, là, pis au lieu d'en profiter, faut qu'elle se batte contre la jalousie d'Aline !

Hormidas regarda sa femme droit dans les yeux avant de la contourner pour sortir du part à chevaux.

— Tu voé rien qu'Alice depuis qu'elles sont nées, Eva. Tandis qu'moé, j'ai toujours voulu la faire sentir le plus normale possible. Pour toé, Aline a toujours été celle qui jouait trop fort avec sa sœur, ou qui ne lui laissait pas le temps de parler. Pourquoi tu penses que je l'ai tant amenée avec moé ? Tu souffres tellement de la différence de l'une que tu voé pas la souffrance de l'autre.

— Évidemment que j'souffre de la différence d'Alice ! J'aimerais juste ça qu'Aline soit moins dure avec elle ! Si elle est là, c'est grâce au sacrifice de sa sœur, te rappelles-tu ? Chaque fois qu'Aline rit d'Alice à cause de sa jambe, chaque fois qu'elle la pousse en passant, sans faire attention… c'est plus fort que moé, j'vois juste de l'ingratitude pis ça m'atteint en plein cœur ! Elle pourrait ficher la paix à sa sœur, tu penses pas ? Ben non, faut qu'elle l'asticote tout le temps !

Hormidas n'en pouvait plus. On en revenait encore à ça… Il leva le ton lui aussi.

— Aline a pas à être reconnaissante à Alice de rien ! Alice s'est pas sacrifiée, c'est le docteur qui a décidé. C'est TOÉ qui te sens coupable pis qui en fais trop ! Tu vois juste le mauvais côté, Eva ! Aline en a toujours plus faite que les deux autres réunies. L'as-tu déjà entendue se plaindre ? Aline s'est occupée des bêtes plus souvent qu'à son tour. Elle a travaillé dans les champs autant qu'un gars. Penses-tu que l'feu lui vient pas quand elle voit sa jumelle assise su'a galerie, quand elle, elle foule les voyages de foin avec Rosalie ?

— Alice fait sa part elle aussi ! Aline s'est jamais mis les mains dans le lavage quand elle revenait des champs avec toé, on la laissait se r'poser ! Est jamais restée au poêle quand on crève de chaud l'été! J'ai toujours été équitable sur le partage des tâches! Mais Alice, qu'on le veuille ou non, elle en a une, de différence, pis faut y faire attention. On y doit ben ça! On doit veiller sur elle plus que sur les deux autres, on dirait que tu comprends pas!

Hormidas prit Eva par les épaules et s'approcha d'elle en serrant les dents.

— Parle-moé pas de différence, j'la vis depuis que chus p'tit! J'ai essuyé les railleries de toute la paroisse, j'ai mangé mon lot de taloches à l'école. Les autres enfants m'enfargeaient et disaient que j'pouvais pas me t'nir deboute parce que je voyais rien... Alice, elle a pas eu à vivre ça, jamais personne l'a attaquée. Faque j'voé pas pourquoi j'la protégerais plus. Des allusions, ça oui, elle en a eu, mais elle va devoir faire avec, comme moé j'ai faite. Son bonheur est pas dans les traitements de faveur!

Il reprit son souffle. Eva garda le silence.

— La seule personne qui m'a regardé différemment, ç'a été toé, Eva. Toé, t'as pas vu l'infirme en moé, t'as regardé en dedans pour voir l'homme que j'étais. Pis si Rosaire a vu la femme qu'Alice est, comme tu dis, y va r'venir. Cré-moé. Parce que quand on a trouvé l'amour, on ferait toute pour le garder, même tenir tête à un vieux bonhomme comme moé.

Eva sourit malgré elle. Hormidas en imposait vraiment. Elle voyait mal Rosaire ou n'importe qui d'autre le défier.

— Arrête de juste regarder Alice, reprit-il d'une voix plus calme. La pire affaire que tu peux faire avec elle, c'est d'la mettre à part. C'est pas la pitié, Eva, qui fait qu'on accepte ce qu'on est, c'est la force de caractère. Et ça, y faut qu'elle la trouve toute seule. Pis arrête de penser que la vie lui en doit plus à elle qu'à Aline pis que son bonheur a priorité.

Hormidas laissa là son étrille et sortit de la grange sans se retourner. Eva resta pensive à regarder un brin de paille flotter dans sa chaudière de lait.

Elle revoyait ses jumelles quand elles étaient petites, une qui courait dans les champs, l'autre forcée de rester à distance d'être rattrapée, au cas où sa prothèse aurait lâché. Hormidas avait dit vrai : elle avait consacré beaucoup d'importance à Alice et à sa blessure, même si elle avait toujours pensé que ses filles, elle les avait élevées toutes pareillement. Chaque fois qu'Alice s'éloignait dans l'érablière pour avoir un peu de liberté, chaque fois qu'elle s'exerçait à courir un peu, Eva ne pouvait pas s'empêcher de lui recommander de faire attention, de regarder où elle mettait les pieds, de rentrer avant la brunante, elle exigeait qu'elle soit toujours accompagnée quand elle allait au village... Peut-être qu'elle avait nui à Alice au lieu de l'encourager à s'affirmer.

Hormidas avait raison. Elle devait le lui dire.

Comme tous les soirs, on récita le chapelet en famille. À genoux avec les coudes sur une chaise devant soi, sauf Alice qui pouvait rester assise sur la sienne, on égrainait. C'était toujours Rosalie qui disait le chapelet, et les autres membres de la famille répondaient. Rosalie était très religieuse. Quand quelque chose n'allait pas dans la maison, elle allait prier. Elle priait beaucoup depuis le début de janvier.

Une lampe à huile sur la table dessinait des ombres sur les murs. Après les litanies d'usage, on se releva. Eva replaça les chaises tout en surveillant Hormidas du coin de l'œil. Aline secoua sa jupe en passant près de sa jumelle.

— Moi j'monte, j'vas me coucher, fit-elle. Bonsoir, tout le monde.

Rosalie était déçue. Elle avait espéré pouvoir jouer aux cartes avec ses sœurs. Elle proposa quand même une partie à Alice, mais Eva répondit à sa place :

— Ça sera pour une autre fois, ma belle. On devrait tous se coucher de bonne heure, demain on va faire les chandelles. Vous savez, le curé a demandé à tous ceux qui peuvent d'en faire plus que leurs provisions. Y en veut pour la Chandeleur. On pourrait en faire une couple de boîtes de plus pour la fabrique.

Hormidas alla chauffer le poêle.

— Bonne idée, ma femme. On a du gras de ramassé en masse dans la laiterie. J'vas vous emmener ça demain.

Eva le regarda d'un drôle d'air. Il avait dit « ma femme ». D'habitude, il disait toujours ma biche, ma brune ou ma douce. Rosalie le remarqua aussi ; la mésentente n'était donc pas réglée. Elle fit un petit signe de tête à Alice pour lui faire comprendre qu'elles devaient monter et laisser leurs parents seuls.

Eva ne bougeait pas, les mains toujours sur le dossier de la chaise. Elle suivait Hormidas du regard, ce qui finit par attirer son attention.

— Tu viens-tu te coucher, toé tou ? demanda-t-elle.

Il n'était pas sûr de ce qu'elle avait en tête.

— Pas tu-suite. Y est ben de bonne heure, tu penses pas ?

Il voulait voir, en disant cela, ce qu'Eva envisageait vraiment. Si son intention était juste de monter et de lui tourner le dos aussitôt dans leur lit, non merci, il préférait lire son almanach en bas.

— Hum… j'pense plutôt que c'est la bonne heure pour faire ce que je veux faire, répondit-elle, un sourire sur les lèvres et une grande douceur dans ses yeux bruns.

Elle s'approcha de son homme. Lui passa la main dans les cheveux doucement. Il y avait maintenant plus de gris que de brun dans sa chevelure ondulée, mais il était toujours aussi beau. C'était vrai qu'Eva n'avait jamais mis l'accent sur l'infirmité de son mari ni pensé de lui qu'il était un homme diminué d'avoir un seul œil. C'était une force de la nature, point. Elle l'aimait pour tout ce qu'il était.

Elle le prit par la taille et déposa un baiser sur ses lèvres. Hormidas frémit.

— T'as raison. Pour le fait que j'ai donné beaucoup d'importance à Alice. Et que j'en ai probablement voulu à Aline de ne pas en faire autant que j'aurais souhaité, de ne pas se sentir aussi coupable que moé. Tu voé, c'est dans ce que tu m'as dit après-midi que je t'ai reconnu. Dans ta clairvoyance.

Eva laissa monter les larmes dans ses yeux. Les chicanes des derniers jours, le fait de réaliser et d'admettre qu'elle avait aussi sa part de torts, tout ça venait de l'ébranler solide. Elle serrait si fort son homme qu'Hormidas comprit l'intensité du mal qu'elle ressentait.

— On a beaucoup souffert à cause de nos enfants, et toé encore plus, ma biche, souffla-t-il dans les cheveux de sa femme. J'aimerais tellement que tu souffres pus jamais...

Il la serra fort contre lui. C'était son port d'attache, il ne pouvait pas vivre loin d'elle. Il déposa un baiser sur son front comme au jour de leur mariage.

— Viens. À soir, si tu veux, j'aimerais ça, te faire l'amour, murmura-t-il à son oreille. Parce que je t'aime.

— Pis qu'y fait frette.

— Ça aussi.

Eva se laissa entraîner dans leur chambre. Ce fut un doux échange amoureux où les âmes se cherchèrent encore plus que les corps. Plus tard, après qu'Hormidas se fut endormi, elle aussi fit acte de contrition. Elle avait douté de son mari, mais il faisait toujours pour le mieux, elle pouvait compter sur son jugement. Il était tout pour elle.

Dans la chambre d'à côté, Aline ronflait doucement, imperméable à tout le chaos qu'elle avait causé.

Alice, couchée près de sa jumelle, regardait le plafond. Elle avait touché au bonheur, elle ne pouvait pas croire que c'était déjà fini. Serrant la bague de Rosaire dans son poing, elle se recroquevilla. Si on pouvait remonter le temps pour que tout redevienne comme avant! Mais ça ne se pouvait pas. Une larme roula sur sa joue.

Dans la troisième chambre de l'étage, Rosalie finissait son chapelet.

Le mois de mars arriva, amenant avec lui ses giboulées. Entre la pluie et la neige, dame Nature avait du mal à se décider, on aurait dit. Alors elle envoyait de tout, avec beaucoup d'ardeur.

L'hiver avait été long. Les vitres n'avaient presque pas dégivré depuis les fêtes. Y fallait souffler avec son haleine sur la fenêtre pour se faire un p'tit trou si on voulait voir dehors. Le froid entre Hormidas et Eva avait déménagé de cœur et s'était installé dans celui tout égratigné d'Alice. Envahie par sa peine d'amour, elle avait tourné en rond dans la maison tout l'hiver. La saison froide avait toujours été son cauchemar, les bancs de neige et les sentiers glacés étaient trop traîtres pour sa jambe de bois. Si elle se désennuyait d'habitude avec des travaux d'aiguille, ce genre d'activité était au-dessus de ses forces cette année-là. Elle n'avait pas la tête à ça. Elle n'avait pas non plus reparlé de Rosaire, c'était un sujet tabou. Rosalie lui avait conseillé de prier beaucoup pour pardonner à sa jumelle son coup de Jarnac, mais Alice avait accueilli la proposition avec détachement. Que la vie se passe, point.

Elle avait remarqué que sa mère agissait différemment avec elle depuis un moment. Eva ne la couvait plus comme une poule. Au début, Alice pensa qu'elle lui témoignait de l'indifférence. Mais à l'arrivée du printemps, cette nouvelle attitude fit en sorte qu'Alice prit de l'assurance. Elle commença à fréquenter la Ligue des enfants de Marie. Une réunion aux deux semaines, c'était mieux que de toujours rester à la maison. Eva encourageait cette activité, Alice devait voir du monde. Elle allait donc la reconduire en sleigh, et si la route était belle, Alice demandait à pouvoir rentrer à pied, à son rythme. La jeune fille était devenue plus fonceuse, forçant l'admiration de tout le monde… sauf d'Aline, comme de raison.

Eva et Hormidas avaient beaucoup discuté de l'avenir de leurs filles cet hiver-là. La romance entre Alice et Rosaire leur avait montré qu'ils étaient rendus là, à envisager des histoires d'amour à venir, d'autres joies et d'autres peines, peut-être. Même si Hormidas avait reproché à Eva de porter plus d'attention à Alice depuis toujours, c'est encore elle qui revenait le plus souvent dans leurs discussions. Mais là, c'était pour parler de la suite des choses. Eva avait un plan qu'elle avait soumis à son homme. Puisque les deux étaient d'accord, il suffisait maintenant d'amener la chose à la principale intéressée.

L'occasion se présenta un après-midi où la mère et la fille épluchaient tranquillement des patates pour le souper.

— J'ai pensé à ça, ma grande. Tu devrais donner ton nom pour travailler chez les riches en ville, laissa tomber Eva.

Alice suspendit son geste et regarda sa mère, surprise.

— À Lévis ?

— Non, à Québec. À moins que t'aimes mieux Trois-Rivières ? Ou Montréal ?

— Mais maman… ma jambe…

— T'sais, Alice, si ta jambe est bonne pour te porter dans c'te maison-citte pis jusqu'au village, est bonne pour te porter ailleurs aussi. T'es pas arrêtable, depuis quelque temps. Tu fais tout ce que tu veux ici d'dans, une parfaite ménagère !

C'était vrai qu'Alice était rendue pas mal bonne en cuisine et en couture, pis le ménage ne lui avait jamais fait peur.

— Travailler sur une ferme, c'est pas faite pour toé, mon ange. Pis c'est correct. Faut que tu trouves TA place. En allant en ville, tu verras d'autre monde, t'auras d'autres possibilités…

La jeune fille s'adossa sur sa chaise. Une flamme venait de s'allumer dans son regard.

— Vous croyez qu'on pourrait m'engager… ? Je pourrai jamais aller vite dans les escaliers, je risque de trébucher…

Eva regardait sa fille tout en continuant sa corvée.

— Trébuches-tu, icitte ? C'est ben rare que ça t'arrive. Pis si tu trébuches, tu te relèveras ! Tu sais, Alice, on t'enverrait pas à l'abattoir, ton père pis moé, mais chez du bon monde qui seront au courant pis qui te prendront comme t'es, avec ta jambe. Ton bon caractère pis ta débrouillardise, c'est ça qui va te permettre d'aller plus loin que Bellechasse !

Jamais Alice n'avait vu les choses sous cet angle. Soudainement, le monde s'ouvrait à elle. Elle laissa son regard errer, par la fenêtre de cuisine, sur le paysage familier.

Regardant sa fille du coin de l'œil, Eva voyait bien que la graine germait dans son esprit. Alice était une jeune femme splendide. Elle avait le cœur rempli d'une bonté infinie. Elle était en train de bâtir sa confiance en elle, il lui en manquait juste un peu plus en la vie… et un petit coup de pouce pour qu'elle vole hors du nid. Sa prothèse lui permettait de se déplacer partout sur du terrain solide, elle n'aurait pas de misère en ville. Il était temps qu'elle ouvre ses ailes. Eva l'avait assez freinée.

— Si tu veux, j'en toucherai un mot au curé. Il connaît peut-être une bonne famille qui a besoin d'une travaillante comme toé.

Eva avait bien pensé à son affaire avant d'en parler à sa fille. Sa propre expérience de la ville lui revenait sans cesse, c'est vrai, mais bon : autres temps, autres mœurs. Elle était certaine qu'on pouvait faire confiance à leur prêtre et qu'il trouverait une maison respectable pour Alice. Bien sûr, elle aurait aimé qu'elle reste dans le comté, mais icitte, le monde était pas assez riche pour engager quelqu'un à l'année juste pour les besoins domestiques. Est-ce qu'elle avait peur de laisser partir sa fille ? Évidemment ! Mais Alice, par chance, avait quelque chose qu'Eva n'avait pas à treize ans : de l'instruction, et assez de jugement pour savoir où il y a du danger et quand il faut se pousser.

Alice pelait consciencieusement une patate après l'autre, perdue dans ses pensées.

— Maman… si je pars, je vais vous manquer, à papa pis à vous…

Eva soupira, s'essuya les mains sur son vieux tablier. Elle s'approcha de sa fille et lui caressa la joue.

— Ben sûr, ma douce. Mais tu peux pas faire ta vie sous mes jupons, hein ?

Eva était une femme de ressenti. Elle savait qu'Alice aurait peur au début, peur d'attirer la pitié, de tomber, de mal paraître, d'être jugée, de décevoir, d'être perdue et Dieu sait quoi encore. Ce qui s'en venait était un gros changement. Elle s'apprêtait à quitter la sécurité de sa famille, du village, ses repères. C'était à donner le tournis.

Hormidas entra dans la maison sur les entrefaites.

— Ah, la plus belle des Alice du monde entier avec la plus belle des Eva de l'univers. Quel beau portrait pour un homme qui rentre chez eux!

Alice sourit sous le compliment. Son père n'avait jamais été avare de bons mots.

— Papa, maman a dit qu'elle allait me trouver une job de fille engagère à Québec. Vous le saviez?

— Pas possible!

Il sourit de toutes ses dents en remontant son chapeau d'une pichenotte, ce qui fit comprendre à sa fille qu'évidemment, il le savait. Voir si sa mère aurait imaginé un projet pareil sans consulter le chef de famille.

— Alice en ville! Tu vas être parfaite, j'en suis sûr. Tu r'tiens ta débrouillardise de ton vieux père!

Eva lui lança son linge à vaisselle par la tête.

— Va donc, toé! C'est de sa mère qu'elle l'a reçue, c'est facile à voère!

Tout le monde éclata de rire. Enfin, il se passait quelque chose de gai dans le rang Six.

Le lendemain, comme promis, Eva alla en voiture au village parler au curé. Hormidas et elle s'étaient mis d'accord sur les grandes lignes: ça devait être une place où leur fille serait en sécurité, où les maîtres seraient bienveillants, et pas chez des Anglais. Alice avait assez de son infirmité sans avoir à se battre pour comprendre une langue qu'elle ne connaissait pas.

— Pis Eva, va falloir s'arranger pour qu'elle garde toujours sur elle de quoi r'prendre le train, recommanda Hormidas. Si jamais ça tourne au vinaigre, j'la veux pas dépendante de personne. J'veux qu'elle puisse rentrer à' maison par ses propres moyens.

Eva avait acquiescé.

Monsieur le curé venait de finir sa messe et s'en retournait au presbytère en marchant sur le petit chemin tapé tout l'hiver. Légèrement bedonnant, il était affublé d'un manteau dont les boutons forçaient un peu. Il regardait à terre pour voir où il mettait les pieds, mais parfois, quand il ne faisait pas attention, il tombait à côté de sa *trail* et culbutait dans la neige. Son orgueil en prenait alors un coup. Pas de saint danger que le bedeau lui aurait gratté un passage.

— Marchez donc toujours à' même place, lui avait répondu l'employé de la fabrique quand il le lui avait mentionné. J'ai pas le temps de vous déblayer un chemin.

Quand le saint homme finit par apercevoir Eva, il leva la main pour la saluer. Il arrivait à la galerie du presbytère, pas grattée elle non plus. La neige maculait le bas de sa soutane.

— Bien le bonjour, madame Leblanc! C'est rare que je vous voie de si bon matin, il n'y a pas de malheur chez vous au moins? Faites attention qu'il ne vous en arrive pas ici, il y a de la glace partout.

Eva descendit de la sleigh et s'approcha précautionneusement.

— Mon doux que j'aimerais que le bedeau sorte nous entretenir ça un peu mieux! ronchonna le prêtre. On dirait qu'il est comme un siffleux, à pas vouloir mettre le nez dehors l'hiver.

Eva sourit. C'était de notoriété publique que le bedeau aimait mieux les jobs à l'intérieur, et qu'il en faisait toujours le moins possible.

— Ça va, ma bonne Eva? Pas de maladie à' maison?

— Pas le moins du monde, si ce n'est un petit cœur qui s'ennuie à mourir chez nous, répondit Eva.

Le curé fouilla dans les poches de son manteau à la recherche de sa clé. Il barrait toujours le presbytère quand il allait dire la messe. Une habitude qu'il avait prise en ville, mais d'aucuns méméraient plutôt que c'était par peur de se faire voler.

— Vous parlez de qui ?

— De mon Alice... Elle se remet pas de son chagrin d'amour... Vous savez, elle aimait beaucoup le jeune Rosaire, le tondeur de moutons.

— Ah oui, un bon garçon, celui-là.

— Eh bien, depuis qu'il est parti, elle vire en rond. Elle a besoin de nouveau dans sa vie. Ça fait que je me suis demandé si, par hasard, vous n'auriez pas quelqu'un dans vos connaissances qui a besoin d'une cuisinière. Alice fait la cuisine à merveille. Vous devez connaître ben du monde en ville. Par icitte, on peut pas prendre une fille comme elle à l'année, et dehors, elle peut pas faire grand-chose avec sa jambe... Vous comprenez ?

Le prêtre avait écouté Eva attentivement. C'était une bonne mère canadienne-française aux valeurs solides, une femme sensée qui voyait loin pour ses enfants.

Il finit par trouver sa clé et invita sa paroissienne à entrer devant lui dans le vestibule. Même si tôt le matin, ça sentait déjà la bonne soupe, œuvre de la très vaillante Léonie Laflamme, la bonne du presbytère.

— J'vous demanderais de bien vous essuyer les pieds avant d'entrer dans mon bureau... Vous savez, madame Laflamme a un certain caractère quand on ne fait pas attention à son plancher. Y a tellement de catalognes icitte que si on les cousait ensemble, je pense qu'on pourrait en couvrir la rue Principale.

Il enleva son manteau, accrocha son chapeau, se déchaussa de ses claques et secoua sa soutane pour en dégager les derniers flocons. Il fit passer Eva dans son bureau. Au mur, un cadre du pape Pie XI était bien en vue, flanqué de chaque côté par les cœurs de Jésus et de Marie.

Il s'assit et lui fit signe de faire de même. Il se frotta les mains. Le fond de l'air était cru, car la bonne vieille Laflamme avait toujours trop chaud, supposément. À force de s'activer au fourneau et au plumeau, elle pouvait ben se réchauffer, mais le curé, lui, avait toujours la goutte au nez.

— Gardez votre manteau, je vous en prie. Madame Laflamme chauffe pas trop. On peut pas dire qu'elle porte bien son nom, n'est-ce pas? Ça fait que j'gèle en disant ma messe et j'congèle en faisant du bureau. Tout le monde pense que j'engraisse, mais c'est plutôt parce que j'ai ben des pelures en dessous de ma soutane...

Eva se mit à rire. Il portait sûrement quelques pelures, comme il disait, mais il avait aussi quelques livres en trop, personne ici n'était dupe. Le prêtre se dérhuma.

— Donc, à propos de votre fille... C'est peut-être bien le ciel qui vous envoie, ma chère madame Leblanc. Voyez-vous, j'ai un très bon ami, curé dans une paroisse ouvrière à Québec, qui se cherche une bonne. Il m'a écrit pas plus tard que la semaine dernière à ce sujet.

Eva fut étonnée.

— Euh... pardonnez-moi, mais... ça doit pas manquer de femmes en âge d'être des madames curé, en ville. Pourquoi venir chercher une bonne à la campagne?

— Ah, ça! Vous avez raison, ça manque pas de candidates au portillon! C'est là tout le problème: qui choisir? La seule solution qui s'est imposée à son esprit, et c'est assez astucieux, je dois le dire, est d'engager à l'extérieur de sa communauté. Comme ça, point de jalouseries. Voyez ça comme un service que nous lui rendons!

Une bonne de curé. Quelle belle opportunité pour Alice!

— Pourriez-vous lui écrire et m'en redonner des nouvelles?

Le curé sourit. Il aimait quand les choses tournaient bien.

— Bien sûr, je lui envoie une missive aujourd'hui même. Ce cher curé Labrie... C'est un original, vous savez. Très près de ses ouailles et le cœur grand comme une cathédrale! Pas jeune, mais toujours le feu sacré et encore très bon dans ses sermons.

Tout cela rassurait Eva.

— Merci, monsieur le curé, vous êtes ben bon. Si Alice peut avoir la place, Hormidas pis moé, on vous en serait ben reconnaissants!

Le curé se leva et fit le tour de son bureau. Il prit Eva par le coude.

— Laissez-moi vous reconduire, madame Leblanc. Je m'occupe de l'affaire, ayez confiance. On rend service, rappelez-vous !

Il la raccompagna à la porte au moment où Léonie Laflamme se pointait pour écornifler. Elle regarda Eva et le curé, puis baissa les yeux pour voir si ses catalognes étaient restées bien en place. Son plancher, vous comprenez !

Le curé lui sourit, on aurait dit un enfant ayant peur de se faire gronder.

— Madame Leblanc allait justement partir…

— Oui, c'est qu'il fait pas chaud…, murmura Eva.

La bonne les regarda, le visage sévère.

— Vous trouvez ? Avec toute le gras qu'il a autour de la taille, y risque pas de geler, hein monsieur l'curé ? J'v'nais vous proposer une tasse de thé, mais comme vous partez, tant pis pour vous.

Puis elle les planta là et retourna à ses chaudrons. Eva fut scandalisée de voir l'homme d'Église être traité avec si peu de respect. Aussi elle ne put s'empêcher de lui dire discrètement :

— Ajoutez donc un post-scriptum dans votre lettre… pour demander au curé Labrie de vous rendre service, à vous aussi !

Une semaine passa. Alice attendait avec impatience. La décision pouvait aller d'un bord comme de l'autre.

Et voilà que le curé arriva un bon matin. Eva l'entendit bien avant de le voir par la fenêtre : il y avait assez de grelots après sa voiture pour réveiller un mort. Elle alla lui ouvrir au moment où il s'apprêtait à cogner à la porte.

— Mon doux qu'y fait chaud ici ! C'est pus une goutte qui me pend au bout du nez, asteure, mais un glaçon !

Effectivement, il avait l'air congelé. Eva l'invita rapidement à rentrer.

— Mais vous avez pas mis votre couverture sur vos cuisses pour descendre icitte ? lui demanda-t-elle.

— Je l'ai mise, je l'ai mise! Mais c'est pas assez long venir chez vous pour me faire dégeler! En tout cas, quand je vais partir, la fabrique pourra pas dire que je leur ai coûté cher en bois de chauffage!

Il se tira une chaise pendant qu'Eva se dirigeait vers l'escalier pour demander à Alice de descendre.

— Je m'assiérais près du poêle, si vous voulez ben, dit-il. L'hiver veut pas mourir cette année, on dirait même que par bouts, on repart par en arrière tant y fait froid. Oh, pardon, j'ai pas fait attention à vos catalognes!

Eva le regardait faire avec un petit sourire en coin.

— Ne vous en faites pas, Hormidas non plus, une fois sur deux.

Alice descendit doucement l'escalier. Ce n'était pas le moment de tomber. Le curé se dévira pour la voir.

— Bonjour, Alice. Tu m'as l'air en forme, ma fille?

Alice plaça sa jupe.

— Oui, je vais très bien, merci. Et vous?

Le curé se frotta les mains, c'était presque devenu un tic.

— Je vous prépare un thé, peut-être?

Elle voulait montrer combien elle était avenante.

— Avec plaisir. J'ai une bonne nouvelle pour toi: tu pourras travailler comme bonne du curé Labrie, dans la basse-ville. La chose est arrangée! Il m'a téléphoné ce matin et m'a confirmé qu'il était prêt à t'engager. T'auras pas de grosses gages, mais assez pour gagner ta vie.

Les yeux d'Alice brillèrent d'émotion. À Québec, on voulait d'elle! Puis une ombre passa dans son regard.

— Il sait, votre curé, pour ma jambe?

— Mais bien sûr!

— Et ça lui fait rien?

Le prêtre sourit.

— Ha ha! Mais non! Tu veux savoir ce qu'il m'a répondu? Il m'a dit, et je le cite: «Tout le monde répète que j'ai les mains pleines de pouces, alors ce sera pas pire d'avoir une fille sous mon toit avec une jambe de bois!»

Alice ouvrit grand les yeux, pas certaine s'il s'agissait d'un manque de délicatesse ou, au contraire, d'une façon de la mettre à l'aise. Mais quand elle vit sa mère rire de bon cœur et le curé pareil, elle fit comme eux.

— Bon ben… quand est-ce que je dois partir?

Le curé regarda Eva. Ils n'en avaient pas encore discuté, mais Eva, en entamant les démarches, savait bien que ça pouvait débouler vite. L'homme d'Église se montra quand même rassurant.

— Tu peux prendre ton temps, Alice, le curé Labrie est pas mal pris pour l'instant. Tu me feras savoir quand t'auras fait tes valises pis tes au revoir. Mais je veux que tu sois ben sûre de ton coup, par contre. Bonne de curé, c'est très tranquille même s'il y a beaucoup d'ouvrage. C'est pas comme dans une famille bourgeoise avec des p'tits enfants qui te tournent autour. Si t'avais envisagé la Grande-Allée plutôt qu'un presbytère, faut me le dire maintenant. Personne te force.

Alice regarda sa mère qui lui fit signe d'accepter. Bonne de curé, c'était un bon métier, parfait pour sa condition. Alors si c'était son destin…

— Je vais faire le plus vite possible. Merci, monsieur le curé.

Le soir au souper, la nouvelle du départ d'Alice fut le sujet de conversation principal. Rosalie était contente pour sa sœur, alors qu'Aline avait du mal à contenir son irritation.

— Papa, vous allez pas laisser partir Alice? Qui va aider maman dans la maison?

En fait, elle était morte de jalousie. Encore une fois, le plus beau arrivait à Alice, pas à elle. Sa jumelle allait vivre en ville et connaître de nouvelles expériences, alors qu'elle-même continuerait à s'ennuyer à mourir à Saint-Lazare où, il faut bien le dire, on s'enfargeait pas dans les beaux gars.

Son père la regarda et choisit de répondre comme s'il n'avait pas perçu ce qui se cachait dans son ton.

— Rosalie va en faire plus, pis nous autres aussi de notre bord. Je peux pas crère qu'à quatre, on viendra pas à boutte de la maison pis de la terre. C'est entendu qu'Alice sera mieux en ville pour toutes sortes de raisons. On peut juste être contents de ce qui lui arrive, et ça t'inclut toé aussi, ma belle.

Aline serra les lèvres. Alice sourit à son père. Il était quand même rare qu'il remette sa jumelle à sa place.

— J'vais vous envoyer mes gages, dit Alice, qui voulait se montrer gentille et justifier son départ auprès de sa sœur.

Aline la regarda avec rage.

— Tes gages ? Tu vas être payée ? Je suis pas payée, moi, pour travailler icitte ! Mais madame, elle, elle va avoir des gages !

Hormidas frappa la table du poing, ce qui n'arrivait jamais. Tout le monde en fut saisi. Il avait la mèche courte depuis la grosse chicane de janvier, et avec ce qu'Eva lui avait révélé sur les agissements d'Aline, il était beaucoup moins enclin qu'avant à en laisser passer.

— Tu penses quand même pas que ta mère pis moé, on va te payer ? Tu vis sous notre toit, tu manges à ta faim, tu manques de rien. En temps de crise, y en a qui travaillent pour leur pain du midi, pas une cenne de plus. Oublie-le pas, ma fille, pis sois reconnaissante, dit-il d'un ton autoritaire.

Aline croisa les bras. Elle détestait se faire répondre, c'était humiliant sans bon sens.

Puis, Hormidas se tourna vers Alice, la douceur revenue dans sa voix.

— T'es bonne, ma fille, mais on t'en demande pas tant. Tes gages seront à toé.

Eva et Hormidas avaient parlé de ça aussi. Aline et Rosalie avaient plus de chances qu'Alice de se trouver un mari qui les ferait vivre, il ne fallait pas se voiler la face. Aussi bien qu'Alice ait ses propres économies pour assurer son avenir.

— J'vas m'ennuyer de toé, mon Alice-sans-malice. Je t'aime tant ! dit le père, ému. Comme j'aime toutes mes filles pareillement ! ajouta-t-il en regardant tout le monde dans les yeux, ce qui conclut la discussion.

Aline était dégoûtée. Son père avait toujours pris pour elle, pis là, tout d'un coup, y jouait au mielleux avec l'autre! Elle se leva de table.

— Je vais aller marcher un peu dehors, il fait pas trop frette. Pis moi, j'peux marcher où j'veux!

— ALINE! tonna Eva.

Mais Aline-la-maline avait déjà claqué la porte.

Chapitre 2

Le lendemain, Alice se réveilla tôt. Il lui fallait commencer ses préparatifs. Rapidement, elle constata qu'elle n'avait pas de robe convenable pour sa nouvelle situation au presbytère. Ici, on ne voyait pas grand monde, alors les jupes reprisées, c'était pas trop grave. Mais à Québec, il faudrait faire honneur au curé. Elle eut beau virer le contenu de son garde-robe à l'envers, elle n'y trouva rien de satisfaisant.

Eva frappa à sa porte et entra dans la chambre.

— Viens-tu déjeuner? Ton père est parti avec Aline à la grange, Rosalie est aux poules. J'aimerais en profiter pour jaser un peu avec toé.

— Oui, je descends. Je cherchais juste des vêtements corrects pour mettre dans ma valise…

— Pis t'as pas trouvé grand-chose, hein? Je me doutais bien que tu m'en parlerais.

Alice était un peu mal à l'aise de demander de nouvelles tenues. Ça occasionnerait une dépense, mais surtout, ça attiserait encore plus le ressentiment d'Aline. Eva sourit, elle avait paré le coup.

— Tu sais, quand je suis allée au village il y a quelques jours? J'en ai profité pour t'acheter trois robes neuves chez Garant. Tu veux les voir?

Alice regarda sa mère, estomaquée.

— Mais... vous saviez même pas si j'allais être acceptée!

— Ben voyons! Qui pourrait refuser une jeune fille comme toé, mon Alice? Attends, je vais les chercher, on pourra les mettre dans ta valise tout de suite. Tes sœurs ont pas besoin de le savoir, même si Rosalie comprendrait... Ce sera notre secret à nous deux, qu'essé t'en penses?

Eva revint avec le précieux paquet enveloppé dans du papier brun. Dedans, trois robes sombres. La première était verte avec un collet blanc. La deuxième, bleue avec des manches légèrement bouffantes. La troisième, rose foncé avec de la dentelle sur le devant. Toutes étaient assez longues pour cacher la prothèse. Dans le paquet, il y avait en plus quatre jolis tabliers blancs. Eva n'avait rien oublié. Elle toucha la dentelle de la robe rose du bout des doigts.

— Celle-là, tu la mettras le dimanche. Elle est belle, hein? fit-elle avec émotion. Une belle tenue de jeune femme. T'es rendue là, ma fille.

Alice serra sa mère dans ses bras.

— J'ai peur, maman. Je suis jamais partie d'icitte. Je sais pas comment j'vais me débrouiller en ville. Si j'me perdais, ou ben si le monde me regardait de travers?... Ça m'inquiète de prendre le train toute seule, aussi.

Eva prit les mains de sa fille.

— Chaque chose en son temps. Pour le moment, range ton linge pis cache un peu ta valise. Y faudrait pas créer d'autres embarras avec Aline, on n'a pas besoin de ça.

Puis elle redescendit.

Elle aussi s'en faisait pour son Alice. Québec, c'était bien grand pour une jeune fille qui n'était jamais sortie de son village. Elle rajouta du bois dans le poêle pour pouvoir griller des toasts quand elle entendit des pas dans les marches de la galerie. Ses yeux s'arrondirent comme des soucoupes: Ti-Zoune était devant la porte.

— Ah! De la grande visite! Entre, mon Ti-Zoune!

Le colporteur ne se fit pas prier. Ça faisait longtemps qu'on ne l'avait pas vu dans les parages.

— Salut, ma belle Eva! J'sais qu'y est à bonne heure, mais j'avais hâte de v'nir aux nouvelles. J'ai entendu dire dans les branches que notre Alice partait betôt pour la ville? J'l'ai pas cru, est ben trop p'tite!

— Ben croyez-le, déclara Alice qui arrivait dans la cuisine. C'est vrai que je pars! Et je suis pas p'tite!

Ti-Zoune la regarda avec affection. Il la taquinait, pour sûr. Dans sa tête d'oncle adoptif, Alice serait toujours une petiote. Même s'il reconnaissait qu'elle était devenue une jeune femme droite et élégante, surtout dans sa robe carreautée.

— Tu nous quittes pour une soutane en ville, qu'on m'a dit?

Eva lui tira une chaise.

— Mais comment tu sais ça? À part le curé, personne est au courant...

Ti -Zoune enleva son chapeau, se lécha le toupet et prit un air solennel.

— Imagine-toé que j'ai la servante du curé dans ma poche.

Eva partit à rire.

— La bonne femme Laflamme? Tu dois y vendre des catalognes pour qu'elle t'aime autant!

— J'y vends surtout de la bagosse! En cachette, ben sûr. Y fait si frette dans le presbytère que si la vieille prend pas sa ponce le soir dans sa chambre, elle dit qu'elle pourrait pus se lever tant a serait raide. Moé, j'pense qu'est portée sur la bouteille pis que c'est elle qui ménage les p'tits rondins!

Alice se mordit les lèvres pour ne pas rire. Eva, à la blague, se montra exagérément outrée.

— Voyons, Ti-Zoune! On dit pas ça devant une jeune fille qui va dev'nir bonne de curé! Des plans pour y donner des idées!

Le colporteur leva le menton.

— Tu vas être correcte: à Québec, la plupart du monde se chauffe au charbon.

Alice s'assit près de lui, très intéressée à en savoir plus.

— Vous connaissez Québec ? J'veux dire, vous y êtes allé vous-même ?

Ti-Zoune se redressa sur sa chaise, fier comme un paon.

— Ben évidemment ! J'connais Québec comme le comté icitte, ma fille, tes parents savent ça ! J'y vas justement dans deux jours. J'ai à barguiner une pouliche de rêve : le gars qui veut la vendre reste dans' basse-ville. Si j'fais ben mon affaire, j'pourrais la revendre avec un bon profit. C'est sûr qu'y faut que j'compte mon déplacement en train, par z'empe.

Eva suspendit son geste. Une solution toute trouvée se présenta dans son esprit. Qui de mieux que Ti-Zoune pour escorter Alice à Québec et la mettre en confiance ?

— Ça te tenterait-tu d'avoir de la compagnie pendant ton aller, mon Ti-Zoune ? demanda-t-elle. Alice ferait le voyage avec toé. Elle s'ennuierait moins, pis tu pourrais y montrer comment ça marche à la gare pis toute ? Qu'essé qu'vous en pensez, toués deux ?

Alice était folle de joie. Avec Ti-Zoune, il ne pourrait rien lui arriver ! Il la défendrait contre n'importe quoi et elle pourrait profiter du trajet pour lui poser toutes les questions qu'elle voulait sur sa nouvelle ville. Elle était déjà allée quelques fois à Québec avec son père pour sa prothèse, mais à part la gare et l'Hôtel-Dieu, elle n'avait pas vu grand-chose.

Ti-Zoune, quant à lui, réalisa qu'il venait d'être nommé chaperon sans même avoir postulé la job.

— J'en dis qu'on va voyager ensemble, ma belle enfant ! Veux-tu que j'vienne te prendre pour le train ? Moé, j'laisse ma picouille chez l'père Mathieu, voisin de la gare. Y m'doé ben ça : la dernière fois que j'ai pris le train, y m'a chargé double, pis moé, j'm'en ai aperçu juste le lendemain !

Eva resta surprise.

— Quelqu'un a réussi à te rouler, Ti-Zoune ? Là, tu m'épates !

Le vieux se dérhuma et mit sa main sur sa tête.

— J'ai rien vu v'nir. Le bonhomme a commencé par me dire: «As-tu deux piastres?» J'lui ai dit, après avoir mis deux piastres su'a table: «C'est ben trop, on est en temps d'crise, son père!» Pis là, y m'a demandé: «As-tu une piastre au moins?» Moé j'ai sorti une piastre que j'ai mis su'a table. Pis lui y m'a dit: «Comme ça, c'est ben correct, chus ben d'accord!» Pis y'a toute ramassé. Y m'a jamais r'donné mon deux piastres, pis moé, pas plus fin, chus pas r'tourné y réclamer. Mais j'vas me r'prendre, craignez pas!

Au dîner, Alice raconta à la tablée la visite éclair de Ti-Zoune et l'arrangement dont on avait convenu pour son voyage à Québec. Évidemment, Aline ne put s'empêcher de lancer une pique vers sa jumelle.

— Ah ben! Le vieux peddler pis l'estropiée, belle équipée!

Hormidas se tourna vers Aline, le regard sévère.

— D'abord, tu vas t'excuser à ta sœur, j'te permets pas d'y donner des noms qui la rabaissent. Pis tu vas t'excuser pour Ti-Zoune itou. C'est un ami d'la famille, tu l'as toujours respecté pis tu vas continuer!

Aline soutint le regard de son père. Il prenait de plus en plus pour Alice, et elle détestait ça.

— Non, j'm'excuserai pas! Ce que je dis est vrai, c'est toute!

— ALINE!

— NON!

— Ben sors de table! Tu r'viendras quand tu s'ras calmée pis raisonnable!

Aline ne se le fit pas dire deux fois. Elle attrapa son manteau et partit vers l'étable. Hormidas regarda intensément Eva devant lui, qui leva un sourcil pour toute réponse. À qui savait comprendre les non-dits, ça voulait dire: «Eille, mais ça va faire!» suivi de «Je te l'avais bien dit».

Le reste du dîner se passa en silence. Alice faisait juste jongler: elle avait bien remarqué que chaque fois qu'elle parlait, Aline profitait de l'occasion pour partir une chicane. Il était temps qu'elle s'en aille.

Deux jours plus tard, Ti-Zoune arriva comme convenu. Il avait mis ses beaux atours, un manteau en laine d'un gris délavé et un chapeau de feutre qui aurait été presque beau si la plume qui le parait n'avait pas été mâchée.

— T'es fier, mon Ti-Zoune! lui dit Hormidas en sortant la valise de sa fille sur la galerie.

Ti-Zoune, drette comme un tuteur à plantes, sourit de toutes ses dents... ou plutôt, des trois qui lui restaient. Alice le regarda avec douceur. Elle avait rarement vu le colporteur autrement qu'en salopette tachée. Comprenez que notre homme était plus souvent dans les étables qu'à la messe du dimanche, ou à faire office de chaperon officiel.

Le vent venait de loin, alors Ti-Zoune prit rapidement la valise et la mit dans la sleigh.

— Les autres sortent pas dire bonjour? demanda le vieux.

— Non, répondit Hormidas. Les au revoir ont été faits au chaud. Y reste juste moé...

Le père, ému, serra sa fille dans ses bras, et elle lui rendit son étreinte avec force. Les Leblanc avaient toujours été démonstratifs de leurs sentiments, fallait leur donner ça, se dit Ti-Zoune. Pas comme dans d'autres familles où la pudeur était de rigueur. Icitte, on s'aimait pis on se l'disait.

— Tu vas être bien en ville, Alice-la-réglisse, tu vas voir, dit Hormidas avec une pointe d'humour avant d'embrasser sa fille sur le front. Pis si ça marche pas, tu r'viendras, la porte te sera toujours ouverte.

La jeune fille monta dans la voiture et regarda la maison familiale.

Eva se tenait derrière le rideau de cuisine, le nez dans son mouchoir. Les longs adieux n'étaient pas son fort, mais elle avait tout de même passé une bonne partie de la soirée de la veille avec sa fille à jaser et à lui faire cent recommandations. Rosalie avait embrassé sa sœur en l'assurant qu'elle prierait pour elle. Elle avait mis dans sa valise un petit sachet d'herbes séchées qui sentait bon chez eux. « Pour quand tu t'ennuieras de la maison ! » avait-elle dit. Aline, elle, se sachant surveillée par ses parents, s'était contentée d'un « Salut, bon voyage » poli mais sans cœur. Elle voulait montrer à quel point tout ça la dérangeait. Elle avait réussi, Alice en avait eu les larmes aux yeux.

Le buggy partit vers Sainte-Claire. L'air frais chauffait les poumons. Alice regarda droit devant pour penser à autre chose. Avec Rosaire qui avait fui et son propre départ aujourd'hui, elle vivait deux deuils importants dans sa vie.

À la gare, Ti-Zoune fit descendre Alice sur le ponton avant d'aller reconduire sa jument chez le père Mathieu. Il revint vite retrouver sa protégée qui se chauffait près du poêle à deux ponts.

— Le vieux Mathieu, y voulait que je lui paye le logement pour ma picouille. Heureusement qu'y aime les dés ! J'ai pu lui en passer une p'tite vite. Y a même pas vu que mon dé avait rien que des six. Ben sûr que j'y ai dit : « Si j'pogne un six, je l'ai gratis. Sinon, j'paye double. » Le tout c'est de r'mettre le dé dans sa poche avant que l'autre voèye les autres côtés. Qu'essé que t'en penses, ma belle Alice ? J'ai repris mon deux piastres, vu que j'vas rester à Québec un peu plus longtemps que l'autre fois. J'ai pas volé l'vieux, mais lui non plus y m'a pas eu. À bon entendeur, salut !

Le train finit par arriver en sifflant. Ti-Zoune aida Alice à monter sans lâcher sa valise. Les deux compères se cherchèrent des places côte à côte, mais il y avait tant de monde que c'était un vrai calvaire que de passer. Alice avait toujours peur de tomber, ne voyant pas où elle mettait le pied.

Le voyage fut long car de tout le trajet, on ne put pas bouger. Cependant, Alice en profita pour en apprendre le plus possible sur Québec. Évidemment, Ti-Zoune ne pouvait s'empêcher d'associer une anecdote à tel quartier, telle rue, telle ruelle, noyant Alice d'informations dont elle n'aurait jamais besoin, mais lui révélant aussi quelques bonnes adresses pour garnir son carnet de future ménagère.

On arriva à la gare en après-midi. Respirer un grand bol d'air sur le quai fit du bien à tout le monde, même si ça sentait l'huile à plein nez. Ti-Zoune avait l'air si heureux de lui rendre service qu'elle lui sourit.

— Monsieur le curé Labrie est censé avoir envoyé quelqu'un pour me chercher, dit-elle.

— Ah, mais j'peux t'accompagner jusque su' ton prêtre ! répondit Ti-Zoune. Tu pourrais m'présenter comme ton mononc' !

Alice se mit en frais de chercher des yeux quelqu'un qui avait l'air aussi de la chercher, elle. Le quai se vida tranquillement, ce qui rendrait le repérage plus facile. Justement, elle crut entendre son nom derrière elle.

— MamselleLeblancjsuppose ?

Elle se retourna et fut saisie de l'apparition. Devant elle se tenait un homme habillé de façon si dépareillée qu'elle pensa tout de suite aux clowns dans les livres pour enfants.

— Oui… ?

— Cémoéquivienvoucharcheràgarlecurélabriyadi.

— Hein ?

Alice arrondissait les yeux. Ti-Zoune, lui, plissa les siens à essayer de décoder la phrase qu'il venait d'entendre. L'homme afficha un beau sourire et répéta, en mâchant autant ses mots :

— Cémoé, moé ! Cémoéjuleclerquivienvoucharcher !

Ti-Zoune se retourna pour parler à l'oreille d'Alice sans que l'autre puisse le voir.

— Y a pas l'air finaud, celui-là ! J'comprends rien de c'qu'y dit !

Mais Alice était pas du genre à lever le nez sur les gens. Au contraire, elle aimait ça comprendre à qui elle avait affaire. Elle détailla l'homme du regard, comme il faut. Il était bâti tout d'un bloc, assez grand et imposant. Ses vêtements étaient étranges, mais propres, tout comme le chapeau sur le côté de sa tête. Il n'était pas très beau, mais il était bien rasé. Il devait être dans la mi-quarantaine. Son sourire était sincère, ses yeux doux. Alice devina que c'était un homme bien, même s'il n'avait pas l'air d'avoir la tête à Papineau.

— Qui vous a dit mon nom? demanda-t-elle en détachant ses syllabes.

L'homme sourit.

— C'est le curé Labrie!

Bon! Là on se comprenait! Il fallait juste qu'il parle moins vite. L'homme fixa Alice, puis se pencha un peu pour regarder le bas de sa robe. Il se redressa et la regarda à nouveau dans les yeux, puis se repencha pour fixer ses pieds. Il sourit, visiblement satisfait. Alice en était tout intimidée. Voir si ça se faisait de la reluquer de même!

— C'est vous, hein, Alice Leblanc? Le curé m'a dit que vous aviez une jambe de bois. Ça fait que j'ai regardé toutes les médames descendre du train pour savoir laquelle était vous!

Ah! Alice comprenait mieux le drôle de manège, maintenant. L'homme reprit:

— Moé, mon nom, c'est Jules. Jules Leclerc. Scusez ma parlure si j'parle vite des fois, c'est pas faite exiprès.

— Pas de problème, monsieur Leclerc, sourit Alice.

— Ça fait que j'viens de la part du curé Labrie, votre nouveau patron. Y m'a chargé de v'nir vous chercher. Y m'a dit: «Une fille avec une jambe ferme.» Ha! ha! C'est ben lui, ça, toujours en farce... Y a pas plus ferme que du bois, hein, qu'essé qu'vous en pensez?

Ti-Zoune se dérhuma.

— Tu r'marques ben vite, mon homme. Pis t'as pas l'air méchant. La demoiselle est pas venue souvent en ville, faque y faudrait pas faire trop de farces plates, tu me comprends, hein?

— Ben sûr! Les farces, ça m'connaît! Toutes les sortes de farces, même!

Il déballa son pedigree sans qu'on lui pose de questions. Le curé Labrie lui avait dit de se présenter, mais n'avait pas précisé quand il lui faudrait s'arrêter d'en dire. C'est comme ça qu'Alice et Ti-Zoune apprirent que Jules travaillait pour la fabrique depuis cinq ans. Il était l'homme à tout faire en chef. « En chef », parce que depuis trois semaines, le curé avait engagé un autre gars pour l'aider. Le travail ne manquait ni au presbytère, ni dans l'église à entretenir, ni avec les dépendances. Sans compter les nombreux paroissiens dans le besoin. Mettons qu'on s'ennuyait pas.

— Le prêtre me garde parce qu'il dit que chus efficace, mais je l'ai entendu dire au nouveau qu'il me garde parce que j'ai pas assez d'cervelle pour être pris ailleurs. Ça m'dérange pas, je l'savais déjà. Pis chus ben au presbytère.

Alice sourit. Ti-Zoune avait raison, Jules était plus candide qu'autre chose. Et puis, si le curé l'avait envoyé pour la chercher, elle devait lui faire confiance.

— Alors je pense que je serai bien, moi aussi ! déclara-t-elle avec optimisme.

Puis elle serra la main du vieux colporteur.

— Merci, Ti-Zoune. Le reste de ma route, y faut que je le fasse toute seule.

Ti-Zoune embrassa sa protégée sur la joue. Son travail finissait là. La demoiselle voulait voler de ses propres ailes, il comprenait ça. Il tendit donc la valise à Jules et les regarda s'éloigner ensemble. L'homme engagé portait beaucoup d'attention à la démarche d'Alice, et ce ne fut pas long qu'il se mit à boitiller comme elle. Ti-Zoune se gonfla le torse, prêt à intervenir, mais Alice lui envoya la main, l'air de dire que tout allait bien. Jules n'était pas une menace, avec ses agissements de petit gars de huit ans. Au contraire, avec sa bonhomie, il allait mettre un peu d'humour dans sa vie.

— Vous en faites pas avec votre patte, mam'zelle, dit Jules Leclerc à Alice tandis qu'ils sortaient de la gare. Chez le bon curé

Labrie, on est tous pareils. Y en a pas qui sont mieux que d'autres. Regardez-moé : ben des gens me trouvent pas vite, mais le curé y dit que c'est parce que je m'applique. C'est vrai que ça me prend du temps, mais c'est d'même. On me demande souvent si chus né de r'culons !

Alice se mit à rire gentiment. Effectivement, on aurait pu le penser !

Ils se dirigèrent vers la voiture à cheval. La jeune fille s'immobilisa à côté et attendit que Jules range sa valise dans le buggy. Puis l'homme grimpa, prêt à partir, avant de réaliser qu'elle était encore là plantée sur le trottoir.

— Ben, vous montez pas ? Vous en avez pas, en campagne, des voitures de même ?

Alice sourit encore, patiente.

— Y faudrait que vous m'aidiez, c'est trop haut. Pour ma jambe.

Jules se frappa le front, comme s'il avait eu une illumination.

— C'est ben ce que je vous dis ! Je l'avais déjà oubliée, votre jambe en bois !

Drôle de bonhomme, engagé par un drôle de curé. Alice avait hâte de faire la connaissance de ce dernier. Mais déjà, elle était à l'aise avec Jules. C'était un bon présage. Aussitôt qu'elle fut bien installée, il claqua les rennes et le cheval se mit lentement en marche. Alice n'avait d'yeux que pour les maisons cordées, les fils électriques, les voitures à cheval et à gazoline allant dans tous les sens, les gens sur les trottoirs qui se croisaient sans se regarder. On entendait de tout : des bruits de métal, des sons mouillés, des clac-clac de sabots, des éclats de voix d'ouvriers, des mères qui appelaient leurs petits et les petits eux-mêmes. Chacun faisait son affaire.

On monta une côte. Au loin, on voyait un clocher.

— Ça, c'est l'église Saint-Roch. Nous autres, on va plus loin, expliqua Jules.

La trotte ne dura pas longtemps. Jules prit une rue de travers et ils arrivèrent derrière un presbytère en pierres. Les dépendances étaient constituées d'une écurie modeste et d'un hangar pour le corbillard. En arrivant dans la cour, l'homme engagé cria très fort pour être entendu.

— Wô ! Le jeune !

Alice sursauta, elle qui pensait avoir déjà assez de bruit dans les oreilles.

— Viens m'aider, y'a une mam'zelle à débarquer ! Pis elle va avoir besoin d'une bonne swigne !

Alice s'étonna à peine que Jules la traite comme une poche de farine. Il n'avait pas de fini, mais ce n'était pas grave puisque ses paroles et ses gestes étaient complètement dénués de mauvaises intentions. Il disait tout ce qu'il pensait, sans filtre, et elle aimait ça : les gens mesquins, elle n'en voulait pas dans sa vie.

Derrière le bâtiment, une voix se fit entendre.

— J'arrive, Jules, donne-moi une seconde !

Alice eut un frisson. Ce timbre, ces intonations... elle les connaissait par cœur. Elle entendait souvent cette voix l'appeler par son nom dans ses rêves. Elle revit une tête bouclée, des yeux verts, une large carrure d'épaules, une main tendue, un sourire... La jeune fille pensait rêver. Elle n'entendait plus les bruits de la ville, elle ne voyait même plus Jules.

Elle ne voyait que lui. Rosaire.

L'homme sortit de l'écurie. Il portait une chemise à carreaux, un pantalon de toile noire et une vieille casquette. La tête penchée, il essuyait ses mains pleines de saletés sur un chiffon. Quand il leva les yeux vers elle, elle vit qu'il avait de la suie sur la figure, mais qu'il était toujours aussi beau.

Il s'arrêta net dans son élan. Alice, debout dans la voiture, le dévisageait, le cœur battant.

— Rosaire..., souffla-t-elle.

Le jeune homme resta immobile, silencieux. Seuls ses yeux vibraient d'intensité. Les mots ne venaient pas. Il respirait fort, lui aussi pris par une violente émotion. Les images se bousculaient dans sa tête. Il revoyait la jeune fille réservée dans la grange, au premier matin de leur rencontre. Belle comme le jour. Il revoyait la fureur dans le visage de son père. Il revoyait sa sœur et sa mise en scène absurde. Il se revoyait lui dans sa chambre d'hôtel, à se prendre la tête à deux mains, à ne plus savoir quoi faire. Il ressentait encore la honte d'avoir été chassé comme un malpropre, la colère, l'indignation. Il avait paqueté ses affaires : jamais de sa vie il n'était resté là où on ne voulait pas de lui. Par dépit, il avait laissé l'anneau gravé sur la table à l'hôtel, et il était parti.

Alice voyait tout ça passer dans le beau regard vert foncé plein de nuances. Elle n'osait pas briser le silence, elle ne savait pas comment elle serait reçue si elle disait quelque chose.

Jules arriva à la rescousse.

— Pour qu'essé faire qu'est encore là plantée comme un piquette, elle ? Coudonc, toé, t'as jamais vu ça, une fille avec une jambe de bois ? Envoèye, descends-moé ça à terre !

Rosaire sortit de sa torpeur et s'approcha.

— Bonjour, Alice.

La jeune fille n'eut pas le temps de répondre que Jules insistait :

— Mais débarque-la avant d'y faire la causette, y faut que je r'parte pour faire des commissions !

— Oui, bien sûr, bredouilla le jeune homme. Je peux ?

Alice n'en croyait pas ses yeux. Elle était heureuse de le revoir, mais en même temps, confuse. Ses yeux bleus à elle aussi brillaient. Pourquoi il était parti si vite aux fêtes, et sans lui parler ? Pensait-il que ses sentiments à elle n'étaient pas assez forts ? Il l'avait laissée là toute seule à se débattre avec son chagrin. Elle était perdue entre la joie des retrouvailles et la colère d'avoir été... abandonnée.

— Merci, mais je peux me débrouiller à partir d'asteure. À preuve, je suis ici pour travailler. Je fais ma vie.

Rosaire accusa la réponse polie, mais sèche : elle le repoussait.

Pouvait-il lui en vouloir ? En venant à Québec, c'est vrai qu'il avait fui, qu'il avait coupé les ponts. Mais comment se défendre contre un géant comme Hormidas? Tout le monde le mettait sur un piédestal, c'est homme-là, il n'aurait eu aucune chance de gagner sa cause. Aline l'avait bien eu. Il avait atterri dans son piège comme un lapin. Pourtant, Dieu lui en était témoin, jamais il n'avait eu d'intentions répréhensibles. Ce qui était censé arriver était simple: il avait voulu demander à Alice de l'épouser. Il savait qu'elle l'aimait. Ça se sent, des sentiments vrais. Hormidas aurait approuvé, il trouvait que c'était « un homme bon ». Mais à cause d'Aline, il avait tout perdu: son amour, d'abord, et sûrement sa réputation dans le comté. C'est le cœur en miettes qu'il était parti, pas juste parce qu'il était blessé dans son orgueil.

Alice tenta de descendre de voiture, mais elle n'en venait pas à bout.

— Ben, Rosaire, t'es-tu faite en plomb?! cria Jules. Attends pas qu'elle tombe à terre, aide-la! Pis c'est moé qu'on dit qu'y est lent... Tsss!

À contrecœur, Alice appuya ses mains sur les bras tendus de Rosaire et se laissa soulever par la taille. Comme il aurait voulu que le temps s'arrête! Alice le regarda dans les yeux, elle n'avait pas peur de le défier. Il lui devait des excuses, ou au moins, des explications. Valait mieux crever l'abcès tout de suite que de se morfondre pendant des jours encore.

Il la déposa en douceur sur le sol. Elle crispa ses doigts sur ses manches de chemise, elle ne voulait pas le lâcher.

— Pourquoi es-tu parti si vite? chuchota-t-elle. Pourquoi tu t'es pas défendu?

Rosaire secoua la tête de gauche à droite sans la lâcher des yeux. Il abrégea l'explication.

— Ton père... il n'aurait rien voulu entendre... J'aurais juste donné l'impression de nuire à ta sœur... C'était soit moi qui paraissais mal, soit elle... Il n'y en avait pas, de solution, Alice!

La jeune fille soutint un long moment le regard pénétrant, toute à son habitude qu'elle avait d'analyser le monde qui se trouvait devant elle. Ce qu'elle vit en Rosaire n'était que sincérité. Il ne pouvait pas savoir que sa mère aurait pris leur parti... Mais bon, ce n'était ni le lieu ni le moment pour en parler davantage. L'important, c'est qu'à cette seconde, tous les deux s'étaient compris.

Elle s'éloigna vers le presbytère. L'orage avait été évité. Rosaire n'insista pas pour l'instant.

Le curé Labrie se pointa à ce moment sur la galerie d'en arrière. Il avait vu arriver sa p'tite dernière et voulait se présenter. Il n'était pas loin de ce qu'Alice avait imaginé. Dans la forte soixantaine, il affichait une couronne de cheveux gris au-dessus d'un visage débonnaire. Il n'était pas bien grand, mais en imposait par son regard coiffé de gros sourcils broussailleux. La croix autour de son cou pendait juste à côté d'une trâlée de médailles bénies, attachées avec des épingles à ressort. Sa soutane traînait dans la gadoue, mais ça semblait être le moindre de ses soucis. Alice saisit aussitôt qu'elle aurait des planchers à laver tous les jours.

— Ah, v'là notre cuisinière. Finie la soupe à l'eau claire, mes amis ! Bienvenue, mademoiselle Leblanc. Tu as fait connaissance avec Jules et notre Rosaire, à ce que je vois ?

Jules, assis dans la voiture, répondit d'une traite :

— Y ont même l'air de se connaître pas mal, ils s'appellent déjà par leurs p'tits noms !

Le curé le regarda d'un air de reproche en se dérhumant.

— T'as pas des commissions, mon Jules ? Pis c'te fois-citte, achète du pain blanc qui se mange, pas du pin blanc en planches ! semonça le prêtre en faisant les gros yeux à son engagé.

— Du pin ou du pain, comment c'est que j'pouvais savoère, ça sonne pareil !

— Ouais, mais ça se digère pas pareil ! riposta le curé Labrie, qui tapa les fesses du cheval pour couper court à la conversation.

Puis, il se tourna vers Alice.

— Viens, ma fille, je vais te faire faire le tour. Et si tu connais aussi bien notre Rosaire que Jules le dit, tu dois avoir confiance qu'il va te rendre la vie facile icitte en te rendant des petits services.

Hein, mon Rosaire ! dit le curé en ramassant le bagage de sa nouvelle bonne.

Les deux jeunesses se contentèrent de sourire, et de rougir un peu. Le curé s'en aperçut et se promit bien de faire la lumière là-dessus.

La cuisine du presbytère était peinte en bleu. « Bleu comme le ciel chez nous », pensa Alice. Une nappe à carreaux blancs et jaunes recouvrait la table. Il n'y avait pas de rideaux aux fenêtres. Elle s'en étonna à voix haute.

— On veut pas faire jaser, lui expliqua le curé. Comme le presbytère est à tout le monde, tout le monde peut voir dans la cuisine. Des fois, y a des enfants qui r'gardent par les vitres en faisant des grimaces. Il suffit de pas s'en occuper, sont pas méchants. Y r'partent après sans rien demander. En ville, les enfants, y savent pas où jouer, pis nous autres, ça adonne qu'on a un p'tit bout d'terrain, c'est ben tentant de s'y aventurer.

Alice prenait mentalement des notes de tout. La cuisine était grande, exposée à l'ouest, donc bien éclairée avec de belles fenêtres et l'éclairage électrique en plus. Il y avait tout un mur d'armoires et de dépenses. Il faudrait peut-être faire descendre quelques plats pour lui éviter d'être toujours dans l'escabeau. Une porte ouvrait sur une petite rallonge, où dormaient Jules et Rosaire.

Le curé passa vite sur la salle à manger et son vaisselier encastré, le salon et son office. La chambre de la cuisinière se trouvait à l'étage, avec celles des invités. Elle était meublée simplement d'un lit, étroit mais pourvu d'une bonne courtepointe épaisse, d'une commode, d'un petit bureau et d'une chaise.

— Tu pourras la décorer à ton goût. C'est un peu minime comme décor, je l'admets, mais les cennes sont rares, pis quand on en a, on les donne aux quêteux. T'as juste à ouvrir la porte pis y en arrive deux. Fait qu'on met rien sur le luxe.

Alice sourit. Elle allait s'accommoder rapidement des lieux. Elle avait décidé qu'elle serait bien ici.

Rosaire n'était pas entré. Il avait préféré retourner à son ouvrage dans la shed. Ça lui donnait une excuse idéale pour n'avoir à répondre à aucune question… pour l'instant. Revoir Alice lui avait donné tout un choc. Le prêtre pouvait faire preuve de discrétion quand il voulait, mais c'était pas banal qu'une fille du fin fond de Bellechasse le connaisse déjà, lui. Le curé chercherait tôt ou tard à tirer sur le fil de l'histoire, c'était bien normal.

Il ne se passa quand même pas beaucoup de temps avant que le beau jeune homme mette les pieds dans la cuisine d'Alice. On peut même dire qu'il était toujours dans les parages. Il rentrait le bois, vidait de ses cendres le poêle Bélanger, attrapait une bassine posée trop haut sur l'étagère… Il était même venu déboucher l'évier. Alice, chaque fois, lui souriait. À travers les allées et venues de Rosaire, elle apprit qu'après avoir quitté Saint-Lazare en trombe, le jeune homme avait retonti à Québec chez une parente éloignée, et que c'était par un concours de circonstances qu'il s'était accroché les pieds chez le curé Labrie. Il avait fini par y être engagé en bonne et due forme quelques semaines auparavant. Jules avait beau être dévoué, ça prenait un homme fiable pour voir à tout, notamment aux fournaises que le simple d'esprit n'avait pas le droit d'approcher.

Plus Rosaire parlait, plus Alice s'attendrissait, mais elle se gardait bien de le lui montrer ou de le lui dire. Elle avait sa fierté, et Rosaire comprit qu'il avait quand même une bonne côte à remonter. Ils évitaient le sujet de la bague, qu'Alice avait confiée à sa mère avant de venir à Québec. Le curé Labrie les observait du coin de l'œil, pas dupe une miette à propos de ce qui couvait. Il se demanda juste par la grâce de quel saint du ciel les deux jeunes avaient été réunis sous son toit. « Il n'y a pas de hasard… », se répétait-il.

Les journées passèrent, puis les semaines. On était rendu mi-avril, ça faisait pas loin d'un mois que la nouvelle cuisinière était arrivée. Un matin, parce qu'il pensait avoir été assez patient, le curé Labrie prétexta de vouloir une autre toast pour aller tirer des confidences à Alice. Ce n'est donc pas Rosaire qui passa à la confesse, mais la jeune fille.

— Jules, à ton arrivée, a dit que tu connaissais Rosaire. Pour moi, c'était ben le cas, ou bedon vous avez fait amitié ben vite, lui pis toé…

Alice se sentit mal à l'aise d'être mise sur la sellette.

— C'est vrai. Rosaire et moi, on s'est connus chez mes parents l'automne passé. Y est venu tondre les moutons.

— Un tondeux… tu m'en diras tant ! dit le prêtre en se grattant le menton. Il a vraiment tous les talents, ce garçon…

— C'est vrai qu'il a le tour avec les bêtes. Mais il est reparti passé les fêtes, après que…

Le curé voyait ben qu'il y avait autre chose.

— Après quoi ? Après qu'il a eu fini de tondre ?

Alice se frotta les mains dans son linge à vaisselle. Elle qui n'aimait pas trop se dévoiler ne savait pas ce qu'il convenait de dire ou pas.

— Ben… je pense que mon père était pas d'accord pour qu'il me fréquente, ça fait que… Pis là, je le retrouve icitte…

Le curé la regarda. Pourquoi faire que le père Leblanc aurait pas voulu de Rosaire comme gendre ? C'était un gars habile et honorable, pourtant. Est-ce qu'il y avait quelque chose de pas net là-dessous, qui risquait de dégénérer en drame sous son toit ? Chose certaine, le curé n'aimait ni la chicane ni les cachettes. Il fallait déballer la vérité aux parents.

— As-tu dit à ton père que Rosaire travaille icitte lui aussi ?

— Non, pas encore. J'ai ben sûr écrit à' maison en arrivant ici, mais j'ai rien dit pour Rosaire. Je sais pas comment leur annoncer ça, j'ai un peu peur de la réaction de mon père…

— Voyons ! T'es pas une gamine, Alice ! Pis de ce que j'ai su de ton père, c'est un homme exemplaire. Tu expliques les choses comme elles sont. C'est pas comme si tu avais manigancé pour le retrouver icitte, notre Longin ! Tu devrais prendre les devants avant que tes parents apprennent les choses par quelqu'un d'autre. Parce que, tu l'sais peut-être pas, mais tout se sait toujours, dans la province de Québec. Tout ! conclut le curé qui, prenant sa toast sur le poêle, tourna les talons et sortit sur le balcon.

Ce soir-là, avant de se coucher, Alice prit une feuille de papier dans le petit tiroir de sa commode et s'installa pour écrire à sa mère que Rosaire était de retour dans sa vie.

CHAPITRE 3

Après le départ d'Alice, l'ambiance de la maison changea. On pensait que c'était pour le mieux, mais ça ne dura pas. Surtout avec l'arrivée d'une certaine lettre de Québec au début du mois de mai.

La missive était adressée à Eva, qui l'avait décachetée tout de suite en revenant du village. Elle avait profité d'un moment de solitude avec sa tasse de thé pour se consacrer aux nouvelles de sa fille éloignée. Elle était bien contente d'avoir été seule pour les lire, d'ailleurs. Ça lui avait permis de jongler à ça tout l'après-midi.

Après un souper tranquille, elle aborda le sujet avec son mari.

— As-tu lu la lettre d'Alice? lui demanda-t-elle innocemment.

Hormidas était en train d'arranger un mors à cheval avec une grosse paire de pinces. Assis sur le coin de sa chaise, il forçait tant qu'il avait la langue sortie, tandis qu'Aline et Rosalie faisaient la vaisselle en silence.

— Ah! Ça vient d'elle? J'ai ben vu que t'as ramené du courrier du village, mais j'ai pensé que c'était d'une de tes sœurs... Si c'est d'Alice, j'veux toute savoir. Lis-moé-la, ma douce.

Eva regarda son homme du coin de l'œil. Elle se racla la gorge et lut:

« Chers parents,

Je vous écris pour vous dire que tout va bien. Je me suis habituée aux bruits de la ville et j'ai même arpenté quelques rues autour pour découvrir le quartier. Monsieur le curé me laisse le mercredi matin de congé, mais je peux sortir quand je veux, il faut juste que les repas soient sur la table à temps, qu'il dit. Il apprécie mon manger, particulièrement le rôti de porc aux patates brunes pis mes galettes à la confiture. »

Hormidas ricana.

— Sont toutes pareils, les curés, hein ? Du moment qu'ils ont le ventre plein ! Quoi d'autre qu'elle raconte, la p'tite ?

Eva reprit sa lecture posément.

« On a de l'ouvrage en masse, mais je suis capable de le faire. Le soir, quand on se couche, on n'a pas besoin de se faire bercer pour s'endormir. Je ne suis pas la seule engagère ici. Il y a Jules, dont je vous ai parlé dans mon autre lettre, qui me fait toujours rire. Mais il y a aussi un homme à tout faire. Je ne voulais pas vous le cacher, mais je ne savais pas comment vous l'annoncer avant. C'est Rosaire Longin. Oui, je sais, le monde est petit. »

Hormidas se leva d'un coup. Ses pinces tombèrent par terre.

— Qui t'as dit… ?

Eva le regarda dans les yeux sans lâcher la lettre.

— Rosaire. J'ai dit Rosaire. Je peux-tu continuer, là ?

Mais Aline se cabra.

— Rosaire Longin ! Vous pouvez pas laisser faire ça, papa ! Vous savez ce qu'y m'a faite ? Un vrai fou… pis dangereux ! Faut le dénoncer au curé ! cria-t-elle.

Hormidas marchait de long en large dans la cuisine.

— Le chien ! À Québec ! D'entre toutes les places, fallait qu'y soèye à Québec ! Passe-moé d'quoi écrire, Eva ! Non, mieux ! J'attèle pis j'vas chercher Alice tu-suite !

Aline se délectait de la rage de son père. Mais Eva avait prévu le coup, aussi elle gardait son sang-froid.

— Tu vas te calmer, Hormidas. Rosaire est pas celui que tu penses, c'est un bon garçon…

— BON GARÇON ? la coupa Aline. Il a voulu m'agresser, maman !

Mais avant qu'Eva lui coupe le sifflet ou qu'Hormidas continue à monter sur ses grands chevaux, c'est Rosalie qui s'interposa.

— Ça suffit, Aline ! dit-elle d'une voix forte.

Tout le monde resta coi, surpris que la plus grande prenne la parole, mais plus encore par son ton. Rosalie enligna sa cadette.

— T'as jamais été agressée. T'as tout inventé, pis tu l'sais que je suis au courant.

Puis, se tournant vers leurs parents bouche bée, elle expliqua tout à propos du mot qu'Aline avait écrit à Rosaire pour le piéger. Rosalie avait retrouvé le bout de papier chiffonné au lendemain du réveillon, en balayant la petite chambre.

— Tu t'es fait passer pour Alice avec un faux prétexte pour attirer Rosaire dans la chambre d'en arrière. C'est toi qui as déchiré ta robe, toi pis ta jalousie. Tu nous l'as dit le lendemain matin, à Alice pis à moi, que t'avais faite ça parce que t'endurais pas qu'elle ait un soupirant avant toi. C'est ça, la vérité. Rosaire a rien fait de mal… à part préférer Alice.

— Tais-toi ! cria Aline. T'as menti !

Hormidas était blanc comme un drap. Son regard alla de Rosalie à Aline, à Eva, puis il retourna à Aline, qu'il fixa droit dans les yeux. La jeune fille baissa la tête. Elle n'aurait jamais cru que Rosalie la vendrait.

— Qu'essé que ta sœur a dit ? Tu as fait QUOI ?

— Elle a pas de preuve !

— Peut-être pas, mais elle a juste une parole pis j'la cré !

Aline releva le menton avec un air bravache.

— J'ai fait ça pour protéger Alice ! Voyons donc, qui voudrait vraiment d'une estropiée comme elle ? C'est clair que Rosaire lui tournait autour pour les mauvais motifs ! Vous pensez du mal de moi, mais j'ai fait ça pour elle ! Elle aurait été malheureuse... Imaginez, elle voulait se marier ! Comme si c'était possible qu'une patte de bois se marie avant moi...

Hormidas saisit sa fille par le bras. Jamais il n'avait levé la main sur ses enfants, mais en ce moment, il l'aurait volontiers secouée comme une chemise tombée à terre. Son œil bleu vira à l'acier, et il lui décocha un regard à glacer le sang.

— J'te défends de parler de ta sœur de même. Tu m'as compris ?

Aline tira sur son bras pour se dégager. Elle défia son père.

— Oui, j'ai compris ben des choses. Vous pouvez m'croire !

Puis elle sortit dehors en claquant la porte derrière elle.

Hormidas se retourna vers Eva. Le chat était sorti du sac. Elle tenait encore la lettre d'Alice de ses doigts tremblants. Hormidas la lui retira et la déposa sur la table avant de saisir les mains de sa femme dans les siennes. Sa voix était cassée.

— Eva, j'm'excuse. T'avais raison sur toute. Tu l'savais pour Rosaire... Moé itou, je l'savais au d'dans d'moé. J'me suis laissé berner, j'm'en veux... Mon Dieu, vas-tu me pardonner ? Pis Alice, penses-tu... ?

Eva soupira.

— J'pense que tu devrais y écrire. J'pense que t'as des choses à y dire, à Alice.

— Pis pour Aline ? Qu'essé qu'on a fait de pas correct, veux-tu ben m'dire ?

— Oh, mon homme, tu m'as déjà dit c'que j'avais fait de pas correct. C'est moé qui vas arranger ce boutte-là avec elle. Toé, tu t'occupes d'Alice, pour changer.

Elle lui sourit à travers ses larmes. Rosalie, rassurée sur le déroulement des choses et soulagée d'avoir enfin livré ce lourd secret, se remit à la vaisselle. Elle n'aimait pas les conflits, mais encore moins l'injustice.

La vie reprit son cours avec des ensoleillements et des passages ombrageux. Le travail ne manquait pas, ça aidait à changer les idées. Rosalie assistait sa mère dans la maison et Aline travaillait avec son père dans les champs. Elle restait de mauvaise humeur et parlait peu. Hormidas ne força pas la note. Il savait que ça lui passerait un jour... Il espérait juste que ça ne prenne pas tout l'été.

On n'avait pas fini de ramasser les roches dans le clos au nord. Des roches, il y en avait en masse. C'est ça, Bellechasse. On roulait les plus grosses sur le bord de la petite sucrerie, et on ramassait les petites pour les mettre dans les trous de bouette.

— Maudites roches! rugit Aline. Maudite terre!

Hormidas ne l'avait jamais vue comme ça. Avant, elle aimait travailler dehors au grand air. Maintenant, elle rechignait sur tout et chaque tâche lui paraissait être une corvée. Elle nourrissait son mal avec des images d'Alice et Rosaire en train de folâtrer au château Frontenac, de pures imaginations, qu'elle s'imposait elle-même constamment. Ça la rendait malade et lui coupait la moitié de ses forces pour travailler.

Eva et Hormidas comptaient sur la belle saison et la reprise des activités au village pour sortir leur fille de sa morosité. La Fête-Dieu[1] arrivait bientôt. On avait demandé aux cultivateurs qui le pouvaient de couper des saint-michel[2] pour orner les rues du village jusqu'au reposoir. Cette année, on le mettrait sur le perron du

1. Dans ce temps-là, chaque fête-Dieu voyait le village décoré de fanions et de sapinages. L'endroit du reposoir variait : une année en haut de la rue principale, une année en bas. Mais pour choisir la galerie, un don aidait au choix du propriétaire. On installait une table avec une nappe blanche et des fleurs pour recevoir l'ostensoir. La parade se faisait avec servants de messe en surplis et dais de toutes les confréries de la paroisse. Tout le monde mettait ses vêtements neufs et, si possible, on étrennait un nouveau chapeau.

2. Petits sapins d'environ trois pieds de haut.

magasin Audet, compétiteur de Garant au Quatre-Chemins. C'était tout un honneur de recevoir Jésus Hostie chez soi. Disons que le marchand avait offert une aumône considérable pour payer des linges d'autel neufs. Ça aidait.

L'été s'annonçait chaud. Les soirées étaient déjà écrasantes. On avait déjà pris l'habitude de cuisiner dans la petite cuisine d'été attenante à la maison, qu'Hormidas avait construite une dizaine d'années plus tôt ; c'était moins chaud pour le reste de la grande maison, sauf quand on oubliait de fermer la porte entre les deux bâtisses. Ces soirs-là, la chaleur montait aux chambres et les transformait en vrais fours.

— Maman, est-ce que papa va engager un homme pour aider au foin ? demanda Aline en descendant ce matin-là. On fournira pas sans aide, à moins que Rosalie vienne fouler elle aussi. Ça prendrait Alice pour la maison pis les vaches, mais elle peut pas, hein, ELLE EST À QUÉBEC.

Eva n'embarquait pas dans le jeu de sa fille. Elle faisait comme si elle n'entendait pas les piques et les allusions. Elle était très belle, son Aline. Toute la prestance d'Hormidas. Mais sapristi qu'elle était difficile à vivre.

— Ton père en cherche un depuis une semaine. C'est pas facile à trouver, les meilleurs sont déjà pris.

— On peut pas s'en passer, on va se brûler à l'ouvrage. On n'a même pas fini les roches pis le foin nous arrive déjà aux genoux, se plaignit Aline.

Hormidas entra dans la cuisine sur ces entrefaites.

— Bonne nouvelle, tout le monde, j'ai peut-être trouvé un homme à gages ! Il vient du coin, on devrait pas avoir trop trop de surprises.

Il ne cachait pas l'excitation dans sa voix. Avec son chapeau de travers, il avait l'air d'un enfant devant son bas de Noël.

— Ah bon ? Qui c'est ? demanda Eva.

— Paul Allard. Il reste à Sainte-Claire. C'est le fils du forgeron. Y pourrait peut-être en plus ferrer nos chevaux !

Après l'accident d'Aimé, Hormidas n'avait plus jamais ferré ses chevaux lui-même.

Aline s'approcha, tout intéressée. Déjà qu'un homme engagé, c'était une bonne nouvelle pour aider aux corvées, mais s'il était jeune pis pas laid à r'garder en plus, ça pourrait la désennuyer. Elle retrouva d'un coup sa bonne humeur.

— De quoi il a l'air ? demanda-t-elle.

Rosalie, qui roulait des tartes, s'essuya le front avec le dos de la main avant de répliquer gentiment à sa sœur :

— Ça n'a pas d'importance, pour autant qu'il travaille bien. C'est pas mal ça la seule qualité demandée.

— Pfff! Pour toi peut-être, si tu veux rester vieille fille. Mais moi, ça m'intéresse!

Hormidas se gonfla le torse, fier de son coup. C'était pas facile de trouver quelqu'un à ce temps-ci. Il y avait toujours les travailleurs itinérants, mais il préférait toujours engager quelqu'un du coin. Le forgeron avait deux fils. Le plus vieux était son apprenti ; il hériterait de la forge et de la maison, mais il devait finir ses parents. À dix-neuf ans, le second, Paul, devait se placer. Il partait dans la vie avec deux prises au bâton, comme on dit. Il devrait faire sa fortune lui-même.

— Le gars sera pas icitte pour faire les yeux doux, mais pour besogner, avertit le père, qui n'avait aucune envie de revivre les événements de l'hiver précédent. Mais vous allez pouvoir vous faire une idée assez vite par vous-mêmes, il est supposé arriver demain. On verra ben s'il a du cœur au ventre.

En soirée, Aline et Rosalie se retrouvèrent ensemble sur la galerie, leurs parents étant allés jouer aux cartes chez les Colin. Deux vieilles berçantes trônaient sur le devant de la maison, grinçant comme de vieilles pentures. Rosalie regardait au loin, tandis qu'Aline se berçait bon train. Les mouches leur bourdonnaient de chaque bord des oreilles.

— À quoi tu penses qu'il ressemble, le gars engagé ? commença Aline.

— Encore avec ça ?

Aline la dévisagea.

— Hé, ho, la grande ! Ça t'intéresse pas, les gars ? Tu veux vivre avec les parents jusqu'à la fin de tes jours, tu veux pas faire ta vie ?

— Ben sûr, que je veux faire ma vie. Mais c'est pas obligé de se marier pour ça, répondit doucement Rosalie.

Aline éclata de rire.

— Dis-moi pas que tu veux être maîtresse d'école ? Ou bedon faire comme la tante Annette, toujours ? Sainte-Capine en peinture !

Rosalie baissa la tête en rougissant. Aline avait remarqué la dévotion de sa sœur lors du chapelet, mais tout de même. Passer ses jours à genoux et à prier, c'est pas une vie, ça !

— Ah ben que l'diable m'emporte ! Une autre corneille dans' famille ! Ma sœur veut faire une sœur ! Tu veux t'enfermer au couvent ?

Rosalie regarda droit devant elle.

— On verra. J'aime mieux pas le dire aux parents tout de suite. Ça fait pas longtemps qu'Alice est partie, je vais attendre un peu...

À l'évocation de sa jumelle, Aline se retourna brusquement. Elle venait de réaliser que Rosalie au couvent, elle ferait les frais de deux départs.

— Eille, parle-moi pas de la p'tite princesse de la ville dans son beau château !

— Elle te manque jamais, Alice ? Moi, je m'en ennuie ben gros en tout cas, fit Rosalie pour toute réponse.

Aline était pas prête à dire qu'elle s'ennuyait de sa sœur, mais des petites attentions qu'elle avait, ça oui. En plus, ce qu'Alice abattait comme ouvrage, elle-même n'avait pas à le faire. Mais on lui aurait arraché les dents à frette qu'elle ne l'aurait jamais admis.

Elle reporta ses pensées sur l'homme engagé qui arrivait le lendemain. Serait-il blond ou brun, grand ou petit ? Aurait-il un beau visage ou des traits quelconques? Elle y pensait encore au moment de brosser ses cheveux devant le miroir avant de se coucher. Elle rêvait de romance avec un homme qu'elle n'avait encore jamais vu. «Jésus, faites qu'il soit beau comme un dieu!» implora-t-elle.

Elle se coucha au beau milieu du lit. Maintenant qu'Alice n'était plus là, elle jouissait de la chambre à elle toute seule. Elle s'endormit en pensant à son beau prince, qui lui conterait fleurette après la traite.

La nuit avait laissé une grosse rosée. Des gouttes d'eau pendaient aux toiles d'araignée accrochées à la clôture. Le coq, jouqué sur le piquet de la clôture, s'égosillait. Aussitôt que la lueur de l'aube poignait, il se montrait bien en vue des poules et lâchait son cocorico aux deux minutes. Si Aline avait le malheur de dormir la fenêtre ouverte, elle était la première à l'entendre, vu que le piquet était juste en dessous.

— Maudit sac à plumes... Si j'le pogne, y passe à' casserole! grogna-t-elle en se réveillant.

Visiblement, les rêves romantiques s'étaient évaporés.

Les parents étaient déjà dans la grange. Les veaux beuglaient dans un coin de l'étable, exigeant leur nourriture. Hormidas, la tête sortie par le carreau, vit arriver Paul Allard. Il était de bonne heure. Faut dire que sa mère l'avait réveillé avant que le soleil se lève. Pas question qu'il paraisse mal à sa première journée!

Paul montait un vieux cheval brun avec plein de poils blancs au travers du dos. Son père, pourtant forgeron et maquignon, ne lui avait pas réservé le plus beau, c'est le moins qu'on puisse dire. Paul semblait assez grand, et avec le dos droit sur sa selle, il avait quand même belle allure. Une petite moustache fine sous son nez lui donnait l'air un peu plus vieux que ses dix-neuf ans. Il portait des vêtements de travail: des culottes en laine brune avec des bretelles, une chemise qui avait déjà été blanche et une p'tite casquette.

Il était pas pire à voir. Il sauta à terre avec élégance et attacha son cheval à l'anneau de fer sur le coin de la grange. Hormidas, qui sortit de la grange au même moment, avisa que la selle avait vu l'ours. Sans aucun doute, elle allait avec le cheval.

— Bonjour, monsieur Leblanc. Je suis Paul Allard, je viens pour l'ouvrage.

Hormidas lui serra la main.

— Bienvenue dans l'Six, mon homme. T'es à bonne heure, je l'apprécie. J'aime mieux t'avertir, y a ben à faire. Ton père a dû te dire que j'ai pas d'garçon ? C'est pour ça que j'ai besoin d'un embauche. Attends-toé à trimer dur.

Paul sourit et roula des muscles, qu'il avait bien saillants.

— Ah ça, chus prêt !

Aline, qui avait écornifié l'échange depuis le perron, décida à ce moment d'entrer en scène. Elle venait se faire voir. Hormidas s'aperçut bien que le jeune homme était tombé dans l'œil de sa fille ; il se méfia automatiquement, prêt à y mettre le holà.

Paul Allard jeta un coup d'œil furtif à la jeune fille, mais reporta vite son attention sur son patron. C'était pas un courailleux... ce qu'Aline ne soupçonna pas une seconde. Ce qui comptait pour elle, c'est qu'il l'avait remarquée, et déjà, son petit cœur faisait boum boum. Elle apprécia ses cheveux d'un châtain doux, ses yeux bleu pâle. Comme elle le trouvait beau !

Hormidas poursuivit la conversation :

— Je paie cinq cennes par jour, plus le repas du midi. C'est entendu avec ton père.

— C'est ben parfait, monsieur Leblanc, j'en demande pas plus. Mais j'ai bon appétit, vous savez !

Ça faisait son affaire vrai, un bon repas. Chez eux, la nourriture était réduite pas mal aux patates pis aux bines. Dans le village, on n'avait pas autant de ressources pour manger que sur une terre.

Eva et Rosalie sortirent à leur tour de la grange, elles arrivaient des poules. Dans les bras de Rosalie, un beau panier plein d'œufs.

Paul se pourlécha les babines en pensée. Des œufs aux lards, ça faisait longtemps qu'il n'avait pas mangé ça. Eva s'essuya les mains sur le tablier qu'elle portait autour de la taille, et Hormidas fit les présentations.

— Paul Allard, je te présente ma femme, Eva, ma fille Rosalie, et Aline, ma plus jeune… que t'as vue déjà.

Paul sourit poliment à tout le monde. Aline avança la main pour serrer la sienne, question de se mettre à l'avant-plan.

— Enchantée, monsieur Allard. On est ben contentes d'avoir de l'aide. Surtout moé qui en fais le plus !

Paul semblait un peu gêné et serra la main tendue.

— Eh ben… Aline… chus ben content de travailler icitte.

Aline sentit son cœur battre à tout rompre. Il avait prononcé son nom ! Tout son corps bouillait, comme si ses sens s'éveillaient à une nouvelle vie.

Hormidas coupa là les effusions et conduisit Paul à l'étable. Aujourd'hui, on commencerait à couper le foin à la petite faux dans le clos devant la maison. Il lui montra où étaient les instruments aratoires et lui dit ce qu'il attendait de lui.

Le soleil était déjà haut dans le ciel quand Aline vint les rejoindre pour commencer à couper. Le trio ne ménageait pas ses efforts. Paul et Aline travaillaient dans une cadence parfaite.

La chaleur était torride autant aux champs qu'à la maison où, pour faire exprès, c'était jour de boulange pour la semaine. Eva surveillait son homme de temps en temps par la fenêtre. Hormidas arrêtait plus souvent que les jeunesses pour se reposer. À presque soixante ans, il avait moins de souffle. Depuis quelque temps, d'ailleurs, il semblait souffleux au moindre effort. Il ne se voyait pas vieillir, et le surplus de travail lui rentrait dedans.

Paul, lui, n'arrêtait pas. Il était dans la force de l'âge. Sa chemise était trempée de sueur, mais il ne laissait pas sa faux. Il était dur à l'ouvrage, et ça, Hormidas l'appréciait. Toutes les demi-heures, on sortait la pierre à faux et on la passait de chaque côté de la lame. Quand on crachait dessus, ça affûtait encore mieux.

Aline n'avait pas son pareil pour les crachats d'habitude, mais pensez pas qu'elle se serait mise à cracher devant Paul ! Pour paraître plus vieille, elle avait même relevé ses cheveux en chignon, au lieu des deux tresses serrées qu'elle portait d'habitude aux champs. Son père avait remarqué ce léger détail : sa petite fille grandissait, il ne pouvait pas le nier.

Hormidas alla chercher la cruche de grès près de la clôture. Il y avait là une talle de cerises à grappes qui faisait de l'ombrage, et rien de mieux que le grès pour garder l'eau frette le plus longtemps possible.

— Prenez le temps d'une bollée d'eau, les jeunes !

Aline prit la cruche et but en faisant attention à chacun de ses gestes. La façon de lever la cruche, d'étirer les lèvres... Elle espérait que Paul la regarde. Elle faisait exprès pour lui montrer son cou humide d'eau et de sueur. Son instinct de séductrice venait de se réveiller.

— Tiens, ton tour, dit-elle en lui passant le récipient.

Paul avait-il perçu le manège de la jeune fille ? Si oui, il n'en laissa rien paraître. Il essuya le goulot, but avidement l'eau fraîche sous l'œil d'Aline qui vit monter et descendre sa pomme d'Adam. Puis il se détourna et se rapprocha d'Hormidas, qui regardait le soleil presque au zénith.

— Êtes-vous content de la matinée, monsieur Leblanc ?

— Très content, mon homme. J'sais pas où t'as appris à faucher à Sainte-Claire, mais t'es un naturel, toé, répondit le fermier en tapant dans le dos de son employé. Là, j'vas aller chercher l'dîner : c'est pas toujours à Eva à courir après nous autres. Attendez-moi icitte, les jeunes, je r'viens.

Hormidas se hâta vers la maison. Aline en profita pour s'asseoir dans l'herbe, à l'ombre, tandis que Paul restait debout.

— Il fait chaud, tu trouves pas ? minauda-t-elle, en relevant le bas de sa jupe pour montrer ses jambes.

Paul suivait avec gêne les mouvements d'Aline. Comme les autres gars du coin, il avait entendu parler de la fille Leblanc. Il la savait capable au négoce et assez bravache, mais il ne la pensait pas Marie-couche-toi-là. Avec des parents comme les siens, c'était très étonnant. Il préféra ne pas répondre à son commentaire.

— La chaleur me fait bouillir le sang, ajouta-t-elle, un peu plus audacieuse encore.

Paul, tout homme qu'il fût, rougit comme un enfant. Aline pensa qu'elle venait de faire mouche. Avec Rosaire Longin, elle avait perdu la face, il ne s'était pas occupé d'elle. Mais Paul était plus viril, plus grand et plus fort, ce serait peut-être différent. Ses rêves d'amour allaient peut-être enfin se réaliser ! Elle voulait être considérée, être la blonde d'un bel homme, être l'objet de toutes ses attentions. Et Paul Allard était celui qu'elle voulait pour amoureux.

— Viens donc t'asseoir, Paul. T'es en train de cuire au soleil ! Tiens, je te fais de la place...

Ses yeux bleus étaient en train de virer au marine tellement elle mettait d'intensité dans son regard. À l'idée que Paul vienne la frôler en s'assoyant, des picotements envahirent tout son être. Elle regardait ses mains à lui et les aimait déjà. D'un coup qu'il lui caresserait les cheveux, ou la joue, ou le bras ? Sa sensualité naissante demandait à être explorée. Mais Paul ne fléchit pas. C'est vrai qu'il aurait été bien à l'ombre, mais il n'était pas le genre à chercher le trouble.

— Non merci. V'là ton père qui arrive.

Aline se releva d'un coup sec. Il n'était pas question qu'Hormidas la prenne en flagrant délit. Il était bien capable de la gronder devant l'homme de sa vie !

— Les jeunes, on remet ça jusqu'à l'Angélus, après on mange, dit Hormidas, qui déposa à l'ombre le panier qu'il avait sous le bras.

Tout le monde se remit à sa faux. Aline n'avait d'yeux que pour Paul. Lui, de son côté, ne la regardait pas. Il ne voulait pas de problèmes. Sa mère l'avait ben averti de se tenir à sa place et de ne rien faire pour être renvoyé ; les Allard n'étaient pas riches, le bonhomme faisait trop crédit. La famille avait besoin de l'argent que Paul rapporterait[3]. Aussi porta-t-il le moins d'attention possible à Aline.

Il était aux environs de huit heures le soir quand Hormidas lui donna sa paye. À cette époque-là, on travaillait d'une étoile à l'autre.

— Le soleil va se coucher ben rouge à soir, dit Hormidas en serrant la main du jeune homme. Si tu veux, je t'attends de bonne heure demain matin.

Paul détacha son cheval, que Rosalie avait soigné au foin et à l'eau toute la journée.

— Je r'viendrai avec plaisir, monsieur Leblanc. Pas tant pour les cinq cennes que pour l'excellente nourriture de votre épouse. Vous y direz encore merci, hein!

Puis il partit en adressant un petit signe de tête à Aline.

La donzelle se sentait déjà amoureuse. Son cœur était comme un papillon qui aurait pu s'envoler… même si Paul ne lui en montrait pas trop. Peut-être qu'il avait d'autres prospects à Sainte-Claire? Ça serait normal, il était si beau. Si c'était ça, elle s'arrangerait pour être la seule en lice. Après toute, elle était Aline Leblanc, une fille pas ordinaire! Elle n'avait pas détesté ça, déployer ses charmes pour se faire remarquer. Elle se sentait plus femme. Rien de bien méchant. Elle avait juste voulu l'agacer un peu… Tant pis s'il n'avait pas embarqué dans son jeu pour tout de

3. La crise de 1929 s'est fait sentir en vagues progressives, et n'atteignit vraiment Saint-Lazare qu'en 1930. Eugène Morneau, le curé de 1922 jusqu'à sa mort en 1934, indiquait dans ses annales que des familles étaient rendues à une si grande misère qu'elles ne vivaient qu'au pain et à l'eau. Beaucoup d'enfants allaient à l'école pieds nus, même tard en automne. Pour baisser la dette de la fabrique qui s'élevait en 1930 à 13 850 dollars, on organisait des bazars et des séances, où les paroissiens ayant un talent artistique venaient faire une prestation. On avait ramassé cette année-là 500 dollars. Tout un exploit.

suite. À bien y penser, il ne l'avait pas repoussée trop sévèrement non plus. Demain, peut-être qu'il la complimenterait... Elle s'endormit en rêvant de lui.

À Québec, contrairement à ce qu'Aline pensait, Alice ne menait pas la vie de château. Mais ça ne l'empêchait pas d'être très heureuse au presbytère. Elle était appréciée et personne ne la critiquait en rien.

Ce soir de juin, elle était sur la galerie à se bercer. Elle avait cuisiné et boulangé toute la journée, elle méritait bien de savourer la fraîche qui tombait lentement. Jules, assis sur les marches du balcon, jouait aux dames avec Rosaire. Il ne retenait pas les règles du jeu et ne faisait que faire sauter ses dames sur celles de Rosaire qui ne disait rien. Respirer le même air qu'Alice le comblait de joie, il n'en demandait pas plus.

— Regardez le soleil comme y est rouge! s'exclama soudain Jules, qui profita de ce que son adversaire tournait la tête pour mettre une dame noire dans ses poches, pour lui jouer un tour.

Alice se leva de sa chaise pour mieux voir; la talle de lilas sur le bord de la galerie lui cachait la vue.

— Rouge de même, y a dû faire chaud dans les clos aujourd'hui. Papa et les autres ont sûrement commencé les foins, murmura-t-elle.

— Tu devrais demander au curé Labrie quelques jours pour aller par chez vous si tu t'ennuies, répondit Rosaire. Tu leur écris pas souvent, à tes parents. Je le sais, c'est moi qui vas maller le courrier. T'as pas le goût de les voir?

Elle se replaça une mèche de cheveux. Elle avait la même manie qu'Hormidas quand elle était agacée.

— Oh oui, c'est certain, soupira-t-elle.

— Pas la peine d'y d'mander, au curé, tu pourras pas partir, intervint Jules. Il va te dire que les congrégations de ci et les fêtes de ça vont commencer pis d'mander ben de l'ouvrage. Je l'sais, c'est ça qu'y m'a dit à matin! Pis moé itou j'sais que t'es icitte, Rosaire, pis je m'ennuie pas plus d'Alice!

Rosaire et Alice se regardèrent en riant. Jules énonçait souvent des affaires qui lui semblaient très logiques, mais qu'il était le seul à comprendre.

— Non, ma place est icitte pour l'instant. Surtout, si je pars, vous allez tous mourir de faim! T'imagines ça, mon Jules?

— Pas une miette! fit l'innocent. T'es à nous autres, on te garde.

Rosaire était plutôt d'accord avec ça.

Au premier chant du coq, le soleil se levait sur Saint-Lazare, et Aline en même temps. Ce matin, elle trouvait même qu'il chantait bien. Elle alla se laver dans la grande bassine derrière la maison. Elle devait sentir bon et être belle pour Paul. Ses cheveux furent remontés en chignon et ornés d'un ruban crème pour en faire ressortir les reflets dorés.

La jeune fille arriva dans la cuisine, fraîche comme une rose. Eva nota la jolie tenue, la coiffure soignée: Aline voulait plaire, ça sautait aux yeux. Ça faisait du bien à Eva de voir que sa plus jeune avait retrouvé de l'éclat.

— Tu fais ta toilette à l'aurore, asteure? lui demanda-t-elle gentiment.

Mais Aline se raidit, pensant que sa mère la critiquait. Chassez le naturel et il revient au galop...

— J'avais juste envie de me rafraîchir avant d'aller aux champs, c'est toute!

— Moi je pense que t'avais plutôt envie d'être coquette... Paul est très beau jeune homme, mmh?

Aline se cabra. Elle faisait toujours ça quand elle se sentait prise au piège.

— Pas du tout! On n'a pas le temps de regarder le monde autour quand on travaille!

Ben voyons. Eva savait bien que sa fille avait remarqué la belle allure de l'homme à gages. C'était normal, à son âge. Mais en tant que mère, elle devait être vigilante, surtout après les remous que l'histoire de Rosaire avait faits. Qu'Aline soit plus heureuse, soit, mais il fallait quand même la garder sur le droit chemin, et elle avait de plus en plus tendance à s'en écarter ces derniers mois.

Hormidas et Rosalie arrivèrent pour déjeuner.

— J'ai étrillé les chevaux, annonça Hormidas. Si tu voyais comme Ti-Gars a l'air bien avec son nouveau fer! Il travaille ben, Paul.

— Et les poules?

— Quoi, les poules? Tu veux-tu les ferrer aussi?

— Comique! riposta Eva. Les as-tu nourries? C'est à ton tour, Rosalie pis moé, on l'a fait hier.

Hormidas se frappa le front avec un grand geste théâtral. Il avait oublié.

— Et MONSIEUR veut manger ses œufs tous les matins! se moqua sa femme. Pas grave, je vais m'en occuper. Ensuite, Rosie et moi, on a prévu de faire le tour de la maison pour chercher quoi donner au bazar pour le curé. Il a demandé pour les pauvres.

Hormidas s'approcha doucement et s'accota près d'elle sur le comptoir.

— Il y a bien les choses d'Aimé, ma biche...

Eva le regarda, les yeux brillants. Elle n'avait jamais voulu se débarrasser des vêtements ou des jouets de son fils. Souvent, la nuit, elle se levait et ouvrait le coffre, dans le coin de la chambre, où étaient rangées toutes les choses du petit. Hormidas faisait semblant de dormir, mais c'était déchirant d'entendre pleurer sa femme, le nez dans les petites chemises bleues et les pyjamas. Ça venait de faire quinze ans cette année que leur fils était mort. Il était plus que temps de cesser de vénérer des reliques. Eva savait que ce n'était pas bon de traîner autant dans le passé, ça ne faisait que la rendre plus nostalgique. Elle sourit discrètement à son mari.

— T'as raison, je vais y voir aujourd'hui. Même si ces choses ont plusieurs années, avec cette maudite crise, elles trouveront preneur. Ça va rendre un p'tit gars heureux, et une mère encore plus, j'pense.

Hormidas lui donna un baiser. Puis, il se tourna vers Aline.

— Prête pour la faux?

— Oui, papa!

Il hocha la tête et regarda sa montre, qu'il avait toujours dans sa poche.

— Paul devrait arriver bientôt. On va aller commencer, il nous rejoindra.

Il déposa un autre baiser dans le cou d'Eva qui sourit de plaisir. Aline s'attendrit à les observer. Après toutes ces années et toutes ces épreuves, ses parents étaient encore très amoureux. La nuit, Aline entendait les gémissements de sa mère, de l'autre côté de la cloison. Eva était une femme très ouverte à l'amour, et elle en avait souvent parlé à ses filles. Aline n'en attendait pas moins de sa vie de femme. Pour elle, l'intimité et l'amour devaient être inséparables.

En sortant de la maison, ils virent arriver Paul à pied. Hormidas alla au-devant du jeune qui coupa court en sautant par-dessus la clôture près de la grange. Avisant une marguerite près de son pied, il l'arracha d'un coup sec.

— Où t'as mis ton cheval, mon homme?

— Hé! Mon père l'a vendu.

— Eh ben? À matin? Y maquignonne de bonne heure, ton père!

Paul sourit et haussa les épaules.

— Y'avait une famille qui en avait plus besoin que nous autres, ç'a d'l'air.

En fait, le forgeron n'avait pas manqué la chance de vendre sa picouille en échange de quelques piastres bienvenues. La bête était trop vieille pour les gros ouvrages, mais encore bonne pour tirer une voiture sur la rue Principale. Pis si elle venait à mourir d'épuisement, son propriétaire pourrait au moins la manger.

— Bon, ben amène-toé, on allait justement aux champs. On va commencer par arranger une paré de clôture. Mon bœuf voulait traverser su'l voisin, à matin. Y doit avoir des vaches en chaleur.

Aline, qui n'avait rien perdu de l'échange, rougit violemment. Paul la remarqua.

— Bonjour, Aline.

— Bonjour. La fleur, c'est-tu pour moi?

Surpris, il la dévisagea un instant, puis elle montra du doigt la marguerite qu'il tenait encore dans sa main.

— Oh, ça? Tu la veux?

Paul lui tendit la fleurette abîmée sans plus de cérémonie. Aline la plaça sur son cœur. Pour elle, c'était un acte de grand romantisme, pratiquement une déclaration. Pensez donc: un gars qui offre une fleur à une fille, ça voulait tout dire! Pauvre Aline.

La journée se passa, pleine de regards par en dessous et de sourires qu'Aline envoyait à Paul à la pelletée sans qu'Hormidas s'aperçoive de rien. Quand le soir arriva, ce dernier fit une proposition au jeune homme.

— Reste donc à souper avec nous autres, Paul. On a fait presque deux jours dans un aujourd'hui, je m'en voudrais de pas te remplumer un peu avant de te r'tourner chez vous. Tu travailles aussi fort qu'un cheval, ma foi! Viens, on va fumer une pipe pendant que les femmes préparent notre pitance.

Paul, qui savait qu'à l'autre bout, à Sainte-Claire, sa mère serait ben contente d'avoir une bouche de moins à nourrir ce soir-là, accepta volontiers.

— Mais je vous laisse la pipe, j'aime mieux mes cigarettes. Les curés demandent de s'en priver pour économiser, mais j'me permets une petite gâterie.

— Tu peux ben, approuva Hormidas. Si les tiens sont d'accord, j'ai pas un mot à dire.

— Ouais. Mon père est pas trop exigeant. J'y donne rien que la moitié de ma paye. Y dit que j'dois ramasser le reste pour mon avenir. C'est sûr qu'y pourra pas m'aider plus que ça. On choisit pas son rang dans la famille, vous savez, expliqua le jeune homme.

— Ouais, j'comprends, répliqua Hormidas. Moé pis mon frère Jean, on a hérité à parts égales de nos parents, même si c'est lui l'aîné. J'le vois pas souvent. Y m'a écrit qu'y fréquente la maîtresse d'école du rang, à Saint-Charles. Ou plutôt, c'est elle qui s'est mise en frais d'y mettre le grappin dessus. Imagine, une vieille fille de cinquante-cinq ans. Tellement vieille que même si le règlement scolaire dit « Pas de prétendant pour les institutrices », les commissaires font pas de cas pour elle. Elle se cherche une maison pour après sa retraite des écoles, on dirait. Sacré Jean, y m'a l'air ben emberlificoté. C'est un vieux garçon jusque dans la moelle, je sais ben pas comment ça va finir, c't'histoire-là !

Au souper, Aline s'assit près de Paul, mais c'est plus Rosalie qu'il regardait. Elle lui semblait différente, tranquille, sérieuse. Joli brin de fille aussi. Mais il ne souhaitait pas s'en amouracher. Ses chums de gars et lui, ils étaient pas pressés : personne voulait ni s'accoter ni se marier, parce que personne avait d'argent et personne voulait risquer de se retrouver trop vite avec une famille à charge.

Après le souper, Eva proposa de jouer aux cartes le temps de digérer. Les hommes contre les femmes. Comme ces dernières étaient en surnombre, Rosalie se retira volontiers pour aller prier tranquillement dehors. Hormidas et Eva voyaient bien que depuis le départ d'Alice, leur fille aînée préférait de plus en plus la solitude. Hormidas lui attrapa la main quand elle passa près de lui et la lui embrassa.

— Prie pour ton vieux père, ma douce... T'es douée pour ça !

Le jeu commença, une brasse attendant pas l'autre. Hormidas et Paul menaient largement. Le jeune se montrait bon stratège ! On n'avait pas passé une aussi bonne soirée depuis longtemps.

C'est l'horloge grand-père qui leur annonça, à onze heures, que toute bonne chose a une fin. Paul se leva net. Il avait une trotte à faire avant d'arriver chez lui. Par chance, il y avait de la lune pour l'accompagner. Mais Hormidas le retint.

— Ç'a pas de bon sens de te faire partir de nuit de même! Va coucher dans la grange… si ta famille s'inquiète pas pour toé, comme de raison. La tasserie de foin est à moitié, tu vas ben dormir.

— Ah ben… merci! Nourri, logé… vous allez pas retenir ça su' ma paye, au moins, hein? rigola le jeune homme.

— Mettons que c'est exceptionnel pour à soir, mon homme! le rassura Hormidas. Bonne nuit, asteure.

Le jeune salua tout le monde, Aline en dernier, puisqu'elle se tenait plus près de la porte. Mais toute à ses rêves romantiques, la jeune fille y vit là un message déguisé. Aussi attendit-elle dans son lit que tout le monde se soit endormi pour redescendre en catimini dans la cuisine. Par la fenêtre, elle vit que Paul était adossé dehors contre le mur de la grange, à fumer une cigarette. Il était là pour elle, il l'attendait, comme elle s'en doutait! Elle sortit pieds nus dans l'herbe, puis se dirigea vers lui. Dans sa chemise de nuit blanche au clair de lune, elle fut vite repérée.

— Qu'essé tu fais ici? Tu dors pas? chuchota Paul, un peu inquiet.

Il écrasa sa cigarette dans la gravelle. Aline rétorqua avec audace:

— Ben non, comme tu vois. Pis toi non plus… Je t'ai pas trop fait attendre, au moins?

Paul écarquilla les yeux.

— Comment ça, « me faire attendre »? J'ai rien demandé, moé!

Aline le dévisagea.

— Mais voyons, arrête de m'niaiser. J'ai vu comment tu m'as regardée, tantôt, en me disant bonne nuit…

— Comment j't'ai regardée?! Hé, tu rêves, là!

Pour rêver, elle rêvait. Paul, c'était l'homme qu'elle voulait, et elle ne souhaitait pas se le faire voler par une autre. Deux choix s'imposaient. Soit elle retournait dans la maison en lui disant bonne nuit et risquait de regretter d'avoir lâché le morceau si vite. Soit elle faisait en sorte qu'il comprenne une fois pour toutes qu'elle était amoureuse de lui. Dénouant ses cheveux, mouillant ses lèvres, elle s'avança dans sa direction. Elle aussi, elle voulait être embrassée dans le cou, comme sa mère.

Paul se retrouva accoté au mur sans grande échappatoire. Il décida de la prendre de front.

— Tu fais-tu ça avec toutes les gars que tu vois, coudonc?

Aline s'arrêta net. Venait-il de l'insulter, là? Elle recula, saisie.

— T'es fou... Je suis pas une Marie-couche-toé-là, voyons!

Elle croisa les bras sur sa poitrine comme pour se cacher. Elle se trouvait soudainement ridicule dans sa jaquette, sous la lune, à essayer de séduire un homme et à échouer de façon pathétique.

— Ben c'est pas c'que tu montres! T'es drôle, toé! Moé, j'veux travailler icitte, c'est toute. Chus pas v'nu pour trouver du trouble, ni une blonde, ni rien de ça! J'sais pas ce que tu veux d'moé, mais arrête tu-suite!

Il se retenait pour ne pas parler trop fort, parce qu'il aurait pas fallu réveiller les Leblanc. Mais il n'y avait pas d'équivoque: il était en beau fusil.

Aline se sentait profondément humiliée. Où est-ce qu'elle s'était trompée, donc?... Toutefois, pas question de se laisser parler de même. Aussi, elle y alla d'une attaque bien sentie.

— Coudonc, t'es-tu un homme ou ben t'es un poignet cassé, Paul Allard?

Là, c'en était trop. Paul s'esquiva pour s'éloigner d'elle. Pas question qu'il rentre dans la grange, elle était assez braque pour le suivre et se coucher dans la paille.

— Le soleil t'a tapée fort. Retourne te coucher, dit-il doucement, comme on parle à quelqu'un d'un peu dérangé, pour ne pas le contrarier. On va en rester là, Aline. On va oublier ça et faire comme si c'était jamais arrivé. Va dans' maison, ça vaut mieux.

De dépit et d'orgueil froissé, Aline se mit à pleurer. Il était quand même gentil avec elle, pourquoi il voulait pas être son soupirant, donc ? Elle n'avait rien compris de Paul. La peur de ne pas l'intéresser lui avait fait faire des niaiseries. Elle se sentait tellement stupide.

Paul, en voyant ses larmes, se radoucit encore plus.

— Pleure pas… j'aurais pas dû… C'est pas que t'es pas belle, c'est juste que j'veux pas d'attaches, moé…

Il lui avait dit qu'elle était belle ! C'était toujours ben mieux que rien. Elle lui fit un petit sourire à travers ses larmes, avant de virer de bord et de courir vers la maison.

Chapitre 4

Au presbytère, à Québec, on en recevait, du monde. Des évêques, des prêtres, des p'tits vicaires pis des missionnaires. Ah, ça, les missionnaires, c'est eux autres qui mangeaient le plus ! Alice passait ses journées aux fourneaux ou à envoyer Jules aux commissions. « Tu comprends, ils doivent se faire des réserves avant de retourner dans les pays chauds où ils vont fondre, c'est ben certain ! » lui expliquait-elle.

Elle n'avait enfilé son tablier blanc que depuis une heure et déjà il était tout taché. Entre la vaisselle et les repas, elle n'avait pas grand temps pour s'occuper du reste du barda. Rosaire venait l'aider autant qu'il pouvait. Rien que laver les lits avant l'arrivée de nouveaux visiteurs était une grosse corvée. Monter et descendre pour aller chercher les draps à l'étage, les laver sur la planche dans la cuisine, les tordre pis les sortir… C'était un tour de force pour Alice. Le plus souvent possible, c'est Rosaire qui allait dehors étendre le linge sur les cordes.

— Le curé Labrie devrait engager une aide pour toi, dit-il. Tu vas te tuer à la tâche.

Alice se retroussa une mèche de cheveux avec le dos de sa main mouillée.

— Je ne suis pas pour demander une aide, le curé pourrait penser que je fais pas l'affaire. Non, non, j'vais me débrouiller.

Rosaire débordait d'admiration pour elle. Mais avant que ses yeux amoureux aient tourné dans la graisse de bine, on cogna à la porte d'en avant. Alice s'essuya vite les mains, se débarrassa de son tablier et alla ouvrir. On l'entendit pousser une exclamation de joie :

— Ti-Zoune ! Entrez donc !

Le bruit dans l'entrée attira Rosaire. Le peddler le reconnut aussitôt.

— Eh ! Le tondeux d'moutons ! Ah ben ça parle au diable. Oh, pardon, j'voulais pas dire ça icitte ! Mais ça parle au diable pareil !

Rosaire s'avança vers lui, la main tendue.

— Vous allez bien, monsieur Zoune ?

— Monsieur Zoune ! Ha ! ha ! ha ! C'est la première fois que je l'entends, celle-là ! Ah ben, mon Alice, ta mère avait raison de penser que tu t'ennuierais pas à Québec ! Toé ici... Les affaires se sont raccommodées, on dirait ? Bah, jeunesses, vous êtes pas obligés de me raconter non plus. Moé, en revanche, j'en ai une bonne. Figurez-vous que chus v'nu vendre une vache aux Ursulines. J'ai fait une bonne affaire, je l'ai vendue une fois et demie son prix qu'elle m'a coûté. Mais si je compte comment j'ai dû chedevrer[4] pour l'avoir... j'leur ai presquement faite un cadeau ! lança le colporteur en souriant de sa bouche édentée.

Et Ti-Zoune raconta comment il s'était rendu chez les sœurs de Saint-Damien dans l'intention de leur acheter une vache. Évidemment, pour la revendre drette là. Il ne voulait pas payer trop cher, comme d'habitude. Les sœurs étaient réputées pour ne garder que des belles bêtes, pas des vaches qui, pour passer l'hiver, s'accotaient sur la paré pour ne pas tomber à terre. Non, non, des vaches bien grasses, les yeux bien clairs. Ça fait que Ti-Zoune

4. User d'astuce.

était monté voir monsieur Bernier, le fermier en chef, pour barguiner. Après toute, c'était pas à lui, les vaches, il pourrait bien être d'adon.

— Combien pour c'te vache-là ? avait demandé le colporteur en mâchouillant un brin de paille.

Le vieux fermier l'avait regardé.

— Tu parles de c'te beauté qui a le poil soyeux et la queue ben drette ?

Ti-Zoune voyait bien que le fermier aimait sa vache. Il voulait pas trop la vanter, sinon il aurait gonflé son prix.

— J'ai déjà vu plus beau, pis j'trouve en la r'gardant ben qu'elle a le nez croche un peu…

Le fermier avait bombé le torse, piqué au vif.

— C'est pas avec le nez qu'elle fait du lait, c't'affaire ! Tu veux pas l'amener à un concours de beauté, toujours ?

Ti-Zoune avait retroussé ses culottes sans arrêter de mastiquer son brin de foin. Pas facile avec trois dents.

— T'as parlé de beauté… Moé j'te dis qu'est laide, ta vache.

Le vieux avait retroussé son chapeau. Il travaillait *swell* en masse ; il portait une veste et, dessous, une chemise avec une cravate. Chez les sœurs, il fallait avoir de la classe.

— Tu peux m'dire que ma femme est laide, mais pas ma vache ! avait-il beuglé.

— Ah, c'est sûr que si t'en parles… c'est vrai que ta femme est pas belle. À ben regarder, a r'ssemble à ta vache pas mal.

Le vieux Bernier était devenu rouge comme un tison. Y avait sauté sur Ti-Zoune pour lui en sacrer une. Les deux compères s'étaient poignés au collet pis roulés dans la paille.

Le bruit avait attiré la sœur en charge de la laiterie. Taillée à l'équarri, elle avait l'allure d'une quille.

— Allez-vous vous lâcher, pour l'amour ? Qu'essé qui se passe icitte ? avait-elle crié en frappant les deux pépères avec un licou.

Le bonhomme Bernier s'était raclé la gorge. Les deux batailleurs s'étaient relevés.

— Ti-Zoune veut acheter une vache..., avait commencé le fermier.

La sœur l'avait regardé.

— Vends-y celle-là... Est laide, elle a l'nez croche.

Ti-Zoune avait ramassé sa casquette par terre en souriant. Le bout de son pif avait doublé de volume, montrant qu'il avait reçu une couple de bonnes taloches.

— Justement, on était en train d'la comparer à sa femme...

— Deux enfants ! avait dit la sœur en virant les talons.

— Marché conclu ! avait dit le fermier Bernier en passant la main sur sa veste pour se replacer. Suis la sœur, elle va te faire un bon prix.

— Beh ! T'aurais pas pu m'le dire avant que c'est elle qui faisait les affaires !

Ti-Zoune avait serré la main du fermier, s'était repris un brin de paille, et était sorti pour conclure.

À la cuisine, Rosaire et Aline riaient à en perdre haleine. Le curé Labrie arriva sur les entrefaites.

— J'ai-tu manqué quelque chose ? On rit en masse, icitte !

Alice replaça son tablier et replongea ses mains dans la bassine.

— Monsieur le curé, je vous présente Ti-Zoune, un proche de la famille.

— Enchanté, monsieur Ti-Zoune. Vous êtes apparenté à notre chère Alice ?

— Presquement son oncle, dit le vieux colporteur en souriant largement.

Le curé Labrie invita son hôte à faire le tour du propriétaire. Le vieux ne demandait pas mieux, toujours à l'affût de barguiner quelque chose.

— Justement, monsieur le curé, je r'gardais notre Alice les mains dans le lavage... Imaginez-vous donc que chus tombé su' un moulin à linge chez une veuve qui casse maison... Je l'ai eu pas cher, je vous raconte ?

À Saint-Lazare, les travaux aux champs se poursuivaient sur un grand temps. La tasserie de foin se remplissait à vue d'œil. La belle température aidant, on pouvait faucher presque tous les jours de la semaine, sauf le dimanche, comme de raison. Pas question de travailler le jour du Seigneur, c'était une obligation de se reposer. Surtout à Saint-Lazare, où tout le monde connaissait l'histoire de la Roche du diable[5]. Pas question d'aller même

5. Cette histoire se passe au début de la colonisation. Dans le 4e Rang, deux familles voisines étaient en chicane : les Therrien et les Poliquin (ou Macomeau, les sources varient). Par un bon dimanche, les hommes étaient partis à la grand'messe à Saint-Gervais, Saint-Lazare n'ayant pas encore d'église. Les femmes étaient restées à la maison avec les enfants. Il y avait dans le rang une grosse roche entourée d'une talle de bleuets. À qui les bleuets ? Allez savoir. Toujours est-il qu'une femme, un bébé sous le bras, cueillait des bleuets depuis un bout de temps. V'là l'Angélus qui sonne au loin. Une autre voisine se pointe pour cueillir aussi, et la chicane pogne.

— C'est beau, voler les bleuets des autres durant la messe, hein !

— Les bleuets sont à tout l'monde.

— Que l'diable vienne te chercher, voleuse !

— Qu'y vienne pis qu'y choisisse entre toé pis moé !

Tout à coup, un personnage mi-homme mi-bête apparut devant elles.

— Je suis venu chercher mon bien. Vous avez offensé le dimanche en travaillant, vous vous êtes données au diable !

Les femmes tremblaient comme des feuilles. Soudain la glaneuse s'accrocha à son bébé et dit à l'autre avec courage :

— Agrippe-toé au p'tit, il est pur, il vient d'être baptisé.

Le diable s'enragea d'avoir été ainsi défié. Il griffa la roche, qui en porterait les marques à jamais, et se transforma en plusieurs animaux qui y laissèrent leurs empreintes. Puis il disparut sans avoir pu emporter sa proie.

La roche est restée longtemps dans le rang, attirant les curieux. Mais aujourd'hui, cherchez-la pas, elle a été dynamitée.

aux petits fruits, de peur de faire venir la grand'queue pis d'être envoyé drette en enfer avec.

Les ambitions amoureuses d'Aline se calmaient... un peu. Au fil des jours qui suivirent la fameuse scène sous la lune, la jeune fille observa attentivement Paul. Non seulement il ne semblait pas lui tenir rigueur de ce qui s'était passé, mais il se montrait un peu plus gentil avec elle. L'engagé lui avait dit qu'il ne voulait pas de blonde, donc elle se contenterait pour l'instant de ce qu'il lui donnait... c'est-à-dire un peu d'attention et, dans sa tête, beaucoup d'espoir.

— Qu'est-ce que tu fais, le soir, Paul ? demanda-t-elle un jour, pour faire la conversation. Tu ne restes pas souvent avec nous autres. Mon père t'aime bien et t'a invité souvent...

— Oh... je sais pas trop... J'aime jouer aux cartes, jaser avec les autres gars... Rien de spécial, répondit l'engagé tout en fauchant son foin.

— Mais on joue aux cartes, nous autres, tu sais ben !

— Ouais, mais moi, j'aime jouer à l'argent.

Aline le dévisagea, et il sentit une pointe de jugement dans son regard. Il avait peur qu'elle le dénonce à Hormidas. Son patron était droit comme l'épée du roi !

— Oh, mais attends, là ! J'gaspille pas, hein ! Même que chus pas mal bon, j'me ramasse des beaux paquets des fois.

Il s'appuya sur sa faux un instant, le temps de souffler. Pris en défaut, il voulait s'expliquer.

— Faut ben que j'gagne ma vie. Les travaux à cinq cennes par jour, c'est pas avec ça que j'vas m'établir. Pis c'est pas parce que chus capable de faucher que j'ai envie d'faire ça toute ma vie. Les cartes... ça fait moins mal au dos, mettons !

— Mais c'est quand même interdit par la loi, non ?

Paul la regarda. Il n'avait tué personne, quand même !

— Interdit... Tout le monde le fait, tu sauras. J'te dis, y'a pas d'quoi partir en peur, on joue à la cenne.

Aline voyait bien que le sujet passionnait Paul, mais elle ne put s'empêcher d'argumenter.

— Tu gagnes cinq cennes par jour… Une cenne, c'est beaucoup ! Il y a des plus jeunes que toi qui travaillent sur une ferme rien que pour leur repas du midi.

— Oh, arrête d'être grichepette, là ! On joue pour le fun, on est entre amis. Pis quand ça force trop, on laisse tomber la dette, pas plus compliqué, dit Paul qui se voulait rassurant.

Aline lâcha l'affaire. Pas parce qu'elle était rassurée, mais parce qu'elle ne voulait pas se mettre le beau châtain à dos alors que ça allait si bien pour eux deux en ce moment. Et s'il n'avait pas de dettes…

— J'aimerais ça, voir une partie. Tu m'amènerais-tu ? demanda-t-elle.

Paul recommença à faucher. Se montrer avec Aline… Non, ça lui tentait pas pantoute. Le monde partait des racontars assez vite, il voulait pas qu'on le pense casé, même pas avec la fille la plus dépareillée du comté. Déjà que sa mère n'arrêtait pas de lui parler d'elle ! Tout ça parce qu'il avait laissé entendre que la p'tite Leblanc avait l'œil sur lui. Mettons que ce n'était pas tombé dans l'oreille d'une sourde. La bonne femme Allard savait, elle, qu'Hormidas Leblanc était loin d'être pauvre comme la gale.

— T'es-tu folle ? Tes parents te laisseraient jamais venir !

— Ben… on n'est pas obligés de leur dire…

Paul étudia Aline. Pourquoi une fille voudrait assister à une partie de cartes ? Elle le dérangerait, c'est clair.

— J'pense pas, non.

— Envoèye ! Je vais rien dire, je vais me faire toute petite, je vais pas déranger, j'te jure. Je suis juste curieuse. Je m'ennuie icitte, il se passe jamais rien.

Paul faiblit. Elle avait le gros bout du bâton, il ne voulait pas risquer de la contrarier pour qu'elle aille bavasser à son père.

— Bon, ben correct. J'm'en vais chez l'grand Tom Bélanger à soir. C'est lui qui organise chez eux. J't'avertis, y'aura pas d'autres filles. Mais y'aura du vin d'pissenlit pour ceux qui en veulent.

— De la boisson ! souffla Aline, choquée.

Pauvre gars ! Plus il parlait, plus il se calait ! Il avait hâte de se remettre à l'ouvrage.

— Ben oui, mais moé, j'en bois pas. Bon, tu viens-tu ou tu viens pas ?

Aline sentit que sa décision déterminerait la suite de sa vie. Elle n'avait pas envisagé ce genre d'activité pour sa première sortie avec Paul, mais puisque c'est lui qu'elle voulait...

— Je viens ! Je vais dire que je vais faire un tour chez mon amie Clémence. Tu sais, la fille des Colin, sur la côte ?

Paul ne connaissait pas les Colin, et ça ne l'intéressait pas beaucoup de savoir qui étaient les amies d'Aline. De toute façon, il valait mieux couper court, car Hormidas se rapprochait d'eux.

— Correct, dit-il en vitesse. Retrouve-moé aux Quatre-Chemins à sept heures, devant chez Garant. Asteure, pus un mot !

Comme convenu, Aline se présenta au point de rendez-vous après avoir arrangé son alibi avec Clémence. Elle arpentait le trottoir devant chez Garant dans sa belle petite robe à fleurs taillée à la dernière mode. Le genre de vêtement qui avait fait se pâmer le curé Morneau en chaire, dans un discours qui resterait dans les annales : « Que dire des jupes qui raccourcissent à vue d'œil ! avait-il tonné. On dirait que notre bon pays ne fabrique plus assez de textiles ! Le démon fait la mode. Je me rappelle avec un certain chagrin les tenues de ma mère. Col au ras du cou et jupe traînant à terre. Ces femmes étaient la fierté de notre nation. Certains diront qu'elles devaient avoir chaud, et d'autres encore que l'apparence était pas vargeuse. Je répondrai à ces détracteurs que c'est pas l'apparence qui fait les familles, mais les bonnes mœurs ! Et en matière de famille, on était quatorze chez nous ! Je ne nommerai pas de noms, mais il y a une jeune fille dans cette assemblée à qui, si elle fait pas attention, le derrière va chauffer un moment donné ! » Et à cet instant précis le père Corriveau, qui savait bien qu'on parlait de sa fille, se dérhuma si fort que le curé comprit qu'il n'avait pas intérêt à poursuivre sur sa lancée[6].

Paul arriva au lieu de rendez-vous, l'air fébrile.

— J'ai fait exprès pour mettre une robe neuve, lui dit Aline. Tu m'as jamais vue d'même, hein ? La trouves-tu belle ?

— Ouais, c'est vrai que t'es *swell*... Mais arrive si on veut pas être en retard !

Ils prirent le chemin du rang du Nord et arrivèrent bien vite au tripot. Thomas Bélanger était un gars de vingt-cinq ans, qui vivait seul sur une terre de misère. Ses parents étaient morts tous les deux de la grippe espagnole. Il avait donc hérité de la terre, et de roche en masse. Autrement, il était riche, si on peut dire, de trois vaches, deux moutons et quelques poules, et d'un beau talent pour faire son propre vin de pissenlit. « Le pissenlit pousse ben au travers des roches. Alors je fais ce que le curé a dit : "Survivez avec les fruits de votre terre." Chus catholique en pas pour rire ! » répétait-il quand il avait la bette ben rouge.

Assis sur le bord de la galerie, Thomas fumait une pipe avec un autre gars que Paul connaissait pas. Un type de la ville, sûrement.

— Salut, Paul ! lança Tom. Tu nous as amené de la jolie compagnie...

6. À Saint-Lazare, le curé Morneau, qui fut prêtre de 1922 à 1934, prônait la pudeur. Dans ces années-là, les paroissiens commençaient à acheter des vêtements en ville et voulaient suivre la mode. Dans ses sermons, le curé ne se gênait pas pour dire : « Soignez vos toilettes, qu'il n'y en ait pas d'inconvenantes, car je le signalerai à Monseigneur Langlois et vous serez affrontés publiquement. Habillez-vous modestement, achetez sur nos bons marchands d'ici. » Il menaçait comme ça ses ouailles quand l'évêque annonçait sa visite, et il en remettait en disant : « Je me permets d'avertir quelques visiteuses que le costume primitif d'Adam et Ève au paradis terrestre n'est pas de mise dans la paroisse. Vous n'êtes pas dans l'Ouganda ou les déserts d'Afrique. Respectez-nous ! » Je tiens cela du livre-souvenir *150 ans de vie paroissiale de Saint-Lazare*.

Aline rougit. Elle ne pensait pas attirer l'attention en arrivant. Thomas tendit la main vers elle. Paul se rembrunit. Il n'avait pas envie qu'elle soit là, mais il voulait encore moins la voir se mettre dans l'embarras ou passer une mauvaise soirée. Toujours, la menace qu'elle bavasse planait au-dessus de sa tête.

— C'est mon porte-bonheur, expliqua-t-il. Elle s'appelle Aline.

Aline fut ravie. Il lui avait fait un compliment ! Son cœur battait la chamade. Elle résolut d'être encore plus attentive à ce qui faisait plaisir à Paul : une femme, après tout, devait se montrer douce et avenante.

— Lui, c'est Frank. Y est en « vacances » à Saint-Lazare. Je l'ai connu au magasin général, C'est drôle, on a tout de suite faite chummy-chummy, moé pis lui ! rigola Tom.

Le Frank en question se contenta de hocher la tête.

La porte s'ouvrit sur un troisième homme. Déjà dans la quarantaine, il était beaucoup plus vieux que les autres. Il portait un costume-cravate.

— Pis moé, c'est Jos. Chus avec Frank. Son ange gardien, si j'peux dire. On est de passage dans votre coin.

Avec son air monsieur, il inspirait le respect.

— Et pour combien de temps ? s'informa Aline, voulant faire sa polie et distinguée.

Jos la regarda de la tête aux pieds, d'un regard tellement appuyé que la jeune fille s'empourpra.

— Le temps de se faire des amis, mam'zelle ! dit-il en lui faisant un baisemain.

Paul se racla la gorge. Tout ce qu'il voulait, c'était commencer à jouer aux cartes.

— On n'est pas venus pour veiller sur la galerie mais pour faire une petite partie, hein ? Où sont les autres ?

— J'les ai pas invités, répondit Tom. Quand y perdent, faut leur redonner leurs cennes sinon y braillent. À soir, on est entre hommes.

On entra dans la cuisine, où c'était pas le grand luxe. Il y avait de la vaisselle sale partout et au moins trois chats couchés sur les chaises. Ça sentait la pisse et le vieux tabac.

On poussa les matous pour s'asseoir et la partie commença rapidement. Aline se percha sur un petit escabeau, faute de mieux. À table, on jouait une cenne la *shot* et deux cennes pour la relance. Thomas buvait beaucoup et perdait en masse. Les deux autres ne buvaient pas et ne perdaient pas trop. En revanche, Paul gagnait d'assez bonnes sommes. Il l'avait dit, qu'il était bon.

— Trois as ! Essayez d'battre ça ! dit-il, tout sourire.

— Tu nous as encore eus, maudit Allard ! La chance te court après !

— C'est la faute à sa blonde !

— Lâche-la pas ! C'est la manne, à soir, mon homme ! T'es chanceux d'habitude, mais à soir, t'es mardeux !

Paul regarda le paquet d'argent qu'il venait de gagner. Et si c'était vrai, qu'Aline lui portait chance ?

— Regarde, Aline : deux piastres et vingt cennes vite faites ! C'est pas beau, ça ?

Aline était heureuse pour lui. Si Paul disait qu'elle lui portait chance, il voudrait encore l'amener. Il lui prit la main. Là, pour elle, ce fut l'extase. Or, elle s'adonna à regarder l'horloge dans l'autre pièce : neuf heures et demie. Il faisait noir, ses parents ne croiraient jamais qu'elle était encore avec Clémence. Elle chuchota à l'oreille de Paul qu'il fallait qu'elle parte. Ça tombait pile, il voulait s'en aller pendant que ça allait bien.

— Messieurs, il est tard et nous nous retirons. N'est-ce pas, ma *lucky girl* ?

Paul prit Aline par les épaules et l'entraîna vers la sortie. Dans la nuit fraîche qui sentait le foin frais coupé, ils descendirent le village puis prirent le 6e Rang.

— T'es ma poule aux œufs d'or, Aline. On se quitte plus, toé pis moé ! déclara Paul qui voyait déjà une grande fortune se bâtir devant ses yeux.

— T'es sérieux... ?

— Ben oui ! T'as pas dit, l'autre jour, que tu m'aimais ben ? Ben moé, à soir, j't'adore. T'es mon trésor !

Il la serra contre lui et l'embrassa doucement. Enfin ! Aline, frissonnante, s'abandonna à la chaleur des lèvres de Paul. Sa petite moustache la chatouilla. Trop vite, le baiser s'arrêta. Elle ouvrit les yeux : Paul courait déjà vers Sainte-Claire.

Le lendemain et les jours suivants, Aline s'attendait à de grandes manifestations romantiques de la part de Paul. Mais étrangement, il était redevenu comme avant la partie de cartes : bien à sa place, sans plus. Elle ne savait plus sur quel pied danser.

Une semaine s'était écoulée quand Aline fut de nouveau invitée à se rendre chez Thomas. Les mêmes joueurs de Québec étaient là, mais cette fois, la partie ne tourna pas à l'avantage de Paul.

— Brasse, Tom, offrit-il. Je gagne moins, à soir, on dirait.

Aline était mortifiée. Il avait déjà perdu deux piastres sur le butin de la semaine précédente, et elle se sentait responsable.

— Tu devrais peut-être arrêter pendant que t'as encore de l'argent, souffla-t-elle.

Paul l'aligna et lui dit durement :

— Jamais de la vie ! J'vas me r'faire, tu vas voir !

Jos le regardait, amusé, fumant une cigarette sans se départir de son calme.

— Flattes-y la cuisse, à ton porte-bonheur, dit-il. La chance va r'venir.

Et comme pour lui montrer comme faire, Jos passa lui-même sa main sur la cuisse d'Aline, remontant sa jupe fleurie en haut des genoux. La jeune fille resta figée par le sans-gêne de l'homme, puis rabattit sa robe d'un coup sec. Dire qu'elle l'avait pris pour un gentleman !

Comme par magie, Jos remporta la main.

— On dirait que ton porte-bonheur est rendu l'mien, hein Paul ?

Paul vit rouge. La chance ne pouvait pas le lâcher de même ! Mais puisqu'il voulait se refaire, il ne dit rien. Aline se leva et alla s'asseoir près de la porte, dégoûtée à l'idée que Jos la flatte encore. Elle voulait partir, mais se doutait bien que Paul serait dur à faire décoller de sa chaise. Elle prit donc son mal en patience.

Après plusieurs parties, Paul se prit la tête dans les mains. Il avait tout perdu. Jos se ralluma une cigarette.

— Si tu veux, on peut continuer de jouer et mettre ta dette sur la glace.

— C'est-à-dire?

— C'est simple, intervint Frank. Quand tu perds, j'le marque sur mon p'tit calepin et tu signes. Pis quand tu gagnes, tu nous rembourses. C'est comme si on t'avançait des cennes.

Il donna un coup de coude à Thomas.

— Ben ouais, j'le fais, moé, de temps en temps.

Si Thomas le faisait... On sortit le p'tit calepin, et Paul signa en bas de sa dette. Les brasses reprirent.

Tout l'été se passa ainsi. Grâce aux parties de cartes et aux gains, la vie d'Aline avançait tranquillement. Ses parents avaient accepté qu'elle sorte avec Paul pour voir des amis une à deux fois par semaine, sans savoir, évidemment, qu'ils se rendaient la plupart du temps dans un tripot. Les apparences étaient sauves: Hormidas n'avait rien à reprocher au jeune, qui était fiable et responsable. Eva, qui questionnait sa fille sur ses fréquentations, arrivait à la même conclusion. Paul savait garder sa place, et Aline et lui s'entendaient à merveille. Le jeune homme la tenait maintenant par la main quand ils marchaient au village et ne se faisait pas prier pour l'embrasser tendrement le soir devant chez elle, mais pas plus. Il disait toujours qu'il la respectait assez pour attendre. Aline parlait de temps en temps de mariage et Paul ne disait rien. «Qui ne dit mot consent», pensait Aline, qui rêvait de se faire appeler madame Allard.

Septembre arriva. Le jour, c'était les labours. Le soir, le divertissement. Jos et Frank montaient à Saint-Lazare aux deux semaines. Aline s'inquiétait : depuis quelque temps, le jeu n'était plus à la cenne mais à la piastre. Thomas affirmait que c'était correct, qu'il consultait fréquemment le carnet de Frank et que tout était sous contrôle. Paul et lui ne devaient presque rien, presque kif-kif, qu'il disait.

Un après-midi, Aline trouva une lettre d'Alice sur la table de la cuisine. Eva l'avait sans doute laissée là pour Hormidas. Sa sœur en avait écrit plusieurs depuis le mois de mai, mais jamais Aline ne les lisait. Ça ne l'intéressait pas. Or, sans qu'elle sache pourquoi, cette lettre-ci l'appelait.

Elle s'assit près de la fenêtre et ouvrit l'enveloppe. Alice, de son écriture soignée, racontait notamment les rencontres qu'elle faisait, disait que le curé Labrie la complimentait souvent, mentionnait qu'elle avait profité de sa journée de congé pour se promener sur la terrasse Dufferin, à l'ombre du château Frontenac (« Je le savais ! » pensa Aline) et révélait qu'elle et Rosaire s'apprivoisaient lentement. « S'apprivoiser ! Ça s'prend pour des animaux ! » ricana-t-elle.

Aline replia le papier et le remit dans son enveloppe sur la table. Sa jalousie était revenue la mordre. Pas pour la job de sa sœur à Québec : être bonne dans un presbytère l'aurait ennuyée pour mourir. Non, elle était plutôt jalouse de ce qu'elle vivait avec Rosaire. Ils habitaient sous le même toit, en plus ! La garce, c'est comme si elle avait déjà commencé sa vie de femme avant elle ! Enragée, Aline sortit prendre l'air, les larmes aux yeux.

Le lendemain, Paul la trouva assise sur une marche de la galerie, l'air jongleuse. Elle savait bien qu'après les labours, son père n'aurait plus besoin de lui. Elle se demandait s'il allait continuer à venir la voir chaque jour… La perspective qu'il lui échappe la faisait paniquer.

Il s'assit près d'elle et avant même qu'il ait pu la saluer, elle lui demanda :

— Tu veux-tu m'marier, Paul ?

Il se releva d'un coup.

— Pourquoi ? T'es pas ben comme ça ?

On va se le dire, l'idée de s'engager ne lui tentait pas plus qu'au printemps, et c'étaient pas deux-trois becs dans le cou qui lui donnaient plus le goût. Mais Aline ne l'entendait pas de cette oreille.

— Oui, mais... On sait qu'on est bien ensemble. Pourquoi attendre ?

— Ben en premier, parce que j'ai pas encore d'argent pour m'établir, moé !

Aline était loin de se laisser démonter.

— J'y ai pensé, t'sais. Je suis certaine que papa nous aiderait à acheter une ferme, ici dans le rang. L'autre jour, y m'a dit que les Colin voulaient vendre, et que lui et ma mère aimeraient ça, établir une de nous trois proche d'eux autres. Avec Alice en ville pis Rosalie qui rêve du couvent, y reste rien que moi.

Paul resta surpris. Il pourrait être propriétaire, si vite ? Lui qui ne pensait pas qu'il soit réaliste de l'envisager avant au moins cinq-six ans... C'était tout un *short cut*, ça ! Il s'imaginait annoncer la nouvelle à Jos, à Frank pis à Thomas. Surtout à Thomas : les terres dans le Six étaient beaucoup plus belles que par chez lui.

— Il nous donnerait une ferme si on se marie... ? dit Paul.

— J'pense ben, oui. Ça serait comme une dot.

Ah ben là, ça changeait toute ! Paul attira Aline vers lui, encadra son visage de ses mains et lui donna un baiser fougueux. Il allait avoir une terre ! C'est sa mère qui serait contente de savoir son garçon établi.

— Bon ben... on s'marie tout de suite, ma belle ! Un propriétaire est toujours pris au sérieux par les autres hommes. Pis moé qui m'pensais cul-nu dans' rue !

— T'es sérieux, tu dis oui ?

Aline, trop heureuse, voulait l'entendre de nouveau.

— Plus sérieux que ça, tu meurs... C'est la vérité, ma belle.

Hormidas arriva alors de la grange. Aline courut vers lui, folle de joie.

— PAPA ! Paul vient de me demander en mariage !

Hormidas s'arrêta dans son élan et les enligna, droit comme un piquet. Il aurait reçu un coup de masse dans le front que ç'aurait pas été pire.

— Comment ? Mais vous vous connaissez à peine !

— On se connaît depuis presque cinq mois, papa.

— Mais vous êtes trop jeunes !

Aline sentit la moutarde lui monter au nez. Son père n'allait pas gâcher son moment de bonheur, quand même ?! Alors elle sortit un argument de poids, propre à faire plier tous les pères de la chrétienté :

— Ben justement. Tu sais ce qu'on dit… Le mariage empêche ben des folies !

Là, elle venait de marquer un point. C'était courant, les mariages précipités, dans ce temps-là. Sa femme et lui n'avaient jamais caché la sexualité à leurs filles. « L'ignorance est la mère de toutes les blessures », disait Eva. Si Aline voulait se marier, c'est qu'elle et son beau devaient avoir le sang chaud.

— Pis en plus, ajouta la jeune fille avec une pointe de malice, y en a qui se connaissent moins que ça pis qui se marient !

Vrai. Pour Eva et lui, on ne pouvait même pas compter en jours le temps entre la rencontre et les fiançailles. Aussi, le père ne fut pas long à capituler.

— Eh ben, si vous vous aimez… pourquoi pas ! Votre mère et moé, on s'est pas fréquentés longtemps et on s'aime à la fol…

Il n'avait pas fini sa phrase que sa fille était déjà en train de grimper les marches de la galerie quatre à quatre. Elle arracha quasiment la poignée de porte tellement elle était pressée d'aller faire son annonce.

— MAMAAAN ! ROSIIIE ! J'ME MARIIIE !

Elle réalisait le rêve de sa vie. Et avant Alice.

Eva arriva avec Rosalie. Elles avaient l'air de deux poules devant leur premier œuf, les yeux ben ronds et la bouche entr'ouverte. Paul, la calotte relevée comme quelqu'un qui ne sait pas trop quoi faire, se contentait de rester planté là.

— Paul m'a demandée en mariage et papa a dit oui!

Eva regarda Hormidas, les yeux comme des ronds de poêle. Hormidas sourit. « Que voulais-tu que j'fasse ? » semblait dire son œil bleu. Paul était un bon gars, travaillant et respectueux de sa fille. Et Aline avait l'air en amour par-dessus la tête.

— T'es d'accord, ma biche ? demanda Hormidas, qui réalisait bien qu'il était allé un peu vite.

Eva sourit à son homme. Elle aurait aimé en parler en privé avec lui avant de donner son consentement, mais son mari était si attendrissant quand il lui faisait son petit regard doux... Alors elle haussa une épaule. Que sa volonté soit faite ! Aline sauta dans les bras de sa mère puis dans ceux de Rosalie. Hormidas se rapprocha de son futur gendre.

— Paul, asteure, j'te considère comme mon fils. On va vous aider à vous établir. Des jeunes mariés, ça a besoin de vivre tuseuls. On fera pas comme d'aucuns qui essayent de faire habiter tout l'monde sous l'même toit... J'voudrais pas que tu me voèyes en combines !

Les fiançailles furent célébrées le dimanche suivant. Les Allard, tout endimanchés, vinrent dîner. Madame Allard avait fait des pets-de-sœur. Monsieur Allard avait mis son meilleur habit (sinon le seul qu'il avait), et le frère de Paul, une chemise blanche avec des pièces cousues aux coudes.

La belle-mère d'Aline détailla sa future bru la tête aux pieds. La jeune fille avait revêtu une robe rose et relevé ses cheveux. Elle voulait paraître sérieuse. Mais la bonne femme s'en fichait bien, au fond d'elle-même ; c'est la dot qui était sérieuse à ses yeux.

Hormidas et Eva trouvèrent les parents de Paul ben corrects. Aline intégrait une bonne famille. Modeste, peut-être, mais ce n'était pas un défaut. Leur fille serait bien entourée.

Le mariage fut fixé au 1er octobre. La ferme des Colin, achetée par Hormidas et Eva, attendait les tourtereaux; les effets d'Aline avaient déjà été déménagés. Les Leblanc n'avaient rien négligé pour leur fille.

Alice ne pouvait pas venir au mariage et laisser le presbytère en ce mois du saint Rosaire, car la paroisse du curé Labrie recevait des pèlerins de tout Québec pour célébrer les gloires du chapelet. En plus, on se préparait pour recevoir la fraternité des Dames de Sainte-Anne pour la fête du Rosaire. De toute façon c'était courant, quand on travaillait au loin, de ne pas assister à tous les événements familiaux. Alice posta à sa jumelle un beau chapelet et une croix bénie spécialement pour les mariages. Aline, elle, se fichait que sa sœur n'assiste pas à la noce. Elle aurait bien aimé lui passer dans la face avec sa belle robe de mariée, mais tant pis. La seule chose qui importait, c'est qu'elle franchissait le pas avant elle.

La future madame Allard était effectivement resplendissante, ce jour-là, dans la robe immaculée que sa mère lui avait cousue. Une couronne de fleurs de soie blanche illuminait sa chevelure brune soyeuse. Elle était belle et elle le savait.

Le mariage eut lieu dans la sacristie de l'église de Saint-Lazare à six heures du matin[7]. Les deux pères servaient de témoins. Les deux mères, assises dans leurs bancs, avaient l'air heureuses. Ti-Zoune tenait compagnie à Rosalie, et même Paula et Napoléon étaient descendus pour la cérémonie. Le grand galet, comme la

7. Dans le temps, on ne se mariait pas nécessairement le samedi et on ne faisait pas toujours des noces fastueuses et des gros partys. On était pas mal pragmatique. Se marier tôt et en semaine faisait partie des coutumes. Le repas de noces était le déjeuner. Le curé, après le mariage, célébrait la messe régulière, puis entendait les confessions. Les cultivateurs, eux autres, retournaient à leur besogne. Sur une terre, il y a des choses qui ne souffrent pas qu'on les remette à plus tard, mariage ou pas.

bonne femme Audet l'appelait, était encore tout amoureux de sa belle épousée. Aline aimait bien sa tante Paula qui avait si bien réussi son mariage, mais un peu moins sa tante Anita, la veuve. Cette dernière, affligée d'une santé fragile, était restée à Armagh.

L'homélie fut brève. Le prêtre bénit cette nouvelle union tout en demandant à Dieu de la rendre féconde. Eva soupira : sa fille allait avoir un vrai début de femme mariée, sans bébé prématuré comme elle.

Après le mariage, tout le monde se déplaça chez les Leblanc pour le déjeuner de noces. Eva avait cuisiné toute la veille avec Rosalie pour faire une tablée abondante : des bines au bacon, du sirop d'érable, des saucisses fraîches, des tartes salées et sucrées, des terrines pis du pain de ménage avec des confitures et des compotes de fruits de toutes les sortes. Et si quelqu'un voulait des œufs, Rosalie en tournerait volontiers dans la poêle. Sur la table, Eva avait déployé sa nappe du dimanche et disposé sa belle coutellerie. Elle avait mis des bouquets d'asters d'automne un peu partout dans la cuisine et le salon. Les fleurs dans sa maison, c'était sa signature.

Après le repas, Hormidas demanda à Paul de bien vouloir le suivre sur la terre des Colin. C'était un moment solennel pour le marié : il allait devenir propriétaire officiellement. Évidemment, les parents Allard suivirent. Ils ne voulaient pas manquer ça.

Tout en marchant avec son gendre, Hormidas lui dit :

— Tu voé, la terre, les bâtiments et les animaux sont toutes à toé et à Aline. Tu vas devoir travailler dur parce que le vieux Colin a négligé sa terre les dernières années. Mais y a du potentiel. J'sais que tu vas faire ton possible, pis t'as des bons voisins dans l'rang. Pis j'serai jamais loin. Asteure, promets-moé, mon Paul, de rendre ma fille heureuse.

Hormidas avait la larme à l'œil. La mère de Paul, elle, avait le visage ruisselant. Le vieux forgeron aussi était ému.

— C'est ben trop, monsieur Leblanc ! Nous autres, on peut pas en donner autant à Paul.

Sa vieille lui donna un coup de coude. C'était le temps pour lui de sortir la petite bourse qu'il gardait dans sa poche. Elle avait l'air plate et sonnait pas grand-chose. Mais le vieux se raidit, bien fier de donner quelque chose à son benjamin.

— Tiens, Paul, v'là quelques piastres en cadeau. Ça nous fait plaisir à ta mère et moé de t'les donner.

Paul regarda son père, lui serra la main solennellement, et prit sa mère dans ses bras. Puis, en détournant son regard vers Hormidas, il dit :

— Promis, monsieur Leblanc. J'demande que ça. Pis une terre, c'est plus que j'rêvais.

Hormidas sortit de sa poche le contrat notarié de la terre, plié en quatre. C'était l'acte de propriété, la dot d'Aline. Voilà, c'était fait. Le petit groupe repartit vers la maison où Aline, Eva et les autres les attendaient. On jasa et on dégusta du sucre à la crème que Rosalie avait préparé. À la fin de la matinée, les Allard s'en allèrent, tout heureux pour leur fils, suivis de Paula et de Napoléon.

— Je suis ben contente que vous soyez venus, dit Eva à ces derniers. On se voit pas assez souvent.

— C'est que tu restes pas à' porte, ma sœur ! Mais promis, on va s'écrire plus.

Napoléon l'aida à monter dans le buggy. Ti-Zoune s'approcha.

— J'monterais ben avec vous autres jusqu'au lac Vert, si ça vous dérange pas. J'aurais une jument avec son attelage à barguiner. Asteure que j'connais la nonne qui vend les animaux, chus bon pour l'avoir pour pas trop cher, j'pense. J'ai juste à y dire que sa jument est laide !

Napoléon accepta de bon cœur, mais fut surpris de voir Ti-Zoune grimper à la place du conducteur.

— Assis-toé, mon p'tit Tanguay, pis tiens le chapeau de ta Paula ! M'as te fouetter ton cheval, y faut qu'j'arrive avant les grands prières des sœurs. Quand elles se mettent à genoux pour prier, pas moyen d'les faire se r'lever. Envoèye, hue ! lança Ti-Zoune.

Et il fouetta le cheval sans attendre que Poléon soit ben assis. Pauvre lui, il tomba tête première au fond du buggy.

Arriva enfin le départ d'Aline de la maison paternelle. Eva serra fort sa fille.

— Ce soir, sois douce. Paul t'aime, ça va aller, lui dit-elle pour la rassurer.

— Vous en faites pas, maman, je suis pas inquiète. J'ai ben l'intention d'avoir un mariage aussi réussi que le vôtre. Ça part bien, je l'aime tellement, mon Paul.

Les jeunes époux montèrent la côte main dans la main, direction la ferme des Colin... non, la ferme des Allard. Aline était tout excitée. Elle avait hâte d'être dans les bras de Paul, de sentir sa tendresse et de se faire aimer. Elle se retourna et envoya la main à ses parents.

— Pleure pas, Hormidas, lui dit Eva en l'enlaçant. Ils sont à deux pas de course d'icitte.

— J'sais ben! Mais on dirait que plus j'vieillis, plus j'deviens sensible.

— Pfff! Tu l'as toujours été!

En entrant dans leur maison, Aline se sentit grandir. Paul ferma la porte doucement derrière eux. La cuisine était accueillante et bien située face au soleil. Une bonne cheminée au centre leur donnerait chaud.

— Je t'aime, Aline.

— Moi aussi, mon amour. Merci de m'avoir respectée. T'sais, j'faisais ma fraîche, mais je suis vierge... pis j'ai un peu peur.

C'est pas souvent qu'elle se montrait humble, Aline. Faut croire qu'être mariée commençait déjà à la transformer. Son mari lui sourit en coin.

— Ben on est deux, ma belle.

Et ce fut un moment de tendresse. Paul prit son temps. Ils découvrirent ensemble leurs corps. Paul sentait bon, et Aline, heureuse, se dit que ça ne serait pas forçant, le coller toute sa vie.

Chapitre 5

Le temps était terne à Québec. Les quelques arbres feuillus du quartier avaient affiché un temps leurs belles couleurs, avant de tout perdre et de virer au gris. Après l'effervescence du mois d'octobre, le calme de novembre s'installa au presbytère, ce qui n'était pas pour déplaire à Alice.

Malgré tout, un peu de distraction était toujours la bienvenue, et un matin, Rosaire arriva avec une surprise.

— Tiens, pour toi ! Du courrier de Saint-Lazare.

Alice délaissa un moment son bouillon pour la soupe du midi. Elle en faisait toujours deux chaudrons, dont un pour les nécessiteux. Elle s'essuya les mains sur le linge près du poêle.

— Oh ? fit-elle. Ça doit être des nouvelles de maman !

Elle prit l'enveloppe mais ne reconnut pas l'écriture penchée de sa mère. Elle aperçut plutôt les pattes de mouche d'Aline. Pourquoi sa jumelle lui écrivait, donc ? C'était tellement inhabituel qu'elle eut un mauvais pressentiment.

Bonjour Alice,

C'est fou, je ne t'ai jamais écrit. Il faut croire que je ne suis pas écriveuse trop trop. Je veux simplement te dire que je suis très heureuse et que Paul est un bon mari. Il me gâte, j'achète des choses neuves pour notre chez-nous. On ne manque de rien. Il ne parle pas beaucoup, mais il ne parlait pas non plus avant. De temps en temps, je visite les parents. Tout le monde va bien. Rosalie n'arrête pas de prier. Elle aime ça. Tant mieux pour elle.

Bon, c'est tout.

Aline

Alice était perplexe. C'était une drôle de lettre. Sa sœur ne prenait même pas de ses nouvelles ! Mais au moins, c'était un début, et Alice, dans sa candeur, se dit que c'était une invitation à correspondre. Rosaire souleva un sourcil.

— Pis ? T'as l'air drôle. Pas des mauvaises nouvelles ?

Alice secoua la tête.

— C'est pas de chez nous… C'est de ma sœur Aline.

— Ah. Est-ce que… est-ce qu'elle fait allusion à moi ?

— Pas un mot, non. Mais elle ne fait pas plus attention à moi non plus, remarque… Elle a l'air bien, alors je suis contente.

— Bon ! Ben si t'es contente parce que ta sœur est contente, je suis content !

Alice rougit. Elle aussi était heureuse. Elle aussi était en amour, mais elle ne le montrait pas. Après tout, en retrouvant Rosaire en mars, elle lui avait clairement signifié qu'elle était venue pour travailler. Si le curé sentait qu'il y avait de l'amour dans l'air, qu'elle avait des ambitions de se marier et de fonder une famille, il ne voudrait sûrement pas la garder. Or, depuis qu'elle était sortie des jupes de sa mère, elle se découvrait autonome, sûre d'elle et appréciée. Elle était la petite fée du logis au presbytère. Elle jouait un rôle important dans la communauté avec les douceurs qu'elle prodiguait aux paroissiens ; ces derniers lui montraient de la gratitude, et elle aimait ça. Alors elle remit ses sentiments pour Rosaire dans sa petite poche, au chaud, et retourna à ses casseroles. Ça allait bien comme ça, elle ne voulait rien bousculer.

C'est pour cette raison que lorsque Rosaire vint la retrouver après le souper pour lui demander s'il pouvait venir veiller tout seul avec elle, elle lui opposa un refus. Avec un sourire chaleureux, un merci sincère, un espoir de peut-être plus tard… mais un refus pareil.

Chez les jeunes mariés, Aline vivait une drôle de lune de miel. C'était vrai, ce qu'elle avait écrit à sa jumelle. Après un soir de cartes avec des gars de Saint-Gervais, Paul était rentré à la maison avec un petit magot, pas loin de quatre piastres. Fou de joie, il avait donné une piastre à Aline pour qu'elle aille se gâter chez Garant. Puis il lui avait fait l'amour passionnément. Sa chance était revenue, et pour rester. À partir de ce moment-là, des piastres qui arrivaient sur le comptoir de la cuisine, c'était monnaie courante, sans vouloir faire de jeu de mots.

Aline appréciait les cadeaux, mais elle savait compter aussi. Si son mari en rapportait autant, c'est qu'il jouait gros. Et ça l'inquiétait. On était très loin des parties à la cenne du début de l'été dernier. Ses questions sur la dette inscrite au calepin de Frank résonnaient dans le vide. Paul la rassurait et la câlinait, mais son anxiété grandissait.

En décembre, ce n'était plus aux quinze jours que Paul allait jouer, mais plusieurs fois par semaine, et Aline n'était plus la bienvenue depuis longtemps. Quand il revenait, il lui jurait qu'elle était sa princesse, mais elle n'était pas dupe. Après la manne de l'automne, ils pouvaient être des jours sans avoir d'argent pour faire les commissions ordinaires. C'est elle qui tenait le budget, elle voyait bien les trous partout. Même si quelquefois son mari gagnait gros, bien vite il ne restait rien. Où passait l'argent?

Tranquillement, l'atmosphère se corrompit à la maison. Aline avait beau être douce et tendre, Paul se refermait comme une huître dès qu'elle abordait le sujet. Il parlait de moins en moins et la touchait de moins en moins aussi. Son bel amour, son grand châtain, elle était en train de le perdre. Lui, visiblement, avait perdu sa *lucky girl*. Si elle avait été moins blessée dans son orgueil, elle aurait livré ses inquiétudes à ses parents. Mais il n'y avait qu'avec Clémence, déménagée au village, qu'elle parlait... un peu.

— Tu t'en fais trop, Aline ! Paul t'aime. Il est doux avec toi. Tu aurais pu pogner un batteur ou un buveur, t'sais ! Tu devrais remercier le bon Dieu. J'en connais des femmes qui se font passer la strappe quand le bonhomme a trop bu...

Aline se frotta les mains.

— T'as raison, c'est peut-être juste une passe. On s'aime tellement au fond, moi et lui. Mais les gars de Québec avec qui il se tient, ils m'énervent !

Au début, Aline arrêtait toujours chez ses parents en revenant du village. Elle aimait montrer à sa mère à quel point elle était une femme mariée heureuse, mais elle ne restait jamais longtemps. « Faut que j'aille faire le souper, vous comprenez ? » Ça faisait très mature de dire ça.

Puis, avec la neige, elle sortit moins et cessa ses visites. Personne ne s'inquiéta trop trop. Hormidas venait de temps en temps chez le jeune couple, mais sa ferme à lui aussi lui demandait du temps. Eva, pour sa part, préférait laisser l'intimité à sa fille et à son gendre plutôt que de faire son envahissante. « Je suis certaine qu'ils aiment mieux passer le dimanche à s'explorer mutuellement qu'à me servir du thé pis des galettes », disait-elle.

Les fêtes arrivèrent. C'était la période préférée d'Hormidas qui aimait recevoir les voisins et aussi aller veiller chez les autres. Cette année serait particulière : deux de ses filles allaient venir « en visite », Alice ayant écrit dans sa dernière lettre qu'elle s'en venait passer quelques jours. Elle n'avait pas parlé de Rosaire. Après tout, ils ne se fréquentaient pas, sinon Eva et lui l'auraient su.

Alice devait arriver le 26 décembre à la gare de Sainte-Claire. Hormidas l'attendait avec fébrilité : il avait tellement hâte de la revoir ! Pour combattre le froid – il faisait frette à pisser des glaçons –, il avait apporté deux peaux de carriole et des briques chauffées sur le poêle pour les pieds. Ce soir-là, on recevait la famille qui serait réunie pour la première fois depuis le printemps, et des amis aussi. Ti-Zoune était déjà arrivé depuis le matin avec sous le coude une belle grosse dinde qu'il avait eue pas cher. Il l'avait brandie au nez d'Hormidas comme un trophée.

— Je l'ai échangée contre une vieille montre qui marchait pus ! Le bonhomme aimait le tic-tac qu'elle faisait même si les aiguilles bougeaient à peine. Pas grave, le vieux savait pas lire l'heure : il voulait juste avoir l'air d'un homme d'affaires ! C'est vrai qu'elle avait une belle p'tite chaînette en argent... ternie un peu, mais bon.

— Eh ben, te v'là épicier ambulant, asteure ! avait ri Eva. Et il t'aurait pas donné une poignée d'atocas pour aller avec ?

Ti-Zoune avait déposé la bête sur la table et s'était mis à retourner ses poches, la mine déconfite.

— Ben... saudite affaire, j'les ai oubliées !

Arrivé à la gare, Hormidas attacha son cheval sur le bord de la bâtisse, à l'abri du vent. Avec sa couverte sur le dos, la bête ne souffrirait pas trop. Le vieux père se mêla aux autres personnes venues attendre leur visite. Il serra quelques mains, prit des nouvelles et souhaita la bonne année à droite et à gauche. Le temps des fêtes était bien gai.

Quand il vit enfin descendre Alice du train, il courut vers elle.

— Mon Alice-belle-comme-un-lys ! dit-il. Comme tu m'as manqué, ma fille ! Viens que je t'embrasse. Mais t'es toute seule ! Ta mère et moé, on avait pensé que tu nous ramènerais Rosaire. On aurait pu faire la paix.

Alice replaça son chapeau, qui s'était crochi dans l'étreinte enthousiaste de son père.

— J'aurais demandé la permission avant, papa, je vous l'aurais jamais imposé. Pis de toute façon, il avait trop d'ouvrage. On aura d'autres occasions.

— Ouais, t'as raison. T'as la délicatesse de ta mère, toé.

Hormidas serra de nouveau sa fille contre son cœur. Elle avait mûri et avait pris de l'assurance, ça paraissait. Elle était partie sous l'escorte de Ti-Zoune et revenait toute seule comme une grande. Il saisit sa petite valise puis l'aida à monter en carriole.

Alice fut accueillie à la maison par sa mère et sa sœur qui poussèrent des exclamations de joie en lui tendant les bras.

— Comme tu es belle! fit Rosalie. J'ai l'impression que ça fait des années qu'on s'est pas vues!

Alice enleva son manteau et son chapeau. Ses cheveux étaient coiffés différemment, ça lui donnait une allure moins juvénile qu'avant.

— Exagère pas, Rosie. Ça fait juste neuf mois! Moi aussi, je me suis ennuyée de toi. Aline pis son mari sont pas là?

Eva serra à son tour sa fille dans ses bras. Alice reconnut le parfum qui l'avait enveloppée durant toute son enfance. Un mélange d'eau d'odeur de lilas offerte par Hormidas et d'effluves de cuisine, emprisonné dans les cheveux et les vêtements de sa mère. C'est à ce moment précis qu'elle s'aperçut à quel point sa mère lui avait manqué. Elle en eut les larmes aux yeux et étira l'étreinte quelques secondes de plus.

— Ils vont arriver plus tard, finit par répondre Eva. Tu comprends, des jeunes mariés, c'est jamais ben ben pressé...

Alice mit un tablier et commença à fricasser avec sa mère et sa sœur. Il y avait tant à faire pour bien recevoir tout le monde. Puis Ti-Zoune arriva de la grange avec Hormidas.

— Ah ben, ma belle fille! Ton prince est pas avec toé?

Alice fit son indépendante.

— Vous parlez de Rosaire, j'imagine? J'ai jamais dit qu'il était mon prince...

Tout le monde se regarda, sans oser s'étendre davantage sur le sujet. Mais personne n'ignora le rouge qui montait aux joues de la jouvencelle.

Aline et Paul arrivèrent juste avant souper. On fit les présentations. Paul avait l'air très apprécié d'Hormidas, qui le traitait en fils. C'était un gars tranquille, exactement comme Aline l'avait décrit. En revanche, Alice nota tout de suite que sa sœur avait l'air agacée. Elle espérait que ce n'était pas à cause de sa présence. Les jalousies de sa jumelle, elle ne s'en était pas ennuyée du tout.

Après que tout le monde eut fait honneur à la dinde de Ti-Zoune, les voisins arrivèrent pour danser. Il y avait les Colin avec leurs enfants, le père Samuel pis ses filles, les Corriveau et beaucoup d'autres. Hormidas avait engagé Ti-Pit le violonneux, musicien officiel des veillées dans les environs. Pour vingt-cinq cennes pis une bouteille de remontant, il aurait pu jouer jusqu'en enfer. Hormidas connaissait ses goûts et avait fait provision de vin, mais pour jouer comme il jouait et être entendu depuis le bout du rang, Ti-Pit devait déjà avoir eu sa bouteille ! Il était en voie de transformer la maison Leblanc en shop à démon, comme disait la mère Brochu, la fouine du bout du rang. Des hommes dans le salon fumaient la pipe. Les plus jeunes étaient dans la cuisine à danser. Hormidas prit Eva par la taille et l'entraîna à sa suite.

Aline regardait ses parents danser avec envie. Paul était dans son coin, l'air jongleur. Alice en profita pour retrouver sa sœur.

— Il te fait pas danser, ton mari ? demanda-t-elle. Toi qui aimes tant ça !

Aline la regarda. Elle n'avait certainement pas envie de se confier à sa jumelle. Pas question qu'elle lui montre que son mariage battait de l'aile.

— C'est pas un danseux. Cherche pas autre chose !

Alice sentit qu'elle ne devait pas insister. Elle avait écrit une belle lettre à Aline en novembre. Il n'y avait jamais eu de suites. Dommage qu'on en soit au même point, songea-t-elle. Elle se leva et alla aider Rosalie à passer du sucre à la crème aux invités. Alice n'avait pas envie de gâcher la moindre seconde de ses vacances en famille.

Aline, elle, ne s'était jamais sentie aussi seule. Elle regardait Clémence qui dansait avec le plus jeune des Labonté du rang d'en haut, ses grosses joues roses de plaisir. Tant mieux pour elle, Clémence était quelqu'un de bien.

— À ton tour, ma fille ! Viens danser ! fit Hormidas en tirant sa fille cadette par le bras.

Aline se laissa entraîner et s'accrocha un sourire dans la face.

— La p'tite promenade des dames ! callait Ti-Pit en jouant du violon.

Le violonneux échappait une note de temps en temps, mais tout le monde s'en fichait ; pour une fois qu'on dansait. Dans l'assistance, plusieurs jeunes filles avaient suivi l'exemple de la jeune Angèle Corriveau et portaient leurs jupes près du genou, ce qui n'était pas pour déplaire aux garçons. Sa mère n'avait pas l'air d'apprécier, car quand Angèle s'assoyait, elle passait devant en tirant sur la jupe pour la descendre. La jeune fille avait quinze ans et beaucoup d'espoir de trouver un parti, comme la majorité des jeunesses du comté. Leur destin était pourtant écrit dans le ciel : elles se marieraient et auraient au moins une bonne douzaine d'enfants. « Il faut relever la race ! » disaient les curés.

La soirée finit vers trois heures du matin. Alice n'avait pas beaucoup parlé avec sa jumelle. Elle avait espéré trouver une femme plus joyeuse et plus épanouie, pas la jeune fille morose du début de l'année. Elle retourna à Québec trois jours plus tard sans qu'Aline ne se soit remontré le bout du nez à la maison paternelle. La jeune servante avait promis d'être de retour au presbytère pour le jour de l'An : le curé Labrie célébrerait une messe en compagnie de plusieurs prêtres, c'était sûr que tout ce beau monde passerait à table après… On ne chômerait pas.

Après les fêtes, la solitude devint la compagne d'Aline. Elle n'osait inviter personne chez elle ni aller où l'on voudrait savoir comment ça allait, avec tous les sous-entendus possibles et imaginables. La dernière chose qu'elle souhaitait, c'était que ses parents aient vent de ses inquiétudes quant à son ménage.

Paul aussi était solitaire. Il s'occupait bien de la ferme, venait manger, repartait de son côté. Mis à part les quelques fois où il daignait la prendre le soir, il ne se passait rien entre eux, aucune complicité, aucune conversation. Les semaines s'étiraient, longues et pénibles, rythmées par les absences de Paul, de plus en plus fréquentes.

Toutefois, à l'arrivée du printemps, Aline sentit monter en elle une lueur d'espoir : elle n'avait pas eu ses règles depuis deux mois, ce qui signifiait qu'elle était sûrement enceinte. Peut-être que cet enfant allait changer leur vie ? En tout cas, il l'occuperait, ça c'est garanti. Elle espérait que la paternité responsabiliserait son mari et lui ferait passer le goût des parties de cartes.

Le voyant arriver dans la cuisine, Aline se replaça les cheveux.

— Paul, j'ai quelque chose à te parler !

Il se pencha pour se laver les mains à l'évier. Il n'avait pas l'air curieux de savoir de quoi il s'agissait. Comme elle ne parlait pas, il tourna la tête vers elle en levant un sourcil.

— Je suis enceinte.

Elle baissa les yeux. La suite de leur histoire se jouait là, elle le sentait. Son cœur tambourinait à en perdre haleine. Le temps était suspendu.

— T'es certaine ? demanda-t-il.

Il se passa la main dans les cheveux. Un enfant, c'était beaucoup de responsabilités. Il était bien conscient, depuis leur mariage, qu'un p'tit pouvait se pointer à tout moment, mais il n'était pas prêt du tout.

— J'aurais aimé que ça arrive plus tard… C'est pas le bon moment, les gros ouvrages arrivent, pis j'ai besoin que tu m'aides…

Aline n'en croyait pas ses oreilles.

— Pas le bon moment ?! On choisit pas le moment, tu le sais ! Mais Paul, es-tu un peu content, quand même ?

Il regarda par la fenêtre, au loin. Il n'avait pas les moyens d'avoir un bébé, il avait des dettes par-dessus les oreilles. Mais ça, il ne pouvait pas le lui dire. Pis la dernière affaire qu'il voulait, c'était une dispute bien sentie, parce que c'était officiel: ça dégénérerait aussitôt qu'il s'ouvrirait la margoulette.

— Oui, oui, ben sûr que chus content.

À Québec ce matin-là, l'air était sec, phénomène assez rare, car avec la proximité du fleuve, l'humidité traversait souvent les murs des maisons. Le curé Labrie se promenait sur la galerie en lisant son bréviaire, avec sur la tête une capine rongée aux mites. Sa dernière bonne tuque, qu'Alice lui avait tricotée, il l'avait donnée à un pauvre diable venu cogner à sa porte. Elle avait dû insister pour qu'il ne donne pas en plus son paletot. «Le curé Généreux Labrie», qu'elle l'appelait dans son for intérieur.

Après le déjeuner, elle s'était mise à trier les vêtements que le curé ramassait à droite et à gauche en vue de les offrir aux pauvres. Elle maniait bien l'aiguille et arrivait bien souvent à remettre en état du linge qui semblait irrécupérable. Mais il y avait quand même des limites. «Je mets pus des pièces aux culottes, je mets des culottes aux pièces», pensa-t-elle en écartant un pantalon.

Tout à son ouvrage, elle repensait à sa jumelle. Elle lui avait réécrit durant l'hiver; elle n'avait jamais reçu de réponse. Se pouvait-il que sa sœur soit encore en colère contre elle? C'était difficile à croire, maintenant qu'elle était mariée et propriétaire. Ce serait davantage à Alice de l'envier. Surtout ce matin, les mains dans les vêtements en loques. Pourtant, Alice n'aurait changé de place avec personne.

Rosaire la sortit de ses réflexions en claquant la porte, portant une grosse brassée de bois pour le poêle. Ici, les rondins de bouleau et de tremble, il y en avait en masse. On bûchait sur le bord du fleuve pour dégager la vue, comme on disait.

— Vas-tu avoir besoin de plus de bois, tu penses?

— Oui, si tu veux en entrer… J'ai prévu de faire des tartes cet après-midi.

Sans se faire prier, Rosaire ressortit en retroussant son collet. On était quand même encore pris avec la fin de l'hiver. Alice le suivit un moment du regard. C'était un homme serviable, ce Rosaire-là, et doté d'une douceur qui rappelait celle de son père. Aux yeux de la jeune fille, Hormidas était l'homme idéal, et Rosaire lui ressemblait en plusieurs points. Elle alla au-devant de lui pour lui rouvrir la porte quand elle le vit revenir les bras pleins.

— Tiens ! Du bon bois d'érable ! C'est le meilleur pour tenir le four bien chaud.

Alice arrondit les yeux. Sûrement que Rosaire avait caché ce butin au curé, sinon l'homme en soutane l'aurait depuis longtemps donné aux pauvres. « Nous, on a l'feu du Saint-Esprit », clamait-il à ses employés. « Sauf que c'est pas ben ben utile pour cuire les tartes », répondait Alice en pensée.

— Merci, Rosaire ! T'sais que t'es dépareillé, hein ?

Rosaire secoua les manches de sa veste. C'était la première fois qu'Alice le complimentait depuis un méchant bout. Il n'espérait même plus que ça arrive, pour dire la vérité. Alors il pencha la tête pour mieux la regarder. Il la trouvait tellement belle. Depuis toujours.

— Pas autant que toi, mademoiselle Leblanc.

Un courant électrique passa entre eux. C'est drôle comment ces moments-là arrivent n'importe quand, hein ? Autour d'un sac de guenilles, devant la boîte à bois. Pas plus compliqué que ça. Aussi Rosaire osa se lancer une nouvelle fois :

— Ce soir, j'aimerais venir veiller avec toi dans la cuisine. Tout seuls tous les deux, si tu veux bien cette fois-ci...

Alice l'observa avec intensité. Ça faisait bien quatre mois depuis sa dernière tentative. Elle avait envie de dire oui, un gros oui. Mais l'ombre du prêtre sur la galerie la ramena à l'ordre.

— Le curé Labrie aimera peut-être pas ça.

Rosaire s'avança et lui prit les mains.

— Si c'est une question de chaperon, je vais lui demander... si tu veux ?

— Ben dans ce cas, oui je le veux! J'veux dire... oui je veux pour la veillée, là! s'empressa-t-elle de se corriger, confuse, avant de se détourner vers le comptoir.

Elle avait le visage rouge comme une bette. Rosaire s'approcha et lui releva le menton.

— Hé, j'avais compris, tu sais. Une chose à la fois. T'es pas une fille pressée, Alice, et moi je suis patient. Crains pas, je ne me tannerai pas.

Elle leva un regard brillant vers lui.

— C'est vrai? Tu m'trouves de ton goût?

— Évidemment que je te trouve de mon goût! Pourquoi tu penses que je suis toujours ici à te rendre des services? Pis en plus, je l'ai dit au curé Labrie!

Elle resta stupéfaite. Rosaire continua sa déclaration.

— À confesse, mais il sait.

— À confesse?! Mais pourquoi, on n'a rien fait!

— Ben... je voulais être franc et lui dire qu'on se connaissait depuis un bout de temps. Et que c'est par hasard qu'on s'était retrouvés sous son toit.

— Il le savait, je lui en avais moi-même parlé... Il a répondu quoi?

Rosaire sourit.

— Il a dit que le hasard existe pas.

Alice fut envahie par une grande bouffée de tendresse. Si tout ça était vrai, que le ciel était donc bon d'avoir remis Rosaire sur son chemin! Elle replaça sa jupe ben droite pour se donner une contenance, puis elle posa un doux regard sur le jeune homme.

— Très bien, alors. Je t'attendrai après souper.

Rosaire saisit les doigts d'Alice pour le plaisir de sentir sa chaleur. Elle avait les mains si délicates. Il voulait tellement la protéger et prendre soin d'elle.

— Alice, je t'...

Mais elle ne le laissa pas terminer et posa sa paume sur les lèvres de son compagnon.

— Chut. À ce soir.

Rosaire n'arrêtait pas de penser à Alice. On ne pouvait pas dire qu'elle était fragile, mais il l'avait blessée par le passé, ça c'est sûr. Alors il voulait bien faire les choses. Il était tombé amoureux de cette femme fière mais discrète, délicate mais solide dans sa façon de passer à travers les épreuves et de faire son chemin, même en boitant. C'était à ses yeux une femme complète pour qui ce serait l'amour avec un grand A ou rien du tout. Elle savait qu'elle était différente, mais ne se victimisait pas et n'endurait pas les regards de pitié. Et pour ça, il l'admirait et l'aimait éperdument.

— Enfin! s'était réjoui le bon Labrie quand Rosaire était venu lui demander officiellement de chaperonner. Mais, jeune homme, tu m'attends après les vêpres pour arriver dans la cuisine pour le bon motif, on s'entend? Pas question de faire jaser! avait-il ajouté en entortillant un foulard autour de son cou.

Le curé s'enveloppait toujours la gorge une couple d'heures avant les vêpres du soir, pour avoir la voix claire. Ça permettait aux ouailles de rester réveillées; d'aucuns avaient tendance à s'accoter sur les colonnes pour piquer un roupillon. Les vêpres étaient ben mauvaises pour ça. Écoutez un peu: les paroissiens soupaient souvent avec du gros lard avant de venir s'asseoir à l'église. La digestion commençant, les yeux leur fermaient à tout coup! «*In nomine patris et filii et spiritus sancti*… Allez dormir en paix!» étaient les mots qui concluaient souvent la messe.

Une fois Rosaire sorti de son bureau, le curé s'était frotté les mains. Il voyait les amours naissantes de ses protégés d'un très bon œil. Il savait qu'Alice ferait une très bonne épouse. La seule affaire qui le tracassait un peu, c'était la jambe de bois. Est-ce qu'Alice en ferait un obstacle par pudeur? Et est-ce que Rosaire était vraiment prêt à vivre intimement avec une femme au physique différent? Tous les soirs, le prêtre glissait leurs noms dans ses prières et demandait au ciel de réunir ces deux cœurs purs. Une vraie marieuse!

La fin du souper arriva bien vite. Le repas avait été un peu fébrile. La seule personne qui ne savait pas ce qui se tramait, c'était Jules. Comme chaque soir, ce dernier demanda au curé s'il pouvait sonner les cloches après les vêpres.

— Non, Jules. Tu sais ben que ton sourire en pâtirait trop.

La dernière fois qu'il avait sonné les cloches à la place du vieux bedeau, le pauvre bougre n'avait pas lâché la corde, était monté direct au plafond, s'était pété la margoulette sur les poutres de bois et était redescendu en montrant le dernier chicot qu'il lui restait à toute l'assemblée stupéfaite.

Le simple d'esprit partit quand même avec le prêtre vers l'église. Rosaire alla se préparer dans sa petite chambre, dans la rallonge attenante à la cuisine, dont la porte était maintenue bien fermée. Mais n'en pouvant plus, il revint à la cuisine dès qu'il fut prêt, sous prétexte d'aider Alice à finir ses corvées en attendant le chaperon.

— Rebonsoir, Alice.

Il s'était mis sur son trente-six. Peigné, rasé de frais, il avait mis le paquet et était plus beau que jamais.

— Déjà ? Mais je n'ai pas fini, et puis le cur…

Rosaire s'avança vers elle doucement.

— Je sais bien. Mais on fait la vaisselle, il n'y a pas de mal… Ma mère disait qu'un homme doit savoir tout faire, même se servir d'un torchon.

Il se saisit du linge et de l'assiette mouillée qu'elle lui tendait. Rien que d'être près d'elle à faire une tâche aussi banale le fit partir dans ses rêveries.

Il fut vite ramené sur terre quand la porte s'ouvrit avec fracas.

— Bon, me v'là ! annonça le curé Labrie. J'ai dit à Jules d'aller se coucher, on va être tranquilles.

Il regardait les tourtereaux et les trouvait beaux. Alice rougit devant le prêtre. La soirée devenait officielle, elle en fut soudain tout intimidée. Rosaire sentit son trouble et se demanda s'il ne valait pas mieux remettre ça.

— Pauvre vous, monsieur le curé... Vous êtes fatigué le soir, je n'avais pas pensé à ça... On a juste à laisser faire...

Alice sentit son cœur se liquéfier. Toute la journée elle avait pensé à sa veillée avec Rosaire! Elle était déçue, mais c'est vrai que ce n'était pas raisonnable. Le curé se couchait d'habitude à huit heures pour se relever à trois heures pour faire ses matines. C'était cruel de le faire rester debout.

— Bon, bon, bon! Tu sauras que j'me sens comme un jeunot! J'vais m'installer ici pour lire mon journal avec une bonne pipe. C'est le paradis, ça.

Ainsi, la soirée put se passer comme prévu. Rosaire et Alice jasèrent de tout et de rien, leurs échanges étant entrecoupés de moments de silence durant lesquels ils se contentaient de se regarder. Il n'y a que l'amour vrai qui se passe de paroles. Le bon curé Labrie connaissait ces choses. Il s'en félicitait, d'ailleurs. Trop souvent il avait vu des jeunes couples ne penser qu'au désir physique sans s'attarder aux soupirs du cœur. Ces moments où, sans dire un mot, deux cœurs se parlent. Moments d'éternité, moments magiques où l'amour, le vrai, se forme.

Dix heures sonnèrent à l'horloge. Rosaire se leva pour regagner sa chambre, Alice fit de même. Le temps avait passé trop vite. Près du feu, le bon curé dormait à poings fermés... ou faisait semblant. Les paupières closes, il avait mis un voile sur leur intimité. Rosaire remarqua la délicatesse de son patron et saisit l'occasion de dire ce qu'il n'avait pas pu exprimer encore.

— Je t'aime, Alice. Je t'aime pour ce que tu es.

Il prit son beau visage entre ses mains, posa délicatement le bout de ses lèvres sur celles d'Alice. Puis déposa un autre baiser sur le bout de son nez pour la faire rire.

— Jamais je ne pourrais aimer plus que je t'aime, ajouta-t-il avant de prendre la jeune femme dans ses bras.

Alice se blottit contre lui. Elle écoutait son cœur battre. Il battait pour elle. Il battait pour Alice l'handicapée à qui personne ne donnait de grandes chances de se trouver un jour un mari. Elle était aimée, et elle laissa le sentiment s'installer en elle.

— Hum… HUM! se dérhuma le curé qui, faisant mine de se réveiller, jugeait que le temps était venu d'intervenir.

La soirée avait été prometteuse, mais il avait remarqué qu'Alice n'avait pas répondu « je t'aime moi aussi » à Rosaire. Est-ce que la jeune fille éprouvait des réserves? Il faudrait tirer ça au clair. Le printemps qui venait sentait l'amour et le temps ferait son œuvre, mais parfois, ça prend un petit coup de pouce pour que les fleurs sortent de terre. Le curé y verrait.

— Bonne nuit, les enfants, dit-il en prenant Rosaire par les épaules pour le diriger vers son logis. Demain est un autre jour et la nuit porte conseil, ajouta-t-il en direction d'Alice.

Quand Alice se retrouva seule dans sa chambre, elle repensa aux derniers mots du prêtre. Elle savait à quoi il avait fait référence, il devinait tout. Rosaire disait l'aimer, mais il ne l'avait jamais vue sans sa prothèse, avec une demi-jambe. Une éclopée. Comment il vivrait avec ça, une fois qu'il l'aurait vue incomplète, hein? Elle avait tellement peur qu'il la rejette qu'elle avait du mal à se laisser aller. Elle avait beau faire accroire qu'elle était une jeune femme comme les autres, elle était différente.

La nuit serait longue à jongler.

Chapitre 6

Fin avril déjà. Les giboulées se suivaient l'une après l'autre, mangeant chaque jour davantage la neige au sol. Bien vite, on verrait des plaques de terre partout. Le ventre d'Aline grossissait. Depuis qu'elle avait annoncé la nouvelle à ses parents, elle recevait leur visite pratiquement chaque jour. Sauf les jours de cartes, où Aline prétextait avoir mal au cœur plutôt que de devoir expliquer pourquoi son mari n'était pas à la maison.

— C'est pas normal qu'elle ait mal au cœur encore, elle a quatre mois de faites, s'inquiéta Hormidas. Toé, t'avais mal juste les deux premiers mois.

Quand ça n'allait pas, il se passait toujours la main dans les cheveux. Cette manie faisait rire Eva. Il avait donc hâte d'être grand-père. Même s'il était encore ben drette, il allait sur ses soixante ans, bien qu'il en paraissait dix de moins.

— Vous autres, les hommes, vous pensez qu'on est toutes pareilles ! J'me rappelle, Anita a vomi jusqu'à sept mois. J'arrêtais pas de lui passer la bassine.

Hormidas retourna dans ses souvenirs. Les années avaient passé, et leur petite Rosalie aux cheveux blonds bouclés avait grandi sans rien savoir du secret entourant sa naissance. Anita avait fait promettre à Eva de ne rien dire, et celle-ci avait toujours tenu parole. Pourtant, cela sautait aux yeux que Rosie était la fille de sa tante.

— T'as raison, je deviens grogneux. Moé, quand y a une naissance qui arrive, ça me rend nerveux. On en a vu de toutes les couleurs, mettons.

Les naissances chez les Leblanc avaient toujours été difficiles. Mais même si les maux de cœur étaient faux, les parents avaient raison de s'en faire pour leur fille. Eva sentait qu'Aline n'était pas heureuse. Elle avait perdu son air joyeux, elle avait fini de jouer à l'épouse épanouie. Ça n'avait pas duré longtemps. Jamais elle ne parlait de Paul, ni du bonheur d'être bientôt parents, ni de leurs rêves. Les jeunes mariés sont d'habitude bourrés de rêves, mais pas eux. Paul devenait de plus en plus solitaire. Avant, il venait au-devant d'Hormidas et prenait le temps de fumer avec lui. Asteure, il s'arrangeait pour éviter son beau-père le plus possible.

— C'te semaine, j'vas aller leur porter mon verrat. T'sais, le beau gros noir?

Eva le regarda d'un air taquin.

— Celui qui a des gorlots dignes d'être empaillés? riposta-t-elle en pouffant de rire. T'arrêtes pas d'en parler! «As-tu vu les gorlots d'mon gros noir?» Hein? Des méchants gorlots par-icitte, tout un mâle par-là!

Hormidas se mit à la chatouiller. Elle se tortillait.

— Dis-le que j'ai des beaux gorlots, moé tou!

— Jamais! Tes gorlots ressemblent à des p'tites noix sèches comparées à ceux du cochon!

Il finit par l'emprisonner dans ses bras forts et il l'embrassa tendrement.

— En tout cas, mes gorlots ont ben faite leur job... Ça, tu peux pas le nier.

— Absolument. Je vous remercie, monsieur Leblanc.

Puis, redevenant sérieuse:

— Je vais en profiter pour y aller avec toi, chez notre fille. Mon doux que j'la trouve drôle de ce temps-ci. En fait non, justement, pas drôle pantoute.

— Tu penses qu'ils sont pas contents, pour le bébé? Ou que ça l'inquiète d'accoucher?

— Je sais pas trop. Me semble que ça manque de complicité, de tendresse entre eux deux. Depuis les fêtes, on dirait qu'il y a un frette d'installé. Avant c'était Paul-ci, Paul-ça, Paul aime sa viande cuite comme ci, Paul aime ce dessert-là... Là, pus rien. Il serait un étrange qu'elle en ferait pas plus de cas devant moi. J'aime pas ça.

Plus loin dans le rang, les discussions au sujet des cartes étaient devenues infernales entre les époux Allard. Sans compter l'argent. Aline en manquait souvent, puis Paul aussi, il faut croire, vu qu'il passait son temps à regarder ce qu'il restait dans le pot de change. En plus de ses soirées de cartes, il jouait maintenant aux dés avec des gens de Sainte-Claire. Des amis, comme il disait. C'est ça, ouais.

Cette semaine-là, on vit arriver Albert Vachon chez les Allard. Ce Vachon-là était réputé pour plumer le monde. Il se servait de la misère des autres pour acheter pas cher des animaux, des meubles, n'importe quoi qui se revend. Toujours sous le couvert d'aider son prochain. Il avait en permanence un rouleau de piastres dans ses poches et le montrait à ceux qui étaient pognés à la gorge.

— Y paraît, mon Paul, que tu cherches à vendre une vache? Aurais-tu besoin d'argent? Si c'est le cas, j'peux peut-être ben t'aider, mon homme...

Paul avait perdu à Sainte-Claire et voulait payer sa dette. C'était pas comme avec Jos et Frank, qui marquaient dans leur calepin et se faisaient rembourser au gré des gains. À Sainte-Claire, ça jouait plus dur : si Paul ne payait pas, les autres avaient dit qu'ils se feraient un plaisir de répandre la nouvelle. Pas question pour notre pauvre yâble de perdre la face dans sa paroisse natale.

— Ben… besoin d'argent… c'est pas la question ! C'est juste que oui, j'ai une vache dont j'serais prêt à m'départir… si le prix est bon, comme de raison.

Le bonhomme Vachon se frotta les mains. Il savait pour l'histoire de la dette. Tout se sait quand on pose les bonnes questions.

Paul et lui traversèrent à la grange. Aline était là à ramasser les œufs des poules. Vachon lui fit un petit signe de tête auquel elle répondit poliment, avec un rien de méfiance dans l'œil. Elle connaissait l'homme, elle l'avait souvent croisé dans les expositions agricoles. Son père n'avait pas grande estime pour lui.

— Tiens, c'est elle. La rougette.

C'était une belle taure[8] rendue à son deuxième veau. Pis elle était pleine, sur le point de vêler.

— Eh… J'pensais que tu m'montrerais mieux que ça, mon Paul !

Il se rapprocha pour parler sans être entendu d'Aline.

— J'ai appris pour ton problème. Fa-toé-z'en pas… Chus comme la tombe ! R'garde ben ce qu'on va faire. J'prends la rougette pis l'autre, le vieille noère à côté. Pis si tu veux, j'passe à Sainte-Claire chez ton ami. Pis j'y paye toute. D'in coup, t'auras même pas à t'humilier devant lui pour le rembourser.

Vachon avait touché une corde sensible : Paul était effectivement humilié, et la seule chose qui lui importait, c'était de se sortir de cette mauvaise posture. Mais il perdait quand même gros. Il frotta du pied la paille par terre et hocha la tête.

— Marché conclu.

8. Une taure, c'est une vache qui a pas encore eu de veau. Mais dans Bellechasse, une taure reste une taure jusqu'à son deuxième vêlage. Là, elle devient une vache.

Le peddler fit sortir les bêtes et les attacha derrière sa charrette. Aline regarda tout ça en silence. Même si une partie d'elle voulait croire que Paul laissait aller ses vaches pour en avoir de meilleures, elle savait bien au fond ce qu'il en était. Albert Vachon avait pas la réputation de faire des échanges. Il prenait, c'est toute.

— Pourquoi t'as vendu ? La taure était sur le point de vêler !

Paul ne répondit pas.

— Comment il t'a donné ? Où est l'argent ?

Silence.

— Pourquoi tu m'réponds pas ?

Paul s'emporta. Il devint rouge de colère.

— Y'est en enfer, ton maudit argent, Aline !

Puis il décampa. Aline resta là, complètement découragée. Elle venait de comprendre : les dettes étaient pires qu'elle pensait. L'image de son mari passant la porte de la grange, les épaules affaissées, le dépit sur son visage, resterait gravée dans sa tête. Où était le beau jeune homme solide de l'été passé ?...

Elle se traîna les pieds jusqu'à la maison. Seigneur que ça allait donc mal.

C'est pour ça que quelques jours plus tard, quand Eva se pointa chez elle sous prétexte de l'aider dans son ménage, Aline singea encore une fois des malaises de femme enceinte pour expliquer sa p'tite mine. Eva avait convenu avec son mari qu'elle se rendrait d'abord seule chez Aline ; elle voulait avoir les coudées franches pour confesser sa fille.

— Ben correct, ma douce, avait répondu Hormidas. Prends le temps qu'y faut. J'vas monter avec le gros noir par le chemin avec une wipe[9]. J'pense que leur grosse truie picotée est en chaleur, ça adonnerait ben. Le temps de sortir les moutons pour qu'y prennent l'air... J'vas laisser les p'tits en dedans. Le vent est encore frisounette. Pars devant, on se retrouve tantôt.

9. Une wipe (prononcer ouipe), c'est une petite branche avec laquelle on guide les animaux pour les faire avancer.

Le temps qu'Hormidas monte avec le verrat, Eva pourrait parler à Aline sans personne autour. Entre quatre z'yeux, on pouvait se comprendre.

Au loin on entendait les bêlements des moutons des Corriveau. Le printemps était arrivé et les animaux le sentaient. On voyait partout les grosses roches pointer leur nez hors de la neige. Des petits ruisseaux se faufilaient sur le bord du chemin. Au-dessus du bois, les corneilles croassaient. Dans le p'tit fond, comme on appelait une baisseur près du bois, un lièvre courait sur les restants de plaques blanches. Aline se tenait sur la galerie, un panier de linge trempé à ses pieds.

— Comment ça va, ma fille, aujourd'hui? demanda Eva en arrivant dans la cour.

Aline se redressa. Elle n'aimait pas beaucoup que sa mère arrive à l'improviste. En plus, elle venait de pleurer, et ça, elle ne voulait pas qu'Eva le voie. Elle se frotta les yeux et essuya son nez avec la manche de son vieux gilet. Eva ne l'avait jamais vue faire ça, elle avait appris à ses enfants à se servir de mouchoirs. Ce geste montrait toute la fatigue qui habitait Aline. Ses mains étaient rougies par le froid.

— Ça va. J'ai... euh... Le bébé va bien, il prend du soleil!

Eva connaissait sa fille et sa façon de diriger la conversation. Elle monta les marches et s'approcha.

— J'te parle pas de ton bébé. Je parle de toi. Comment tu vas toi.

Aline se sentit prise au piège. Depuis quelque temps, sa mère la regardait plus attentivement. Elle se sentait scrutée et elle n'aimait pas ça. Eva avait le tour de sentir les gens, et là, c'en était presque gênant.

— Ça va bien, je viens de l'dire.

Eva prit Aline par le coude et la conduisit vers la porte. La future mère entra, enleva ses bottes et alla se chauffer près du poêle. La cuisine était confortable, le jeune couple était bien installé. À la vente de la propriété, les Colin leur avaient laissé des meubles trop gros pour leur petite maison au village. Une grande armoire à deux portes était adossée au mur du salon, et un bahut, pour la belle vaisselle comme on disait, logeait sur le mur opposé. Pas de luxe, de ce temps-là personne en avait ben ben, mais du solide. Eva porta son regard sur les gros rideaux de velours vert qui pendaient aux fenêtres. Elle trouvait curieux qu'Aline ne les ait pas remplacés par quelque chose de plus moderne. Surtout qu'elle aimait ça, Aline, les belles choses. Elle-même, quand elle était jeune mariée à Saint-Vallier, elle avait placé quelques babioles dans la maison louée pour se sentir chez elle.

Eva ne reconnaissait plus son Aline. D'habitude si énergique, elle n'était plus que l'ombre d'elle-même. Et ce n'était pas la grossesse qui causait ça, Eva en aurait mis sa main au feu. Elle se rassura néanmoins: le couple semblait ne manquer de rien. Elle s'assit sur la chaise près de la porte. Tout en gardant ses pieds sur la catalogne, elle déboutonna son manteau. Elle alla droit au but, sachant qu'Hormidas arriverait bientôt.

— Ton père pis moi, on voit Paul partir au village tu-seul le soir. Ça me coûte de te demander, ma grande, mais avez-vous des problèmes de couple?

Eva n'avait jamais été si directe avec personne, mais l'inquiétude gagnait sur ses réserves naturelles. Si Paul était un coureur de jupons... Souvent, quand la grossesse avançait, certains maris plus fringants que les autres allaient voir ailleurs.

Aussitôt sur la défensive, Aline dévisagea sa mère. Pas question de se montrer vulnérable.

— Il a des commissions à faire, voyons!

Son instinct de mère força Eva à continuer son enquête.

— Le magasin général ferme pas aussi tard le soir, on le sait toutes les deux. J'ai déjà attendu jusqu'à minuit avant de l'entendre revenir avec son cheval...

Aline joua le tout pour le tout. Elle passa à l'attaque.

— Vous espionnez, asteure! J'en reviens pas! Je suis mariée, à ce que j'sache. J'suis pus un bébé qu'on surveille! cria-t-elle.

Eva, maintenant, en était certaine: quand sa fille pognait les nerfs, c'est qu'elle était prise en défaut ou qu'elle cachait quelque chose.

— On s'inquiète, Aline, c'est toute. Tu es notre fille, on te veut heureuse, ton père pis moi. Ça fait que s'il y a quelque chose qu'on peut faire pour ton bonheur...

Aline se frotta le ventre. Elle ricana puis répondit à sa mère:

— Le bonheur, m'man, c'est dans les contes de fées. Pas dans la vraie vie.

Fatiguée de lutter et de se cacher, elle se mit à pleurer. Silencieusement, sans sparages. Eva était désolée; elle aurait voulu que la confidence se fasse d'elle-même. Pousser sa fille à bout avait été maladroit, elle s'en rendait compte. Aussi, elle resta immobile sur sa chaise, sans tenter un geste de réconfort. Il ne fallait pas donner l'impression à Aline qu'elle était affaiblie.

— Qu'est-ce qu'il y a, ma belle? Parle-moi, fit Eva avec toute la douceur du monde dans la voix.

Aline garda le dos tourné, les bras croisés. Elle aurait voulu être ailleurs, mais là, il était trop tard, sa carapace était fissurée.

— Paul et moi, disons qu'on n'a pas la même façon de voir la vie. Mais je vais m'en remettre.

Aline s'essuya le nez avec sa manche. Encore ce geste.

— Il boit, c'est ça?

Aline rit de dépit. C'était tellement stupide de penser que Paul pouvait boire.

— Non, de ce côté-là, rien à craindre. On n'a rien pour acheter de quoi boire! Non, c'est... tout le reste. Laissez faire, maman. S'il vous plaît.

Eva suivait chaque mouvement de sa fille qui s'était mise à enlever des poussières imaginaires sur ses manches de tricot. Elle décodait chaque intonation dans sa voix cassée. Puis Aline se dirigea vers l'évier, comme pour mettre une distance entre sa mère et elle. La jeune femme devait faire quelque chose de ses mains. Elle sentait ses tempes tambouriner, son cœur allait exploser.

Tout le stress des derniers mois l'accablait. Elle était comme un animal pris dans son propre terrier. La tête lui tournait.

Depuis des semaines, elle vivait sa peine seule, elle n'en pouvait plus. Elle prit le couteau de cuisine et se mit à couper les légumes pour la soupe avec frénésie, grattant violemment les vieilles carottes qui avaient eu du mal à passer l'hiver. Tout faire pour ne pas penser. En tournant le dos à sa mère, elle se sentait plus forte. Elle ne voulait pas voir l'apitoiement dans le regard d'Eva. Pendant une seconde, elle jalousa sa mère et sa relation parfaite avec son père. Ça ne dura pas. Dans le fond, elle savait qu'elle ne pouvait s'en prendre qu'à elle-même. C'est elle qui avait voulu cet homme-là et cette vie-là. Elle voulait juste qu'Eva arrête de lui parler. Se trouver seule, pour ne plus penser.

Eva regardait sa fille travailler et déverser son chagrin. Elle ne la laisserait certainement pas se débattre seule avec ses problèmes, pas avec un p'tit en chemin. Elle était trop maternelle pour ça.

— Je peux pas laisser faire, répondit doucement Eva qui n'osait pas bouger tant le moment était crucial. Dis-moi tout, Aline. Dis-le à ta mère.

Aline coupait, tranchait, pulvérisait les légumes avec acharnement. Puis le barrage se rompit une fois pour toutes, et tout son ressentiment sortit d'un coup.

— Il joue à l'argent ! cria-t-elle sans se retourner. On n'a presque pus rien, vous entendez ? Il dépense tout l'argent qu'on fait ! Y'est rendu à vendre nos animaux à' graine pour payer ses dettes !

Eva se leva. Aline restait de dos. Elle était humiliée, bafouée au plus profond d'elle-même. Les carottes en mangeaient toute une.

— Mon Dieu, souffla Eva. Moi qui pensais que c'était à cause du bébé…

Aline grattait les carottes, les épluchures revolaient partout. Un vrai carnage.

— IL EN VEUT PAS, DU BÉBÉ ! Il en parle jamais ! Il veut même plus de moi… Il me touche pus… Vous comprenez ? JAMAIS !

Eva se rapprocha pendant que sa fille continuait de déverser son trop-plein.

— Tout ce qu'il voit en moi, c'est une bonne femme qui lui met ses responsabilités dans la face ! Une bonne femme, moi ! À dix-huit ans ! Pouvez-vous croire ? Il a toujours joué, je l'ai marié de même ! C'est pas comme si je l'savais pas ! Pis là, je l'sais qu'il m'aime pus, et le p'tit non plus ! Je vais faire quoi, asteure ? Passer ma vie avec un pas fiable ? Finir dans' misère ?

La jeune femme voulait mourir de peine, mais surtout, elle voulait que sa mère s'en aille. La pression était trop forte pour elle.

— Aline..., fit Eva en mettant la main sur l'épaule de sa fille pour la calmer.

Mais Aline, sentant sa mère envahir son territoire, se retourna d'un coup pour lui ordonner de retourner s'asseoir. Elle n'avait pas lâché son couteau. Eva était trop proche. L'adrénaline coulait comme de la lave dans les veines d'Aline. Le couteau était trop bien tenu par le poing enragé. Le tissu de la robe d'Eva était trop léger. La lame était trop bien aiguisée.

Le couteau s'enfonça dans l'aine d'Eva comme dans du beurre.

— AAAHHH !... Aline... !

Aline lâcha enfin prise. Le couteau avait causé une blessure profonde. Le sang mouillait déjà toute la jupe.

— MAMAN !

Eva s'affaissa au sol. Aline ne put la retenir. Le sang continuait à couler, commençait à se répandre sur le plancher.

La porte s'ouvrit sur Hormidas.

— Oh ! Les femmes ! J'arrive avec le coch...

Il détailla la scène en une fraction de seconde.

— EVA !!!

Il se précipita vers sa femme. Aline empoigna vite le couteau et le retira d'un coup, comme pour ne pas montrer ce qui s'était passé. C'est ce qu'il ne fallait pas faire : en enlevant le couteau, le sang s'échappa du corps, un peu plus à chaque battement de cœur. Eva se vidait littéralement sous leurs yeux.

— PAPA ! FAITES QUELQUE CHOSE !

Hormidas mit la tête d'Eva sur ses genoux et, de sa main libre, appuya fortement sur la blessure. C'était inutile, l'artère fémorale avait été sectionnée. Eva devenait livide. Elle sentait qu'elle s'en allait, elle était envahie par une fatigue extrême. Son sang chaud effleurait sa main inerte sur le plancher. Ses yeux, fixés sur le visage ravagé d'Hormidas, peinaient à rester ouverts. Elle entrouvrit la bouche. Hormidas se pencha pour l'entendre lui murmurer :

— C'est... pas... sa... faute...

Elle le regardait comme pour le supplier de comprendre. Hormidas lui mit un baiser sur les lèvres.

— Parle pas, ma biche. Aline... va chercher Paul... Le docteur, VITE !

Aline courut vers l'étable. La porte resta ouverte. Le froid se faufila sur le plancher et vint envelopper les époux. Comme une bise qui vient chercher la vie.

— J'ai... froid...

Hormidas tint sa femme contre lui pour empêcher l'air glacé de la lui prendre. Il l'enveloppa de ses bras et de son corps comme pour la soustraire à la Grande Faucheuse. Mais en vain. Eva était déjà loin. Sa bouche s'entrouvrit sur un dernier souffle. Ses beaux yeux bruns se refermèrent doucement. Sa poitrine s'affaissa.

C'était fini.

Hormidas sanglota, à genoux dans la mare de sang. Il replaça la jupe d'Eva pour la protéger du vent qui arrivait droit sur eux. Le visage du petit Aimé passa devant ses yeux, la peau bleuie comme celle de sa mère qui venait de se vider de sa vie.

— Ma biche, non... Pars pas, mon amour, reste avec moé. J'vous en supplie, Seigneur... Reste, Eva, pars pas... J't'en supplie, LAISSE-MOÉ PAS... !

Il n'y avait plus rien à faire. Hormidas, les mains pleines de sang, berçait doucement sa femme. Il regardait dans le vide. C'était à se demander ce qu'il voyait. Aline, entrée pour avertir que le cheval était prêt, contempla la scène et se laissa tomber à genoux.

Elle avait tué sa mère.

Rien, rien ne pourrait lui enlever cette douleur. Elle posa le regard sur le couteau, Hormidas le ramassa. Puis, en regardant sa fille, il planta l'arme meurtrière dans un madrier d'épinette du plancher.

— MAUDIT ENFER!

On aurait dit un cri d'animal. Aline était tétanisée par la fureur de son père. Elle regardait le couteau planté bien droit dans le bois. Comment pourrait-elle vivre après ça?

— Qu'essé qui s'est passé? demanda-t-il, la voix coupée par les sanglots. DIS-MOÉ-LÉ!

Aline prit peur. Pas question d'avouer la vérité.

— Elle... elle est tombée avec le couteau... Elle voulait m'aider aux carottes... J'ai pas vu, p'pa, j'ai pas vu...

Hormidas avait enveloppé Eva dans son manteau et l'avait ramenée chez lui dans ses bras. Passant la porte avec précautions pour ne pas accrocher le cadre, il était monté directement et avait couché délicatement sa femme sur leur lit. Rosalie l'avait vu passer avec sa mère inerte, les deux couverts de sang. Elle s'était recroquevillée dans un coin de sa chambre, les poings fermés sur la bouche, et avait pleuré nerveusement avant de se décider à rejoindre son père à la chambre des maîtres, sur la pointe des pieds.

Assis près du corps étendu sur le lit, Hormidas regardait Eva avec tendresse.

— C'était un accident, ma Rosie. Ta mère a pas souffert. Là, va chercher le curé.

Le reste s'était passé dans un brouillard. Les prières, l'absence d'extrême-onction vu que le corps était déjà refroidi, les voisins alertés. Quant à Aline, on l'avait retrouvée dans l'étable, en état de choc. Le curé était revenu dire qu'il avait appelé Québec.

Hormidas avait hâte de revoir Alice. Il avait besoin des siens près de lui.

La jeune femme arriva le lendemain par le train; le père avait tenu à aller la chercher lui-même à Sainte-Claire. Elle avait pleuré toute la nuit et c'est un Rosaire aussi défait qu'elle qui était allé la reconduire à la gare. Elle avait hâte de savoir c'était quoi, l'accident dont le prêtre lui avait parlé au téléphone. Mais quand elle avait abordé le sujet, Hormidas avait juste secoué la tête. Le trajet s'était passé en silence. La jeune femme se dit qu'elle en saurait plus auprès de Rosalie.

Le cheval avançait lentement. Pourtant, il y avait beaucoup à préparer en vue de la veillée. Il fallait faire à manger pour tous ceux qui viendraient prier… Ses sœurs devaient avoir commencé.

La dépouille d'Eva était couchée sur un lit funèbre fait de quatre planches déposées sur des tréteaux et recouvertes d'un drap blanc. Rosalie avait mis des pots de branches de cèdre et de sapin à la tête de leur mère. L'odeur de la forêt était réconfortante. Deux petites chandelles de la Chandeleur, qu'elles avaient fabriquées ensemble, brûlaient. Hormidas avait lui-même lavé son épouse et lui avait mis sa robe de noces. Il avait pleuré tout le long. La robe, d'un beau violet avec sa série de petits boutons sur la jupe, faisait encore parfaitement. Il voulait son Eva comme au jour de leur mariage. Sa biche.

Ravagée par le chagrin, Alice tira une chaise près du corps, s'assit et posa son front sur l'épaule de sa mère. Jamais plus Eva ne lui caresserait la joue comme elle l'avait fait si souvent. Jamais plus elle ne dirait: «Attention, ma chouette!» Jamais plus elle ne lui dirait non plus à quel point elle était fière d'elle. Alice laissa couler ses larmes.

Bientôt, des gens arrivèrent. Ça venait du village et des paroisses autour pour réconforter la famille. Jean Leblanc s'était présenté. Quand Hormidas vit son frère, il éclata en sanglots.

Jean savait tout ce qu'Eva avait représenté pour Hormidas : la vie, ni plus ni moins. Ti-Zoune aussi était là, la face vidée de toute expression. On l'avait jamais vu aussi secoué. Les voisins voulaient aider, surtout le père Samuel Goupil qui savait par où passait Hormidas. Paula et Napoléon étaient descendus de la Fourche d'Armagh, apportant avec eux une lettre de Léontine.

Anita était aussi du voyage. Elle avait mis une robe noire qui la faisait paraître plus blême encore. Quand elle arriva, Rosalie alla au-devant de sa tante préférée. Depuis des années, elles entretenaient une correspondance. Eva souriait quand sa Rosie recevait du courrier, elle disait toujours : « Lis-moi la lettre, ma fille. T'as une si jolie voix ! » Eva avait remarqué que Rosalie avait le même timbre qu'Anita, et quand elle lui lisait ses lettres, elle avait l'impression d'entendre sa sœur. Elle aimait voir en sa fille un trait de sa vraie mère, à qui elle ressemblait de plus en plus en vieillissant.

— Viens, dit Anita, matante va t'aider pour passer les sandwiches aux gens. Y en a qui doivent avoir vraiment faim dans la gang. La crise a fait ben des miséreux. As-tu remarqué que les veillées au corps attirent plus de monde qu'avant ? Ah, mais qu'essé que je dis ! Ben non, tu peux pas avoir remarqué ça, t'en as pas vu tant que ça, des veillées, hein ?

— Non, en effet. Depuis Aimé, Dieu nous en avait préservés, répondit Rosalie d'une voix blanche.

Paul brillait par son absence. L'excuse officielle d'Aline, qu'elle avait répétée à Hormidas autant qu'aux curieux, voulait que son mari soit parti quatre-cinq jours pour commercer des bestiaux en Beauce et qu'on n'avait pas pu le mettre au courant, ne sachant pas où il était descendu. Personne n'osait la contrarier, vous pensez bien, une femme enceinte. L'intuition d'Alice lui disait qu'il y avait autre chose : une affaire de plus à tirer au clair avec Rosalie.

Des gens venaient et repartaient. On se relayait aux heures pour le chapelet. Rosalie lâchait pas, c'est toujours elle qui l'entonnait. Elle voulait soulager sa mère du purgatoire. Aline ne bougeait même plus les lèvres. Alice s'étonnait presque de voir sa sœur si affectée. Elle avait l'air brisée. C'était triste à regarder, mais pas autant que de voir Hormidas qui ne quittait pas le chevet de son épouse, lui caressant les cheveux sans arrêt. Bien des hommes avaient les larmes aux yeux juste à le voir faire. S'il y en a qui n'avaient pas encore compris à quel point Hormidas avait aimé Eva...

Après avoir veillé le corps de sa belle pendant trois jours et trois nuits, Hormidas la mit dans un cercueil. Il était en épinette, peint noir avec des petites poignées. Un simple tissu blanc était cloué à l'intérieur, pour faire office de lit pour la défunte. Il aurait fallu aller à Québec pour trouver mieux, mais Hormidas n'avait pas voulu s'éloigner un instant de sa femme et de ses filles.

Il devait rendre Eva à son Dieu. Il alla couper une branche de chatons de saule, elle les aimait tant. Chaque printemps, c'étaient les premiers bouquets sur la table. Hormidas se rappelait qu'Eva les caressait doucement du bout des doigts en disant que les gros ouvrages des sucres étaient presque finis quand les chatons éclosaient sur les branches. Il déposa la branche sur les mains jointes de sa femme, tout près de son chapelet.

— Dors, mon amour... dors... Je vais te rejoindre betôt, j'espère!

Puis il lui donna un baiser sur le front comme au jour de leur union.

La peau d'Eva était froide. Ça ne lui faisait rien, son corps à lui serait chaud pour deux. Il referma le couvercle, le scella de gros clous. Chaque coup de marteau le tuait un peu plus.

Le cortège funèbre se dirigea vers le cimetière paroissial. Rosalie, au bras de son père, disait ses litanies. Aline et Alice suivaient derrière. On mit Eva en charnière[10].

10. Dans plusieurs paroisses encore, on dépose les morts d'hiver en charnière (ou au charnier, dépendamment des parlures). C'est un bâtiment fermé où on entrepose les cercueils en attendant que le sol soit dégelé pour qu'on puisse creuser les tombes. Quelle souffrance ce doit être quand on met les morts en terre au printemps. Les familles, dans ces cas-là, doivent vivre comme un deuxième chagrin.

— Souviens-toi que tu es poussière et que tu retourneras à la poussière, dit le curé, en aspergeant la tombe d'eau bénite.

Tous le monde pleurait, sauf Hormidas qui n'avait plus de larmes. Il était révolté qu'Eva doive attendre sur une tablette. La terre durcie ne voulait pas d'elle, prise trop tôt. Beaucoup trop tôt.

Alice dut repartir le soir même pour Québec. C'est le vieux père Samuel qui la reconduisit à la gare, Hormidas était trop épuisé. Avant de quitter, elle avait réussi à s'isoler quelques minutes avec Rosalie.

— Là, tu vas-tu me le dire c'est quoi le fin fond de l'histoire ?

— Je l'sais pas, Alice. Aline fait juste répéter la même histoire : maman a eu une faiblesse pendant qu'elle épluchait les carottes, pis elle est tombée en se plantant le couteau dans la cuisse.

— Ben voyons, une faiblesse ! Pis quand bien même, j'arrive pas à me représenter le geste...

— Moi non plus, mais ça sert à rien de jongler à ça. Ça peut pas être autre chose qu'un accident, c'est toute. J'ose rien imaginer de plus.

— Pis Paul ? Tu y crois, à cette virée en Beauce ?

— Non, pas une miette. Le matin que c'est arrivé, maman allait justement voir Aline parce qu'elle s'inquiétait pour elle et Paul. Il y a quelque chose de pas net, mais Aline le dira jamais, trop fière-pette. J'me demande si maman avait réussi à lui tirer les vers du nez... avant que... Mais on l'saura pas, ça non plus.

Alice s'était contentée de soupirer, puis elle avait embrassé sa sœur en lui demandant de lui donner des nouvelles souvent. Hormidas était sorti sur la galerie pour lui envoyer un dernier baiser de la main. Puis il était resté un long moment à regarder dans l'autre direction, vers Eva.

Chapitre 7

Les semaines qui suivirent furent un véritable enfer. Hormidas n'arrêtait pas de repasser dans son esprit la scène de la mort d'Eva, pour essayer de comprendre ce qui s'était passé. Quand il s'était montré insistant auprès d'Aline pour avoir plus de détails, il avait remarqué que sa fille fuyait son regard. Il faisait une lecture assez juste des réactions des gens, d'habitude, notre Hormidas, il avait fait des affaires et négocié avec pas mal de monde dans sa vie. Il sentait bien que sa fille ne lui disait pas tout. Mais ne voulant pas la contrarier vu sa grossesse, il avait lâché prise. À cinq mois, se disait-il, le bébé est capable de ressentir le chagrin de sa mère, il était pas pour en rajouter.

Paul était enfin réapparu au lendemain des funérailles. On peut dire que la mâchoire lui avait décroché en apprenant les événements. Évidemment, c'était pas en Beauce qu'il était parti, mais sur une trotte de chance à Lévis. Pour se faire pardonner de n'avoir pas été là, il montra à sa femme l'argent qu'il avait fait aux cartes.

— Avec la chance que j'ai, j'vas pouvoir rembourser ma dette!

Aline le regarda avec mépris.

— Tu perds plus que tu gagnes, pauvre toé! Tu fais passer les cartes avant ta femme, avant la mort de ma mère… T'es pitoyable! T'es pas du monde!

Paul devint rouge. De honte, un peu, mais de colère aussi. Il était revenu fier de sa fortune, il avait hâte de dire à sa femme qu'il se reprenait en main. Qu'est-ce qu'elle avait à lui faire la leçon ? Après tout, c'était lui, le chef de famille. Il se laisserait pas parler de même !

— Toé, Aline Leblanc, t'es juste là pour m'accuser de toute, hein ? Tout ce que j'fais, c'est pas correct, hein ? Pis à part de ça, JE L'SAVAIS PAS POUR TA MÈRE !

Aline le dévisagea.

— Ben ta mère à toi, elle était là, aux funérailles. Pis elle a pas compris ton absence. Pis la moitié du village non plus a pas compris que je me retrouve tu-seule ! Faque là, j'en ai ma claque des déceptions pis des désillusions. Tu veux que je te le dise ? T'es loin du gars noble que je pensais avoir marié. T'es un *bum*, un joueur pis un menteur. Pis là, j'm'en vas, j'en peux pus de vivre avec toi !

Paul accusa le coup. Il était pas gros dans ses culottes. Mais à force de côtoyer de la racaille, il avait pris de l'assurance.

— Ah oui ? Tu penses aller où ? T'es ma femme, tu restes icitte. On va se r'faire, que j'te dis. Pourquoi tu m'cré pas ?

— Y'est trop tard, Paul ! J'ai un p'tit en chemin, j'viens de perdre ma mère, j'ai pus la force. C'est fini, m'entends-tu ?

— Mais c'est toé qui voulais s'marier, pas moé ! Tu m'as embarqué là-dedans quasiment contre mon gré ! Toé pis ma mère, on aurait dit que vous vous étiez liguées pour que j'me passe la corde au cou ! Pis là, tu veux qu'on s'sépare ?

Aline resta l'air bête. De quoi il parlait, sa mère... ?

— Pis à part de ça, t'arrêtais pas d'me tourner autour, on aurait dit une chatte en chaleur ! Faque t'étais pas plus noble que moé, Aline ! Par chance que t'emmenais une terre avec toé, pauvre fille !

Paul voulait la faire souffrir autant qu'il souffrait lui-même et s'en foutait de voir sa femme devenir blanche comme un drap.

— Là, tu vas arrêter de t'plaindre. À soir, j'ai la *game* de ma vie... Faut que j'me concentre pour penser juste.

Aline sortit de sa torpeur et mit ses mains sur ses avant-bras.

— Va pas là, t'es fou… C'est du hasard! Tu vas tout perdre, Paul. C'est des habitués, ces gars-là! Tu les vois ben aller avec leur p'tit calepin. Pis Thomas qui dit rien!

— Y'est comme moé. Y faut qu'y paye ses dettes, lui tou.

Aline en revenait pas. Les deux s'étaient fait avoir par des professionnels qui attachaient leurs proies p'tit peu par p'tit peu. Paul lui attrapa le bras.

— T'as jamais eu confiance en moé, hein, Aline? Tu voudrais que j'soèye comme ton père! LE GRAND HORMIDAS LEBLANC!

Elle l'enligna avec un regard glacial.

— Tu lui arrives pas à' cheville, à mon père! T'es rien qu'un trou d'cul!

La jeune femme sortit de la chambre, les larmes aux yeux. Son pied se prit dans la catalogne du haut de l'escalier. En poussant un grand «AAHHH!», elle glissa dans les marches et c'est une chaise de la cuisine qui l'arrêta net, lui rentrant son dossier dans le ventre. Le souffle lui manqua sous l'impact. Paul se précipita derrière elle et l'aida à s'asseoir.

— Oh mon Dieu, Paul, j'ai eu peur… J'ai mal sans bon sens, là…

— T'as l'air correcte, ça va passer.

— Tu vas-tu rester avec moi, au cas…?

Paul la regarda avec un drôle d'air.

— Ben non. J't'ai dit que j'avais une *game*.

— Hein?…

Mais il avait déjà claqué la porte.

Aline, désemparée, se résigna à aller chercher de l'aide par ses propres moyens. Elle se releva et sentit un sillon chaud sur sa cuisse. Elle retroussa sa jupe et vit une coulée de sang. Se tenant le ventre à deux mains, elle sortit et, à grand peine mais le plus vite qu'elle put, elle descendit la côte vers chez son père pour demander de l'aide. Depuis la cuisine, Rosalie l'aperçut et courut vers elle.

— Rosie, j'pense que j'suis en train d'perdre le bébé...

L'aînée aida sa cadette à s'installer sur le lit de la p'tite chambre et repartit chercher son père dans la grange. Hormidas comprit l'urgence de la situation, enfourcha son cheval à cru, s'agrippa à la crinière et se dirigea au galop vers Sainte-Claire.

Il venait de perdre sa femme. Il ne voulait pas perdre sa fille. « Mon Dieu, ayez pitié, pensa-t-il. J'ai assez donné, je Vous en prie ! »

Le jour laissa doucement place à la nuit. C'était l'heure entre chien et loup. L'heure ou la noirceur empiète sur la lumière, où la mort pourrait bien se sentir à l'aise.

— Approche pas d'ma fille, maudite charogne mangeuse de vie !! cria Hormidas à la noirceur.

Comme si la mort avait besoin d'une invitation pour venir.

Quand Hormidas revint, le docteur dans son sillage, Aline était aux prises avec des douleurs qui ne la lâchaient pas. Rosalie avait mis des gazettes sur le lit pour éponger le sang. Un paquet de linges blancs attendait sur la table de chevet, des restes de couvertures coupés en carrés et bien lavés qu'on gardait pour les accidents. Le sang avait cessé de couler.

Le docteur déposa sa valise et retroussa ses manches.

— Sortez, monsieur Leblanc, vous ne devez pas rester ici, ce n'est pas convenable. Vous aussi, mademoiselle Rosalie. Une jeune fille ne devrait pas être là.

Il les poussa lui-même vers la porte et la referma sur eux. Aline était apeurée d'être seule sans le soutien de sa sœur. Ni de sa mère. Mon doux qu'elle aurait voulu qu'Eva soit là.

— Madame Allard, je vais vous ausculter pour voir si tout va bien. Vous êtes trop tôt pour accoucher, hein ?

— Oui, j'suis due pour début septembre... mais je suis tombée... et mon mari est pas là..., répondit-elle nerveusement.

— Je vois.

De l'autre côté de la porte, Hormidas était inquiet. Il avait vu son gendre passer devant la maison à la course quelques minutes avant de voir arriver sa fille. Où c'est qu'il pouvait être allé, encore?

— J'vas aller chercher Paul, annonça-t-il à Rosalie. Aline a besoin de lui.

Rosalie hocha la tête. Son père avait l'air épuisé. Il avait vécu tellement de tristesse qu'il fallait être un surhomme, dans les circonstances, pour ne pas virer fou.

— Allez-y, papa. Moi, je vais prier pour le bébé.

Hormidas eut un frisson. « Seigneur, faites qu'elle ait pas un bébé mort-né! » supplia-t-il, avant de s'enfoncer dans la nuit noire. Il se rendit au magasin général, à la forge, à l'hôtel, partout. Personne n'avait vu Paul.

— Où t'es, bonyenne?! T'es pas parti en fumée quand même! Que tu sois pas venu pour Eva, j'm'en sacre, mais là...

Paul avait baissé depuis longtemps dans l'estime d'Hormidas. Il voyait ben que son gendre rendait pas sa fille heureuse. Il s'arrangerait bien pour lui parler d'homme à homme un moment donné. Ne sachant plus où chercher, il rentra chez lui.

Dans la chambre, ça n'allait pas si bien que ça. Les contractions s'enchaînaient. Il fallait se rendre à l'évidence: Aline accoucherait ce soir. Beaucoup trop de bonne heure pour que le bébé puisse survivre.

— Y faut pas qui sorte... Faites que ça arrête... s'il vous plaît..., pleurait-elle en s'accrochant au docteur.

Mais le praticien ne pouvait rien faire contre la nature. Aline appela son père. Hormidas, aux aguets, attendait juste ça pour rentrer dans la chambre.

— Monsieur Leblanc, voyons! Ce n'est pas une place pour un père!

Hormidas le regarda dans les yeux.

— C'est ma fille, pis j'plains le chrétien qui va essayer d'me sortir!

Le docteur comprit qu'il était mieux de ne pas insister. Après tout, la jeune femme devrait faire face à la mort de son enfant ; mieux valait qu'elle soit pas toute seule. Les contractions s'intensifiaient. Aline serrait le bras de son père de toutes ses forces. Lui repensait aux accouchements d'Eva, qui avaient tous été tragiques. « Aide-nous, ma biche ! » pria-t-il.

La goutte au front, le médecin travaillait fort. Aline était prise entre le besoin de pousser et le désir de garder son enfant dans son ventre. Mais le corps voulut plus qu'elle : bientôt, un petit corps sortit de ses entrailles. Pas plus grand que la main d'Hormidas. Tout bleu. Le médecin mit tout de suite un linge blanc sur lui pour le cacher à sa mère. Mais Hormidas le prit. Il découvrit la minuscule tête de son petit-fils et l'embrassa. Puis, il le serra sur son cœur.

— Il est mort, hein ? demanda faiblement Aline.

Hormidas ne parla pas. La douleur lui coupait la voix.

— C'est votre chute qui a déclenché le travail. Avec un bleu comme le vôtre sur le ventre, l'enveloppe aura décollé et fait partir les contractions, expliqua le médecin.

Hormidas regarda le docteur.

— Quel bleu ? Quelle chute ?

Aline se mit à pleurer. Hormidas releva la blouse de sa fille pour découvrir sur le flanc droit une ecchymose grande comme le poing. Il déposa le petit près de sa mère.

— Qu'essé qui s'est passé ? Pis y'est où ton mari, Aline ?

— On s'est chicanés, sanglota la jeune femme. Pis il est parti. Mais il m'a pas touch…

— Il est où ? la coupa Hormidas.

Aline serra son bébé sur sa poitrine. Elle tremblait de peur, de froid, de peine.

— Chez Thomas Bélanger, le vieux garçon.

Hormidas regarda le médecin, qui baissa les yeux ; lui aussi avait compris. Le père sortit de la chambre et passa devant Rosalie en coup de vent.

— Va voir ta sœur. Le p'tit est mort, lui dit-il sans la regarder.

Puis il partit en direction du village. Jamais Hormidas n'avait fouetté un cheval comme ça. L'écume à la gueule, l'animal courait droit devant. Ben vite, il arriva chez le *bootlegger*. Hormidas sauta sur la galerie et rentra par la porte, qui était grande ouverte. Dans la vieille maison, ça sentait la robine. Sur une table assez crottée pour écœurer un cochon, un jeu de cartes était éparpillé. Des verres de vin de pissenlit étaient vidés à moitié, sauf un qui était vide: celui que tenait le grand Thomas, soûl comme une barrique. Affalé sur la table, il avait de la misère à ouvrir les yeux. Hormidas le leva drette debout à la force de ses poings, tellement enragé que l'autre, qui sentait fort la pisse, touchait pus à terre.

— RÉVEILLE, MON ANIMAL! Y'EST OÙ, PAUL?

Thomas souleva une paupière enflée. Il avait le coin de la bouche fendu. C'était sûr qu'on s'était battu icitte.

— Y'est parti... après avoir signé... Maudit calepin... On n'a rien vu v'nir, nous autres!

Hormidas ne comprenait rien.

— Quel calepin? PARLE, CHAROGNE!

Mais Thomas tomba à terre. Hormidas entreprit de faire le tour de la bicoque à la recherche de son gendre. Il trouva juste un vieux chien au poil cotonné, attaché après le poteau de la galerie qui tenait par des prières. Enragé mais résigné pour le moment, il reprit bredouille le chemin du 6e Rang.

À la maison, Rosalie en menait pas large.

— Le docteur a dit qu'il mettrait ça sur le compte, mais il m'a pas dit de qui!

Hormidas regarda sa plus vieille. Elle avait l'air perdue.

— C'est pas grave, ma grande.

Rosalie se tortillait les mains.

— Elle... elle veut pas lâcher son bébé, papa! Pis moi, j'ose pas lui prendre.

Rosalie éclata en sanglots.

— Va te reposer, ma chérie. J'vas veiller sur ta sœur.

Hormidas entra dans la chambre. Mon Dieu qu'il avait besoin d'Eva à cet instant ! Aline avait enveloppé son fils dans une couverte et le berçait doucement. Elle savait bien que son père lui demanderait la vérité.

Elle avait replacé ses cheveux comme elle avait pu. Elle avait vieilli en quelques heures. En voyant son père, elle déposa précautionneusement son enfant près d'elle et commença sa confession. Parce que c'en était une. Elle avait tellement péché, elle était punie. Il fallait tout dire avant de mourir à son tour.

— Papa… j'ai tué maman. J'ai pas fais exprès, c'était un accident. Cette journée-là, elle voulait savoir ce qui allait pas entre Paul et moi. Je voulais pas lui dire… Maudite fierté ! Elle insistait et là tout ce que je voulais c'était m'occuper à faire autre chose. J'me suis mis à gratter des carottes. Pis là j'grattais, pis grattais… Et maman, elle arrêtait pas de me poser des questions sur Paul. J'avais le grand couteau, vous savez, celui qu'il faut faire attention. Pis maman s'était rapprochée. J'ai donné un coup de couteau par en arrière, c'était l'instinct de défense, je pense… pour délimiter mon espace parce que je voulais pas qu'elle me touche, j'étais trop en maudit. Je pensais pas qu'elle était si proche. Vous m'croyez, hein ? C'était un accident. Je l'ai pas dit avant, j'avais trop honte.

Aline regardait dans le vide comme si elle n'était plus dans son corps. Des larmes coulaient sur les vieilles joues d'Hormidas. Il s'agenouilla près de sa fille.

— Oui, j'te cré. Qu'est-ce qu'elle voulait savoir, ta mère, ma belle ?

Il se montrait aussi doux que possible. Il voyait ben que sa fille était à un doigt de craquer. Cette fois, Aline le regarda directement.

— J'ai toujours envié Alice. Pourtant, on est quasiment identiques. Mais je l'ai toujours trouvée plus belle que moi. Pis Rosaire est arrivé. J'le trouvais pas si beau que ça, mais quand j'ai vu qu'il regardait Alice… Je voulais pas que ma sœur boiteuse ait un prétendant avant moi, j'aurais été la risée du comté. Ça fait que j'ai voulu qu'il disparaisse. J'ai dit qu'il avait voulu me prendre…

C'était pas vrai. J'ai tout inventé, Rosie a raison. J'voulais juste qu'il parte pis qu'Alice soit pas plus heureuse que moi. Les jumelles, c'est fait pour être pareilles, hein?

Hormidas écoutait sa fille sans l'interrompre. C'était comme un trop-plein d'eau qui se déverse.

— Et Alice est partie en ville. Encore une fois, je me suis sentie moins bien qu'elle. Pis elle a retrouvé son beau Rosaire. Ça fait que quand Paul est arrivé, c'est comme si c'était ma chance d'avoir mon amoureux moi aussi. Je pouvais pas manquer cette chance-là, je voulais pas rester toute seule. Je me suis littéralement jetée à son cou. Mais lui, il a pas voulu de moi dans le fond. Ah, il m'haïssait pas, mais... il avait une autre passion... Quand je l'ai vu jouer aux cartes la première fois, il était tellement excité! J'aurais voulu qu'il me regarde comme sa dame de cœur, j'pense.

Hormidas commençait à comprendre. Paul jouait. C'était ça, ses disparitions.

— Il joue avec qui, Aline? Personne dans la paroisse a les moyens de jouer au point de se faire péter la gueule. J'arrive de chez Thomas, y'était pas beau à voir...

— C'est deux gars de Québec, des connaissances à Thomas. Ils savent ce qu'ils font avec leur maudit p'tit calepin... Paul faisait comme Thomas, ils faisaient marquer leurs dettes qui étaient jamais ben ben élevées, paraît... Deux crédules. Deux niaiseux!

Hormidas prit la main de sa fille dans la sienne.

— Il doit combien? L'as-tu vu, le p'tit calepin?

Alice détourna le regard. Son fils près d'elle avait l'air de dormir. Elle baissa la voix un peu plus.

— Non. Mais il m'a dit que ce soir, c'était la *game* de sa vie. Je lui ai demandé de pas y aller, mais il voulait rien entendre. Ça fait que j'ai annoncé que c'était fini entre lui et moi, que je voulais m'en aller. Pis là, je suis tombée dans l'escalier, c'est la chaise dans le bas des marches qui m'a arrêtée. C'est ça, le bleu. Je vous jure qu'il m'a pas touchée. Mais il a pas voulu rester quand même. Ses cartes étaient plus importantes que moi et le bébé. Dans le fond, il en voulait pas, de cet enfant-là. Il l'a jamais voulu. Il aurait dû rester garçon. C'est l'attrait de la dot qui l'a convaincu de me marier.

Elle reprit son fils dans ses bras et ramena son regard sur son père.

— Chauffez le poêle, papa. Votre petit-fils a frette. Moi itou, j'ai frette sans bon sens, dit-elle en regardant dans le vide.

Hormidas l'aida à se coucher, le petit blotti contre elle. Il ne pouvait pas encore lui enlever le bébé. Plus tard, quand elle dormirait. Personne n'avait pensé lui donner un nom. Hormidas le baptisa donc Aimé, comme son fils à lui. Aline s'endormit en quelques secondes.

Toute la nuit, Hormidas la passa à réfléchir. Comment ça, il n'avait rien vu avant ? Eva, elle, avait senti que quelque chose n'allait pas. Mais pas lui. C'est-tu parce qu'il n'avait pas voulu voir ? Il avait mal jugé Rosaire, puis il avait donné à Paul le bon Dieu sans confession. C'était de sa faute si ses filles étaient malheureuses.

Entre deux sanglots, Hormidas se prit la tête dans les mains.

Le lendemain matin, le médecin revint administrer des calmants à Aline. Hormidas avait pris l'enfant. Rosalie l'avait bien habillé de couvertures chaudes et mis dans une boîte. Le grand-père monta au presbytère pour demander qu'on ouvre le charnier pour son petit-fils. Le curé comprit vite la situation et, sans poser de questions, il se dirigea vers le fond du cimetière.

— Restez ici, Hormidas, dit le prêtre. Je vais aller le placer moi-même, si vous voulez.

Mais Hormidas secoua la tête. Il s'avança lentement. Le cercueil d'Eva était posé sur la tablette du milieu. Les enterrements avaient été retardés, ce printemps-là, le fossoyeur n'étant pas en état de creuser des tombes. Hormidas déposa la boîte sur le couvercle.

— Regarde, ma biche… C'est Aimé, ton petit-fils. Occupe-toé-z'en ben. Il est avec toé, asteure. Comme tu me manques, Eva, comme tu me manques…

Et il se mit à sangloter comme un enfant. Le prêtre le prit par les épaules et le guida à l'extérieur. Hormidas eut le sentiment qu'une autre partie de lui venait de mourir, mais sans tarder, il retourna dans le Six. Il avait ses filles à s'occuper.

Vers midi, Paul arriva soûl à la maison des Leblanc. Peu habitué à la boisson, il titubait. Son linge était déchiré. Soit il s'était battu, soit il avait passé à travers de la broche piquante.

— J'veux ma femme! Est venue brailler icitte, c'est ça? dit-il en bavant.

Hormidas l'agrippa par les bras et le força à retourner dehors sur la galerie. Il l'assit d'un coup et le regarda avec mépris.

— D'où tu viens, toé?

Mais Paul n'entendait rien.

— ALIIINE! beugla-t-il.

Hormidas lui serra l'épaule si fort que Paul se tortilla de douleur. Il filait pour tuer, le grand-père.

— Farme-toé sinon j't'assomme. Ma fille dort pis tu la réveilleras pas. Elle a accouché hier soir.

Paul se redressa.

— Ah ouais? Il est-tu vivant après la débarque qu'elle a pris?

Hormidas s'apprêtait à lui refaire le portrait quand Aline se montra dans le cadre de porte.

— Non. Mon fils est mort.

Elle se tenait au chambranle, Rosalie juste derrière. Aline n'était que l'ombre d'elle-même, le teint gris, les cheveux en bataille, des cernes jusqu'au milieu des joues.

— «Ton» fils… Tu l'as pas fait tu-seule à ce que j'sache! Y'est où?

— Là où tu pourras pas y faire mal! cingla Hormidas.

Paul dévisagea son beau-père, puis regarda à nouveau sa femme.

— Tu vas venir avec moé à' maison... Il faut qu'on aille chercher notre linge... Ils vont venir mettre des cadenas à toutes les bâtisses.

Aline plissa les yeux, pas certaine de comprendre.

— Quoi? Qui va venir?

Paul se défit de la poigne d'Hormidas d'un coup d'épaule.

— J'ai toute perdu cette nuit, la chance m'a viré le dos. J'étais sûr de gagner, j'ai tout misé. Le gars de Québec, Jos, y m'a dit: «T'es pas *game* de mettre ta terre complète en jeu!» Ben oui, j'étais *game*! dit Paul, quasiment fier de sa stupidité.

Hormidas s'accota sur un poteau de la galerie, les jambes barrées. Rosalie se mit la main sur la bouche, les yeux tout écarquillés. Aline avait même pas la force de se choquer. Elle regardait son mari sans avoir aucune réaction.

Paul continua sur sa lancée:

— Tu me connais! «Paul Allard, c'est pas un pisseux!» Hé hé hé... Mais c'que j'savais pas, c'est qu'il avait amené un autre homme de Québec hier. C'est un notaire qui est de mèche avec eux autres, Jos pis Frank. Moé pis Thomas, on a perdu nos terres, fait qu'on a dû signer les papiers de vente. J'leur en ai toujours ben mis une quand même! Ah, ça, j'les ai pas mal amochés!

— T'as tout perdu? demanda Hormidas. Mais t'es fou, ma foi du bon Dieu?

Aline défaillit. Rosalie eut juste le temps de lui approcher une chaise. Sa tête tournait. Elle voulait juste que tout ça s'arrête.

— J'pense que j'veux mourir... Ça serait mieux, j'pense..., trouva-t-elle la force de murmurer.

Rosalie se signa aussitôt. Hormidas, soudain déchaîné, sauta sur Paul et le martela de coups de poing en criant:

— Maudite charogne! Vomissure du yâble! T'as aucun droit sur ma fille, c'est pus ta femme! Fous l'camp! Pis r'viens jamais icitte... sinon j'te tue! Tu m'entends? J'TE TUE!

Paul se releva avec peine et s'en alla chez lui... pour peu qu'il pouvait dire que c'était encore chez lui. Rosalie aida sa sœur à aller se recoucher. Hormidas ne savait plus quoi faire. Aline venait de tout perdre. Son enfant, sa terre, sa maison et son mari. Lui venait de perdre son Eva et son premier petit-fils… Leur restait-il encore quelque chose à chérir ? Quelque chose à perdre ?…

En haut de la côte, le jeune homme rentra dans sa grange. Ça avait jamais été son rêve, de devenir cultivateur. Mais bon, il avait pris goût au lustre que ça lui avait donné, d'être un propriétaire terrien. Il savait sa mère ben fière de sa réussite. Sa déchéance les tuerait, ses pauvres vieux. Il chercha le fanal qui servait à venir voir aux bêtes le soir, et en brisa le verre. L'odeur d'huile se répandit dans l'air. Les animaux se mirent à beugler.

— T'as pas gagné, mon écœurant ! Chus sûr que t'as triché… Tu l'auras pas, ma grange ! hurla-t-il.

Il gratta une allumette. Puis, comme dans un état d'extase, il mit le feu à l'huile qui se vidait du fanal. Le foin et le bois sec crépitèrent en un rien de temps. Les animaux se débattaient. Paul, à genoux, pleurait. Bien vite, tout fut en feu autour de lui.

De sa cuisine, Hormidas vit monter une colonne de boucane noire à la hauteur de chez Aline. Ça ne lui prit pas de temps pour comprendre qu'on avait mis le feu aux bâtiments. Vite, il courut en direction du brasier. Le feu sortait par le pignon de l'étable, la grange flambait de partout.

— PAUL !! cria Hormidas.

Il essaya d'entrer mais les flammes avaient envahi la tasserie de foin. Les animaux ne se lamentaient plus. L'odeur était insupportable. On entendait juste la rage du feu. Les voisins vinrent pour aider, mais on ne pouvait rien faire, l'eau était trop loin et le feu avait pris trop d'avance. Aline arriva, supportée par Rosalie. Elle avait le regard complètement absent. Son mari était introuvable et elle s'en foutait, tout comme elle se foutait que le feu prenne à sa maison itou.

— Aline, viens chez nous…, murmura Rosalie en replaçant le châle sur les épaules de sa sœur et en la guidant vers la maison paternelle.

Elle se laissa faire. Elle voulait seulement dormir. C'était fini. Paul était parti, il n'était plus avec elle… Mais dans le fond, l'avait-il déjà été ?

Aline dormit longtemps. Après l'incendie, elle n'était pas retournée dans sa maison. C'est Rosalie et Hormidas qui étaient allés lui chercher ses affaires. Le curé était venu : il avait fait prévenir les parents de Paul, mais on ne savait pas trop comment procéder pour les funérailles étant donné qu'il n'y avait rien à enterrer. On s'en reparlerait plus tard, le temps qu'Aline recouvre un peu ses forces. Alice, à Québec, fut appelée de nouveau. Les drames n'arrêtaient pas, c'était accablant.

Deux jours après l'incident, des hommes de Québec, accompagnés du fameux notaire, étaient venus barricader les bâtisses, chez Thomas en premier, puis chez Aline. Ils étaient restés l'air bête devant la grange calcinée. Hormidas ne s'était pas opposé ; Paul avait signé de la paperasse notariée. De toute façon, Aline avait dit qu'elle ne voulait plus retourner dans sa maison. « Il aurait dû tout faire brûler », pensait-elle. Rosalie priait pour sa sœur, pour qu'elle retrouve la paix.

Le curé revint chaque jour pendant une semaine pour consoler Aline. Clémence, l'amie d'enfance, s'était présentée aussi. Devant eux, Aline jouait le jeu de la veuve inconsolable. Mais quand elle pleurait, c'était sur son fils, pas sur son mari.

Alice finit par arriver, accompagnée de Rosaire cette fois. Pas question pour le jeune homme de laisser sa belle affronter ce nouveau coup dur, même si les conditions n'étaient pas idéales pour des retrouvailles avec le reste de la famille. Rosalie les accueillit du mieux qu'elle put, mais pauvre fille habituée au calme, ses nerfs étaient en train de lâcher.

— C'est affreux…, dit-elle d'emblée à sa sœur une fois qu'elle eut déposé son bagage.

Elle pleurait plus qu'elle parlait.

— Paul a joué sa terre aux cartes... il a tout perdu... Il a voulu mettre le feu à la grange, mais y était trop soûl pour sortir... Pis Aline a perdu... son p'tit... pis c'est elle qui a poignardé maman... Oh, mon Dieu, c'était un accident, là! Mais... c'est trop pour elle, tu comprends... Elle est couchée en haut...

Alice ne perdit pas de temps et monta retrouver sa jumelle, Rosie sur les talons. Hormidas se contentait de regarder le plancher, l'œil vague. Rosaire avait pris place à côté de lui pour montrer sa solidarité.

— Merci de m'avoir ramené ma fille, Rosaire. Pis de t'être arrangé pour arriver jusqu'icitte. J'aurais pas eu la force d'aller vous chercher...

— Pas de faute, monsieur Leblanc. J'me doutais que ça devait être dur pour vous aussi.

Hormidas regarda le jeune homme. Comment avait-il pu le juger aussi sévèrement dans le temps? Rosaire avait toujours été intègre, bienveillant et à sa place. Il était temps de mettre ça en ordre.

— Tu m'excuses-tu, Rosaire, de tout le mal que je vous ai faite à toé pis à Alice? J'voulais juste protéger ma famille... Chus perdu, Rosaire, si tu savais comme chus perdu!

Rosaire mit sa main sur celle d'Hormidas. Il avait vieilli, le pauvre homme.

— Je ne vous en ai jamais voulu. J'aurais fait pareil au regard des apparences, je pense.

Hormidas sortit de sa poche l'anneau laissé à l'hôtel quand Rosaire était parti.

— Tiens, c'est à toé, ça. Alice l'avait confié à sa mère.

Le jeune homme prit le jonc. Il regarda l'inscription à l'intérieur. «A.R.» Alice et Rosaire. Il n'y avait jamais eu d'équivoque. Il le redonna à Hormidas.

— Gardez-le bien précieusement ici, monsieur Leblanc. Un jour, bientôt j'espère, on reviendra le chercher, Alice et moi. Quand vous me le redonnerez, c'est que vous nous bénirez.

Hormidas acquiesça. Une chaleur lui monta au cœur. Malgré les drames, il y avait un fond de bonheur dans l'air. Il avait l'impression qu'Eva s'était assise près de lui, pour lui chantonner à l'oreille son fameux « Je te l'avais bien dit ».

Alice, pour sa part, n'avait vraiment pas la tête aux projets d'amour pour le moment. Elle était anéantie pour sa sœur. Elle essaya de se rapprocher d'elle, mais Aline n'avait pas envie de se confier. La jeune veuve éplorée faisait quand même des efforts pour ne pas la revirer de bord trop raide, c'était toujours ça.

Les parents Allard avaient retonti de Sainte-Claire, évidemment. On leur avait dit que Paul s'était probablement endormi dans la grange la cigarette au bec, vu qu'il fumait souvent, puis on avait bricolé une histoire voulant qu'Aline ait vendu la maison et la terre sur le coup. Les deux vieux s'étaient montrés inconsolables. Aline avait fini par comprendre que sa belle-mère, en poussant Paul à l'épouser, s'était donné bonne conscience : elle et son mari pouvaient tout léguer à leur plus vieux selon la tradition, Paul serait pris en charge par les Leblanc. Quand ils apprirent qu'Aline avait été enceinte, ils étaient tombés des nues.

— Ah bon ? Je pensais que Paul vous avait écrit pour vous l'annoncer. Visiblement, c'était pas assez important pour lui... Asteure, excusez-moi, je suis fatiguée.

Ce fut la dernière fois qu'Aline parla à ses beaux-parents. Hormidas convint avec eux qu'une épitaphe serait érigée en souvenir, mais au cimetière de Sainte-Claire. Aline fut soulagée que son père s'arrange pour sortir définitivement Paul Allard de sa vie.

Ne pouvant rien faire de plus, Alice et Rosaire repartirent à Québec. Alice s'en allait avec le goût amer de ne pas pouvoir aider sa jumelle. Entre elles deux, peut-être qu'il n'y aurait jamais de pont. Elle s'inquiétait aussi pour son père, assommé par ces derniers événements. C'était trop pour lui aussi. Rosalie, un peu remise, lui avait assuré qu'elle veillerait au grain.

Pauvre Rosie, occupée à consoler deux âmes en peine en plus de son propre chagrin! Un après-midi qu'elle en avait plein les bras, le père s'offrit de monter à sa place pour aller jaser un brin avec Aline. Ça faisait deux semaines qu'elle n'avait pratiquement pas bougé de sa chambre. Elle mangeait aussi très peu. Il s'assit au pied du lit et regarda sa fille avec tendresse.

— Tu d'vrais aller prendre l'air, ma chérie, dit-il. Y faut que tu t'prennes en main.

Aline le dévisagea.

— J'ai pas envie de sortir. Je suis bien, ici. Je me fais oublier, c'est parfait.

— Non, c'est pas parfait. T'as des idées noires, faut en parler.

Aline, bien assise dans son lit, détourna le regard vers la fenêtre.

— Vous êtes pas prêt à entendre ce que j'ai sur le cœur, papa.

Hormidas se passa la main dans les cheveux. Il ne savait pas quoi faire. Si au moins Eva était là, elle ferait sortir le chat du sac.

Il regardait son Aline et ne la reconnaissait plus. Depuis cette journée où les flammes étaient venues balayer sa vie, sa fille vivait entre quatre murs. Sauf de temps en temps, elle se levait, traversait le couloir et allait s'asseoir dans la chambre de ses parents. Elle se sentait proche de sa mère dans cette pièce. Au mur, il y avait un cadre qu'Eva avait jadis brodé de fleurs, intégrant entre les pétales une petite mèche de cheveux de chacun de ses enfants. Même les boucles d'Aimé étaient visibles au bas d'une petite violette. Sur le bureau, un napperon de dentelle confectionné par elle, sur lequel elle avait posé un portrait pris à son dixième anniversaire de mariage. Hormidas ne déplaçait presque rien dans la chambre. Il en avait fait son musée. Les vêtements d'Eva n'avaient pas été donnés. Il avait tout gardé.

Aline se sentait si faible et vulnérable. Plus aucune joie de vivre ne l'animait. Il faisait de son mieux, son vieux papa, mais il ne pouvait pas comprendre. Lui, il avait aimé sa mère comme un fou, c'était normal qu'il la pleure. Aline l'enviait pour ça. Elle, quand elle pensait à Paul, elle n'éprouvait que de l'amertume, qui l'étouffait peu à peu. Son père avait toujours tout réussi ; elle, c'était ratage par-dessus ratage. Ça lui aurait donné quoi, de se lever, hein ?

Hormidas flatta le bras de sa fille, puis se leva doucement pour regarder lui aussi par la fenêtre. Il n'insista pas. Ce n'était pas le bon jour encore, même s'il faisait un temps magnifique dehors. Il l'embrassa sur la tête et sortit de la chambre.

Rosalie, dans la cuisine, s'occupait à mettre du bon manger sur la table, mais pour qui ? On se le demande. Son père n'avait pas plus d'appétit que sa sœur. Mais Rosalie ne lâchait pas, elle voulait que la maison tourne comme du temps de sa mère. Elle préparait les mêmes recettes. Fredonnait les mêmes chansons. Faisait les mêmes gestes routiniers. C'était presque un supplice pour Hormidas de la voir faire, mais il ne disait rien parce qu'elle y mettait tellement d'amour ! Sa Rosie aussi avait un deuil à faire, et si c'est comme ça que c'était plus facile pour elle, il lui fallait endurer.

Il s'approcha du poêle : elle brassait un ragoût de pattes de cochon en y saupoudrant du thym, comme le lui avait montré Eva.

— Tu feras une bonne mère, ma Rosalie...

Elle releva la tête. Elle savait que c'était un beau compliment, mais elle ne voulait pas d'enfants. Sa vie appartenait à Dieu, et si les circonstances avaient été différentes, il y aurait longtemps qu'elle serait au couvent de Saint-Damien. Elle avait si hâte de porter la tenue de novice ! Mais elle ne pouvait pas laisser les siens dans le besoin. Il n'y avait qu'elle pour tenir les rênes de la maison.

Hormidas n'était pas dupe : il savait que sa fille se privait pour lui. Il caressa ses magnifiques cheveux blonds. « Blonds comme l'avoine mûre », pensa-t-il. Puis il l'embrassa elle aussi sur la tête. Même si ce n'était pas son sang qui coulait dans les veines de Rosalie, Hormidas avait pour elle un amour paternel puissant. « Ma grande fille ! » l'appelait-il.

— J'vas aller au presbytère jaser avec le curé. Je suis à peu près certain qu'il va me dire que tout va se régler avec des lampions pis des prières...

Rosalie sourit.

— Je fais juste ça, prier.

— Ah ça, t'as toujours été une bonne priante.

— J'aime à croire qu'on peut toujours parler avec ceux qui sont partis. Je parle souvent à maman. Vous ?

— Oh oui, moi aussi. Pas une minute passe sans que je lui dise quelque chose. Ta mère, ma Rosie, a été tout ce que la vie m'a donné de bon. Vous, mes filles, et mon fils itou. Je pense souvent à son arrivée en haut. Penses-tu qu'Aimé l'attendait ?

Rosalie posa sa cuillère et prit son père dans ses bras. Il tremblait tant il avait de la peine.

— Oui, papa, j'en suis certaine. Pis ils vont nous attendre quand ce sera notre tour. Mais papa, on n'est pas pressés, hein ?

Rosalie déposa un baiser sur la joue de son père. Elle s'était creusée de nouvelles rides. Son dos commençait à voûter. C'est terrible, le coup de vieux qu'il avait pris en quelques semaines. Ce n'était plus cinquante ans qu'on lui donnait, mais soixante-dix.

Dehors, l'air était bon. La terre n'avait pas de peine, elle. La vie continuait. Des touffes de foin paraissaient partout dans les champs. Bientôt les ouvrages recommenceraient.

Hormidas attela et prit le chemin du village. Arrivé au presbytère, il se tourna vers le charnier. Dans quelques jours, il pourrait mettre Eva en terre avec son petit-fils. On creuserait le trou plus gros pour les mettre côte à côte. Sinon, on devrait mettre le p'tit dans la zone des limbes. Pis ça, pas question[11].

11. Je me rappelle vaguement le cimetière paroissial de Saint-Lazare quand j'étais petite. Dans mes souvenirs, il y avait une clôture noire en fer près de l'église. Il y avait des tombes partout autour, mais pas dans ce petit lot sans croix ni pierres tombales. On m'avait répondu que c'était pour les enfants des limbes, les enfants non baptisés.

À la surprise de tous, Aline enfila une robe ce soir-là et vint aider pour le souper. Elle avait maigri et ça lui donnait l'air d'avoir pris dix ans d'un coup.

— Rosalie m'a dit que vous êtes allé voir le prêtre?

Hormidas espérait que sa fille l'approuverait.

— Oui. Ta mère et ton garçon vont être enterrés la semaine prochaine, j'y ai vu. J'ai aussi payé une messe pour Paul. Il va la chanter demain matin. J'lui ai dit que t'étais trop faible pour y assister. Le curé a très bien compris.

Aline regarda son père dans les yeux. Ce qu'il lui avait dit plus tôt l'avait brassée. Ce soir, le temps était arrivé pour qu'elle passe aux aveux. Une vraie confession. Ce ne serait pas le curé qui l'entendrait, celle-là, mais son père. Elle en avait dit beaucoup le soir de sa fausse couche, mais... Depuis des années qu'elle était mal dans sa peau, il fallait que ça sorte.

— Non, papa. Je vais y aller.

— T'es certaine? Les gens jasent au village...

— Ils jaseront, pis j'y ferai face. Là, c'est à vous que je veux jaser. Et à Rosie, si tu veux m'entendre toi aussi, ajouta-t-elle en regardant sa sœur.

Et Aline commença à raconter toute sa vie. Son sentiment d'infériorité face à Alice. La façon qu'elle trouvait que sa mère l'aimait plus qu'elle. Son attitude de garçon manqué qui commerce les bêtes, pour que son père la remarque. Elle aurait tellement aimé être comme Alice, douce et respectueuse. Mais elle savait qu'elle était prise avec le défaut de la jalousie. Elle trouvait Rosalie niaiseuse avec son chapelet, mais dès qu'elle l'eut avoué, elle s'excusa tout de suite à sa sœur. Elle avait toujours ce sentiment mesquin envers tout le monde, c'était plus fort qu'elle.

Elle confia qu'elle avait aguiché Paul un soir, mais qu'il l'avait respectée car il ne s'intéressait pas vraiment à elle. Encore un sentiment de rejet, de bonheur enlevé. Puis elle raconta comment elle s'était imaginé voir de l'amour s'installer entre eux, mais que c'était forcé, qu'il n'y avait pas eu de complicité. Et sa grossesse, qui n'avait pas été bien accueillie... Encore là, une déception. Paul n'avait jamais voulu de cette vie-là qu'elle leur avait imposée.

— Et mon bébé qui est mort... J'ai rien de ce que je rêve d'avoir, pis pourtant, je veux pas grand-chose : je veux juste qu'on m'aime !

Aline pleurait près de son père.

— Maman, c'est moi qui l'ai tuée, et ça me sort pas de la tête. Pis j'ai besoin d'elle, mais elle est pus là... par ma faute !

Hormidas secoua la tête.

— Arrête, Aline. J't'ai dit de pus penser à ça...

Mais la jeune femme ne comptait pas s'arrêter en si bon chemin.

— Non, laissez-moi parler... Je l'aimais tellement, maman. Mais j'ai jamais été capable de lui montrer. J'ai toujours cru qu'elle en avait juste pour Alice, à cause de sa jambe. Elle l'avait toujours dans les bras, et à moi, elle disait de marcher droit. Mais j'aurais aimé ça qu'elle me prenne aussi. Elle gardait toujours Alice avec elle dans la maison, et moi, je devais aller dehors dans la grange, aux vaches, aux poules, aux champs... J'aurais aimé ça, moi aussi, rester seule avec elle, sentir son parfum, l'entendre chanter... Alice, elle avait ça tout cuit dans le bec ; moi, il fallait que je me colle le long de la fenêtre pour l'entendre ! J'ai toujours été de trop. J'courais toujours trop vite dans maison. Je faisais trop de bruit. Je déplaçais trop d'air, comme elle disait...

Hormidas se leva pour la serrer dans ses bras. Pourquoi n'avait-il jamais compris ses souffrances ? Eva et lui avaient toujours protégé Alice, mais la plus brisée, c'était Aline, au fond.

Celle-ci se blottit dans les bras de son père. Tous ses souvenirs d'enfance remontaient à la surface. Elle pleurait sa rage, sa jalousie, sa haine envers sa sœur. Elle avait tout gâché, elle avait tout perdu.

— Ta mère t'aimait profondément, Aline. C'est pas pour rien qu'elle s'inquiétait tant ces derniers temps. Moé tou, je t'aime. On a toujours vu en toé la plus forte des deux, on pensait que t'avais pas besoin d'être entourée autant que ta jumelle. Un peu comme Rosalie qui fait sa p'tite affaire. On pensait pas mal faire, on vous aime toutes pareil ! Excuse-nous, Aline... Excuse ton vieux père !

Rosalie s'assit près de la fenêtre et ferma les yeux. Tout avait été dit. Le mal partait de loin. Elle non plus n'avait pas compris Aline. « Merci, mon Dieu, de lui avoir donné la force de parler. Merci pour elle. »

Le lendemain, seule dans sa chambre, juste avant de se rendre à la messe que le curé chanterait pour Paul, Aline s'installa à son bureau et écrivit tout ce qu'elle avait dit à son père. Mais cette fois, c'était à Alice qu'elle se confiait, sans cachettes ni détour. « Et si après ça tu veux encore de ta jumelle, Alice, fais-le-moi savoir », ajouta-t-elle en guise de conclusion.

La messe funéraire fut comme sa vie de couple, sans chaleur ni amour. Il pleuvait, le temps était froid et gris. Des frissons parcouraient tout le corps d'Aline, si fort qu'Hormidas dut la tenir contre lui. Après les aveux de sa fille, il s'était juré de ne plus jamais la laisser seule. Elle avait trop été ignorée dans ses sentiments. Bien sûr, il lui avait donné de l'attention quand il s'agissait des animaux, mais pas quand c'était important à ses yeux à elle.

Il n'y avait pas un seul curieux dans l'église. Les parents de Paul ne s'étaient pas déplacés, puisque Hormidas ne les avait pas avisés. Il s'était bien rendu compte qu'Aline, c'était pas grand-chose à leurs yeux. Alice ne fut pas en mesure de se libérer une troisième fois en si peu de temps pour venir de Québec. Le curé, quant à lui, avait mis grand soin à éloigner les mémères. « Oui, le bébé est mort. Non, vous ne saurez pas de quoi. Laissez les

Leblanc tranquilles en famille. Dégagez de mon perron, asteure, et retournez à vos propres marmailles. Amen », avait-il dit aux blettes.

Alors le bruit avait couru dans le village qu'un mal mystérieux sévissait chez les Leblanc. Un mauvais sort, peut-être bien. Le mauvais œil, comme on dit. Eva décédée tragiquement, le défunt brûlé vif dans sa grange, la p'tite veuve orpheline de bébé… Ah, pis si on remonte un brin, un fils mort sous les sabots du cheval, une jumelle handicapée… Ouais… Ça faisait pas mal de tragédies dans la bible familiale, ça. Les langues se déliaient partout. Au magasin général, au bureau de poste, à la gare… partout. Ça fait que tant qu'on n'en savait pas plus sur le mal qui rôdait, on s'entendait à dire qu'il fallait pus trop les fréquenter, ces gens-là.

Hormidas Leblanc, si apprécié dans le comté, était devenu un paria.

Seul le bedeau fit une courte prière devant l'autel de Marie avec le père et ses deux filles. On n'avait même pas de corps à bénir. Le curé dut inventer une liturgie adaptée à la situation, comme il disait. Aline ne prononça pas un mot. Elle regardait l'église et se rappelait comment elle avait été heureuse le jour de ses noces. Elle se rendait compte qu'elle l'avait forcé pas mal, ce bonheur-là. Comme dit le proverbe, « Attention aux souhaits que tu prononces, ils pourraient bien se réaliser ». Ça lui avait pété dans la face, et ça l'avait changée à jamais.

Personne ne vint lui offrir ses sympathies au sortir de l'église. C'était tant mieux, car elle ne se voyait pas faire semblant. Après un dernier signe de croix par respect pour le défunt, les trois endeuillés reprirent le chemin de la maison.

Chapitre 8

À Québec, Alice se montrait très affectée par les événements. Perdre sa mère l'avait évidemment rendue triste, lasse. Elle ne fredonnait plus comme avant et avait perdu son souci du détail, son envie d'ajouter une touche de beauté à son ouvrage, comme mettre des napperons crochetés sur la table. On dira que ce n'est pas utile d'avoir de la dentelle sous son assiette de bines, mais ça faisait une jolie fantaisie. Et ça manquait à tout le monde.

Arpentant la galerie pour faire ses prières, le vieux prêtre regardait souvent Alice par la fenêtre de la cuisine. Elle avait ralenti le rythme de son labeur, quand elle ne suspendait pas carrément ses gestes, le regard dans le vide. Sa famille avait été tellement éprouvée qu'elle rivalisait avec celle de Job.

Prétextant vouloir un verre d'eau, il entra dans la cuisine pour lui apporter un peu de réconfort.

— Que j'ai soif! Ça doit être le bouilli, il était ben salé.

Alice le regarda en essuyant le comptoir avec un gros chiffon.

— Oui, bien sûr, répondit-elle vaguement, lointaine.

D'habitude, quand il la taquinait, elle ripostait gentiment, pour la forme.

— Il me semble que tu as le pas plus lourd… Tu veux m'en parler? continua le curé.

Alice n'allait pas le voir souvent pour se vider le cœur... Car à la confesse, avec le curé Labrie, on révélait nos peines bien plus que nos péchés. « C'est comme des rencontres direct avec le bon Dieu », disait-il à ses ouailles.

— Je...

Alice hésitait, gênée. Le curé attendit. Elle comprit qu'il voulait l'aider. Elle replaça ses cheveux, ça lui donnait une contenance. Puis elle se lança.

— Je m'en veux de ne pas avoir été auprès de maman quand elle nous a quittés. Il me manque quelque chose de ce côté-là. Et de pas avoir été là pour ma sœur jumelle non plus. Dans le fond, j'ai été là pour personne ! Je me demande par bouts ce que je fais ici, à Québec...

Le vieux prêtre comprenait très bien la situation. Il s'approcha d'Alice et lui enserra les épaules de son bras solide. Il voulait être un bon père de remplacement pour elle, sachant très bien que le sien lui manquait.

— C'est curieux comme on peut tout remettre en question quand on vit un deuil. Tu ne crois pas ?

— J'ai tellement de peine pour mon père, il aimait tellement ma mère... Et je ne peux pas me résoudre à l'idée que je la reverrai jamais non plus...

Le prêtre hochait la tête. La mort était un grand mystère.

— Maman et papa, je les ai toujours vus s'embrasser et se murmurer des mots doux à l'oreille. Ils arrivaient même à deviner ce que l'autre pensait. On aurait dit quelquefois qu'ils étaient comme une seule personne... comme le prolongement de l'autre. J'sais pas comment expliquer ça.

Le bon vieux la fit asseoir et se tira une chaise aussi.

— On appelle ça des âmes sœurs... Tu sais, c'est pas parce qu'on est mariés que ça arrive. J'ai marié plusieurs couples qui, dans le fond, ne s'aimaient pas, ou pas de la bonne façon.

Alice se frotta les mains. Quelque chose la tracassait.

— Mais comment savoir que c'est la bonne personne qu'on marie ? Comment savoir si on ne se trompe pas ?

Le curé Labrie s'émut de voir cette demoiselle s'ouvrir à la confidence. C'était donc ça, son tourment. Alice recherchait l'amour. Le vrai. Elle l'avait eu sous les yeux dans la maison familiale, elle ne voulait rien de moins, c'était évident.

— Pour ma tante Anita, ça n'a jamais été dit ouvertement… Le fait qu'elle soit revenue toute seule des États et qu'elle a passé le reste de sa vie à s'occuper de grand-maman Audet sans vouloir se remarier… Le monde d'Armagh l'appelle la veuve Tanguay, mais on n'a jamais su de quoi il était supposément mort, son mari. Je pense qu'elle a fait un mariage raté et qu'elle est séparée. Et là, ma sœur Aline qui regrette même pas la mort de Paul… Aline m'a tout écrit ce qu'elle a vécu. Je veux pas faire comme elle… Je veux être heureuse, comme maman. Mais quand je regarde autour, on dirait que je vois plus souvent des gens malheureux.

— T'as peur de tomber dans cette catégorie-là, c'est ça ?

Alice flatta sa jambe amputée. Elle ne voulait pas d'un amour bancal, elle voulait du solide.

— Regardez-moi, monsieur le curé. Je suis handicapée. Rosaire a beau me tourner autour, il ne m'a jamais vue réellement comme je suis. Le soir quand j'enlève ma prothèse, c'est pas une femme complète que je vois. Pourrait-il regarder ça, jour après jour, une jambe coupée et pleine de chair cicatrisée n'importe comment ? Il dit qu'il m'aime, mais… Oh, je sais, les autres filles non plus, quand elles se marient, leurs fiancés les ont pas vues. Mais moi, c'est pas pareil. Moi, c'est le dégoût que je risque de voir dans les yeux de mon mari le soir de nos noces… pis il va être trop tard. Soit il va avoir pitié, soit il va m'ignorer. Mais moi, c'est son amour que je veux ! Surtout pour les années à venir. Quand je vais être vieille, je vais boiter encore plus. Si ma jambe lui lève le cœur en partant, ça va être quoi durant toute une vie ? Alors vous me demandez si j'ai peur ? Ben sûr, que j'ai peur…

Le bon prêtre baissa les yeux sur la jambe de bois d'Alice. Elle se sentait vulnérable et elle avait raison. Il la regarda franchement, animé d'une résolution. Il alluma sa pipe et s'adossa ben comme il faut sur son dossier de chaise.

— Ben ma fille, il y a qu'une seule façon de savoir comment il va réagir. Tu n'as qu'à lui montrer ton moignon, c'est toute !

Alice arrondit les yeux comme deux soucoupes. Lui, un prêtre, il voulait qu'elle lève sa jupe ?!

— Lui montrer ?! Vous me dites de lui montrer ma cuisse ? J'ose même pas porter une jupe à la mode qui arrive juste aux chevilles !

Le vieux curé sourit. Dans ce cas-ci, montrer sa chair n'était certainement pas un acte de sexualité, mais bien un acte de franchise. Comme elle était scrupuleuse, sa petite Alice !

— Est-ce que tu ressens de la pudeur ? Si c'est ça, je t'encourage à respecter ta limite. À moins que tu ne t'acceptes pas toi-même et que ce soit pour ça que tu penses que ton mari fera pareil ? As-tu déjà bien regardé ton propre corps, Alice ? L'as-tu toi-même accepté, ce corps-là ? Ta patte infirme, tu l'as-tu digérée, comme on dit ? Ou ta différence te reste encore dans le travers de la gorge ? Tu peux pas exiger d'un autre ce que tu ne te donnes pas à toi-même, Alice. Et tu peux pas penser à la place de Rosaire. Laisse-lui sa chance de te rassurer.

— Et si ça ne se passe pas comme vous pensez ?

— Ben c'est qu'il te mérite pas.

Le curé se leva. Il faisait de l'humour pour alléger l'atmosphère, mais il savait qu'il avait frappé droit dans la blessure d'Alice. Maintenant, c'était à elle de décider si elle voulait en être guérie. Il lui tourna le dos pour lui montrer que le reste, c'était son affaire à elle.

— Et Alice, ne confonds pas vérité et péché. Dieu nous a faits libres, avec une grande capacité d'aimer sans mesure. C'est l'être humain qui a sali le reste. Montre-toi comme t'es à Rosaire… si tu crois l'aimer, bien sûr. La dernière chose qu'on veut, c'est que tu te forces à aimer juste parce que l'autre t'aime en premier. À toi de voir, mon Alice! conclut le prêtre.

Et pour être sûr que sa cuisinière reste sur ses paroles, il entonna un *Je vous salue Marie* et disparut sur la galerie.

Alice était songeuse. Le curé Labrie avait raison, jamais elle n'avait pris le temps de regarder sa jambe... et de l'accepter comme elle était. Bien sûr, elle lui prodiguait les soins nécessaires, mais jamais elle n'avait pris le soin de la contempler. Elle retroussa sa jupe, baissa son bas puis regarda sa jambe de bois. Elle s'était patinée depuis le temps, mais demeurait lisse de toute écorchure. Elle la détacha et la déposa sur la chaise près d'elle. C'est rare qu'elle enlevait sa prothèse en plein jour. Elle voyait sa cuisse sous un nouvel éclairage. Elle s'attarda à la coupe parfaite qui avait été faite. Pourtant, le médecin qui avait accouché sa mère avait opéré à l'aveugle, selon ce qu'on lui avait raconté.

En avait-elle voulu à Aline d'avoir été l'élément déclencheur de son amputation? Sa mère lui avait toujours dit que si le médecin n'avait pas entendu les deux cœurs, il aurait essayé de repousser le second bébé pour déplacer la jambe d'Alice qui encombrait le passage. Aline n'y était pour rien, elle aurait pu être née la première.

Elle examina les cicatrices. Sa cuisse était restée plus petite que l'autre et le moignon était rougi par le frottement. Elle trouva sa jambe laide, même très laide. Elle avait un travail d'acceptation à faire pour pouvoir aimer son corps avant de demander à un futur mari de l'aimer aussi.

Ce soir-là, quand Rosaire vint la voir après le souper, elle l'invita à aller marcher avec elle. Il resta surpris un peu.

— Ça ne te fatiguera pas trop? Après ta grosse journée d'ouvrage?

— Mais non. J'aimerais te parler et je ne veux pas être dérangée par Jules. Tu comprends?

Elle posa un châle sur ses épaules et sortit, suivie de Rosaire, le pauvre yâble en plein questionnement. Voulait-elle repartir auprès des siens ? Elle parlait souvent de son père qui devait trouver lourd de vivre sans son Eva. Puis Aline qui n'était que l'ombre d'elle-même. Oui, Alice devait vouloir aller aider sa sœur Rosalie à tenir maison. Son cœur se serra.

Ils firent quelques pas. Le vent soufflait comme souvent sur le bord du fleuve. Rosaire n'était pas pressé d'entendre ce qu'elle avait à lui dire. Il attendit donc qu'elle entame la conversation. Au bout de plusieurs minutes, elle se dérhuma.

— Rosaire, tu m'as dit que tu m'aimes…

Rosaire sourcilla devant cette question mal posée. Depuis toujours, il n'avait eu d'yeux que pour elle.

— Oui, je t'aime, Alice. Je ne dis pas ça à la légère. Me crois-tu au moins ?

— Oui, mais…

Elle marqua un temps pour être sûre de bien formuler ce qu'elle avait à dire.

— Ma différence, elle est importante, t'sais. Si on se marie, tu pourras jamais réaliser ton rêve d'avoir une terre.

— J'y tiens pas à avoir une terre, Alice. C'est peut-être l'ambition que j'avais l'année passée quand j'étais tondeur de moutons, mais plus maintenant. C'est à toi que je tiens, tu le sais.

— Mais m'aimes-tu au complet ? Tu sais que ma patte est là, mais tu ne l'as jamais vue…

Ah ! C'était donc ça ? Rosaire sourit, prit les mains d'Alice dans les siennes. Sa peau était douce. Il porta ses doigts à ses lèvres et les embrassa.

— Ça me dérange pas, Alice. Je sais à quoi m'attendre.

Elle continuait à le sonder, jusqu'au plus profond de lui.

— Es-tu sûr de ça ? Comment tu sais que tu vas m'aimer quand même une fois que… tu m'auras vue ? Si on devient plus près l'un de l'autre, tu devras la regarder, ma jambe coupée, tu l'auras dans ton lit tous les jours en te levant et tous les soirs en te couchant.

Tu auras à la supporter, et même à la défendre aux yeux des autres, qui se demanderont toujours pourquoi t'as choisi une infirme.

Alice, sans rien ajouter, leva alors sa patte de bois. Il fallait qu'elle sache. Et lui aussi. Rosaire ne dit rien. Alors elle pensa qu'il n'avait rien à dire, mais c'était plutôt parce qu'il cherchait les bons mots.

— Viens dans la grange avec moi, fit-elle, résolue.

Rosaire la suivit. Il se demandait ce qui lui prenait, mais il lui faisait confiance. Son Alice, ce n'était pas une fille délurée prête à nuire à leur réputation à tous les deux. N'empêche...

Elle s'assit sur un petit banc qui servait à la traite des vaches. Elle prit une grande inspiration et sourit à Rosaire comme pour se rassurer qu'elle faisait une bonne chose. Elle releva sa jupe sans lâcher une seconde le regard de Rosaire, qui la fixait tout aussi sérieusement. Puis elle détacha sa jambe de bois et la lui tendit. Le moignon, habillé d'un bas en fin tricot, dépassait à peine le bord du banc.

— J'aimerais ça que tu l'enlèves. Mon bas, j'veux dire. S'il te plaît.

Après quelques secondes de silence, Rosaire finit par déposer la jambe de bois près du banc et s'agenouilla. C'était un geste très intime qu'il s'apprêtait à faire, il était ému. Avec beaucoup de précautions parce qu'il ne voulait pas lui faire mal, il retira ce qui enveloppait le bout de la cuisse. Il vit la chair rougie. La cicatrice était large, boursouflée. Il comprit que la suture avait été faite en brûlant la chair. Il soupira.

— Mais ça doit te faire mal sans bon sens... murmura-t-il en levant les yeux vers elle. Ça doit frotter terriblement sur ta prothèse... C'est difficile de marcher avec ça?

Alice se tenait le corps incliné vers l'arrière, les mains accrochées à son banc pour ne pas tomber.

— Ça irrite des fois. Comme quand tu es trop longtemps dans tes bottines. Mais je suis habituée.

Elle fit basculer légèrement son corps pour que Rosaire voie le reste de sa cuisse, jusqu'aux limites de son sous-vêtement.

— Ça peut dégoûter, je sais ben. Moi-même je trouve pas ça très joli. Je vis avec, mais toi, t'es pas obligé. Mais si tu me prends, Rosaire, tu me prends avec ça. Ça partira pas, c'est pas comme une grippe.

Pour toute réponse, Rosaire se pencha et posa un baiser sur sa cicatrice. Sa peau était chaude et douce. Il l'aimait telle quelle, son Alice. Il voulait devenir ce qui lui manquait. Il voulait être celui qui serait là chaque fois qu'elle en aurait besoin. Il savait pas comment lui dire, il avait peur de tout perdre.

— Repousse-moi pas, Alice.

La jeune femme sourit. Elle avait sa réponse, et lui aussi. Ce fut un tel soulagement pour Rosaire qu'il prit le visage d'Alice dans ses mains et l'embrassa farouchement. Ses doigts descendirent le long de son cou, la faisant frissonner de la tête aux pieds. C'était de nouvelles sensations et elle fut vite happée par la passion, en digne fille d'Eva. Il s'en fallut de peu pour qu'elle détache les premiers boutons de sa blouse, mais Rosaire l'interrompit.

— Non, non, ma belle aimée… Si j'ai appris quelque chose dans ma vie, c'est la valeur des choses. Je me donnerai à toi quand j'aurai dit devant Dieu que je te veux pour femme, Alice Leblanc. Mon Alice, rien qu'à moi pour toute le reste de mes jours.

Alice le serra très fort. Il était honnête. Il était bon. Oui, elle avait trouvé son âme sœur.

Au bout de quelques instants, elle réajusta sa prothèse et ils sortirent du bâtiment main dans la main. Par la fenêtre du presbytère, le curé Labrie les avait vus se diriger dans la grange et il était bien fébrile de les voir ressortir. Les sourires béats des tourtereaux lui fit lever les yeux au ciel comme pour bénir le moment. « Comme l'amour est grand, Seigneur, comme il Vous ressemble ! » pensa-t-il.

Le mois de juin, du côté de Saint-Lazare, n'était pas empreint d'autant de sérénité. Hormidas le trouvait même assez pénible. Lui, le pilier de la famille, se remettait d'une grosse grippe attrapée aux funérailles de Paul. Il en avait gardé une douleur lancinante dans les jambes. Même sa vue avait baissé. Y a pas à dire, la vieillesse se faisait sentir.

Aline et Rosalie tenaient la maison et la ferme de leur mieux. Depuis qu'elle avait vidé son sac, la jeune veuve se sentait mieux. Elle était plus douce avec Rosalie, et Alice lui avait écrit pour la rassurer : oui, elle voulait encore de sa jumelle. Elle avait ajouté qu'elle s'excusait de l'avoir souvent jugée. Le temps aiderait Aline à guérir.

Le soir, elle sortait sur la galerie pour se bercer, comme sa mère l'avait toujours fait. Le vent doux l'apaisait. La quiétude s'installait en elle et les souvenirs devenaient moins douloureux. Elle acceptait des choses et savait maintenant faire la différence entre ses peurs et les faits réels. Elle pensait souvent à son fils et à Eva. « Bercez-le pour moi, maman. J'aimerais tellement le faire. Lui, je l'aurais vraiment aimé », se disait-elle.

Rosalie se faisait complice de sa guérison. Maintenant, les deux sœurs parlaient librement, sans sarcasme d'un côté, sans marcher sur des œufs de l'autre. Aline encourageait son aînée dans son projet d'entrer au couvent. Mais Rosalie sentait que ce n'était pas le bon moment, qu'elle était plus utile auprès des siens.

Avec le début des chaleurs, les ouvrages revenaient. On avait fait les roches, du moins on avait enlevé les plus grosses, mais les semences avaient été difficiles. Pour Hormidas, marcher à longueur de journée sous le soleil devenait fatigant. Ses doigts raidis avaient du mal à laisser couler les grains. Chaque mouvement était plus saccadé.

Non, ce n'était plus comme avant.

En bon cultivateur qu'il était, Hormidas voyait arriver encore une fois la fin juin avec une certaine crainte. L'herbe poussait à vue d'œil et il faudrait bientôt la couper. Ses filles ne suffiraient pas à la tâche. Elles se donnaient à fond, mais il fallait être lucide, on n'y arriverait pas.

— Il faudrait engager quelqu'un pour les foins, dit-il en allumant sa pipe après le souper, assis dans sa berçante.

Aline leva un sourcil et regarda sa sœur, qui lui rendit son regard, mortifiée. Les deux étaient frappées par le déjà-vu. À pareille date l'an passé, Paul... Les drames qui avaient suivi...

Par un phénomène étrange, Hormidas ne sembla pas remarquer le malaise qu'il avait créé. Rosalie fit donc semblant de rien.

Elle avait encore fait un bon repas ce soir-là. Sa soupe était un délice, et c'est bien pour ça que son père l'avait mangée, même s'il n'avait pas beaucoup d'appétit.

— Ne vous en faites pas, papa, on a encore du temps! dit-elle d'une voix qu'elle voulait encourageante.

Aline ramassa la table. L'eau chauffait sur le poêle à bois. Ce soir, ça prendrait deux eaux pour venir à bout de la vaisselle. Rosalie avait cuisiné une partie de la journée, ça s'était accumulé. Aline repoussa les cheveux qui pendaient sur son front.

— J'ai entendu dire par le père Samuel que Clermont Cadrin cherchait quelqu'un lui aussi, dit-elle.

Clermont Cadrin avait une terre pas loin, dans le même rang. C'était du monde originaire de Grand Buckland. En descendant vers Saint-Lazare, une couple d'années avant, il avait pensé avoir une terre moins rocheuse... mais non. Des roches, il y en avait en masse ici itou. Sa femme et lui avaient acheté la terre proche du village, à côté des Brochu. Mais madame Cadrin n'avait pas eu le temps de s'installer: peu de temps après leur arrivée, elle avait fait une syncope. Elle était sortie pour aller aux cochons avec sa brouette et était tombée en pleine face dans le p'tit chemin, raide morte. Pourtant, il n'y avait personne de pris du cœur dans sa famille, en tout cas pas aux dires de Clermont. Pauvre lui, il ne l'avait pas vue venir! Ça démanche un homme de perdre sa femme, surtout qu'elle lui avait laissé deux petites à élever. Mais il avait décidé de garder la terre pareil, et ses filles avec. Pas question de les placer dans la famille.

Clermont Cadrin était un homme assez timide. D'une grandeur moyenne, taillé tout d'un bloc, il donnait l'impression qu'il n'avait pas de cou. Les cheveux bruns lissés vers l'arrière mettaient encore plus en évidence un nez un peu gros accompagné d'une moustache qui lui donnait encore plus d'ampleur. C'était pas une beauté, mais il aurait pu se remarier s'il avait voulu. C'était surprenant qu'il soit resté veuf, car ici, aussitôt qu'un père de famille tombait tout seul, il attendait quasiment pas que le corps de sa femme ait refroidi pour aller accrocher son fanal. Il fallait une nouvelle mère pour les enfants.

Hormidas se mit à boucaner. Il pensait à son voisin discret avec qui il n'avait pas beaucoup échangé, mais qui lui avait semblé tout à fait correct.

— Depuis qu'il est père et mère, il a moins l'temps pour faire ses besognes. Les enfants ont quoi ? Deux, trois ans ? demanda-t-il.

Rosalie connaissait bien les petites voisines ; elle leur enseignait au catéchisme le dimanche.

— Delphine a quatre ans et sa petite sœur Marie-Anna, deux ans. Elle avait un an quand sa mère est morte.

— Vous devriez vous associer avec lui pour les travaux, suggéra Aline. Je pourrais garder ses filles avec Rosalie à tour de rôle. Il dira pas non. Comme c'est là, il doit pas être capable de travailler avec les enfants dans les pattes.

Hormidas n'y avait pas pensé. C'est vrai que c'était une bonne idée d'échanger du temps. Il se demanda comment ça se faisait que l'idée ne lui était pas venue en premier. Avant, il en aurait eu le réflexe.

— J'vas aller lui en parler demain, répondit-il. En plus, les p'tites auraient ben besoin d'une main féminine. À la messe, l'autre jour, j'ai failli perdre connaissance en voyant la peignure qu'y leur avait faite. Trois couettes ! Pauvre gars, il a dû commencer par deux pis y a fini par leur ramasser le toupette. C'est pas mon Eva qui vous aurait laissées aller à' messe de même ! Elle était ben trop fière pour ça !

On donnait l'impression de critiquer, mais c'était pas ça du tout. Personne avait jamais bavassé sur Clermont Cadrin. C'était un bon voisin et un bon père, les petites étaient toujours propres et bien nourries. Pour les cheveux, c'est vrai qu'il y avait à redire, mais pour le reste... Aline aurait bien voulu, elle, avoir un mari aimant les enfants.

Le soleil se couchait lentement. Rosalie regardait un livre sur sainte Jeanne d'Arc. Rêvait-elle de chevalerie ou de sainteté ? Aline regarda vers son ancienne demeure. C'était des Trahan qui avaient racheté sa terre aux gars de la ville. Elle s'en foutait royalement. En deux mois, la tempête qui l'avait secouée avait fini par devenir une brise. Elle posait désormais sur son ancienne vie un regard calme.

Le lendemain, après son train du matin, Hormidas se dirigea chez son voisin. Il pleuvait à grosses gouttes et ses bottes prenaient un peu l'eau. Eva s'en serait occupée depuis longtemps ; là, il devrait y voir lui-même à s'acheter des bottes neuves. Comme quand il était garçon.

Il trouva Clermont en train de faire des crêpes à ses filles, un tablier à *frills* autour de la taille. Toute une scène. Hormidas sourit avec indulgence devant le comique de l'affaire.

— Entrez au plus vite, lui envoya Clermont. Les mouches entrent à matin, elles sont collées sur le bord de la porte ! R'gardez pas l'ménage, hein, j'en viens pas à boutte.

Hormidas aurait pas fait mieux. Clermont s'essuya les mains sur son tablier, accrocha de sa paluche la petite poche brodée qui ne tenait plus que par la peur et finit par la découdre complètement. Il soupira. Hormidas se tira la seule chaise qui n'avait rien dessus, redouta pendant une seconde les barreaux qu'il jugea ben slaques et finit par rester debout par prudence. Puis il exposa sa proposition sans tourner autour du pot.

— Toé, t'es pris avec tes filles, moé avec mon foin. Je te prête les miennes de filles pour garder les tiennes, pis tu m'prêtes tes bras pour faucher avec moé. Ben sûr, je t'aiderai dans tes champs, donnant-donnant.

Clermont hocha la tête.

— L'idée est pas folle. On va commencer par chez vous. Le fond de terre est plus graveleux, vot' terrain va être sec avant le mien. J'ai ben des ronds de glaise derrière la maison.

Hormidas était content. Plus vite ses foins seraient faits, plus vite il aurait l'impression de pouvoir enfin prendre un peu de repos.

— Aline, tu comprends… C'est pas comme avant, elle peut pas faire pour l'instant ce qu'elle faisait dans le temps qu'elle était fille. Elle a beau être jeune, c'est pas des ouvrages pour elle en ce moment. Si son grand escogriffe de mari…

Les filles de Clermont faisaient du tapage, leur père leur demanda de baisser le ton. L'interruption arriva à point : il ne voulait pas en savoir trop sur cette affaire qui s'était passée chez les Allard, ça ne le concernait pas. Et puis, son idée était déjà faite sur le vaurien à Thomas Bélanger, qui était au centre des rumeurs. Il était déjà venu l'inviter aux cartes. Heureusement pour lui, le jeu ne l'avait jamais intéressé.

— Viens à soir avec tes filles. On pourrait regarder comment on va s'y prendre pour que tout le monde soit content, suggéra Hormidas.

— Il faudrait pas qu'y soit trop tard, la p'tite Marie-Anna se couche à bonne heure…

Hormidas hocha la tête : Clermont était bienveillant pour ses enfants, il aimait ça. Sur le chemin du retour, il réalisa à quel point ça lui remontait le moral de pouvoir aider son voisin. La pluie lui parut moins mordante. Il respira un bon coup.

« Eva… es-tu là ? Qu'essé que tu penses de ça, hein ? Me semble que c'est une pas pire solution… J'ai l'impression que je fais juste ça, trouver des solutions, régler des problèmes… Chus bon, mais ça me fatigue de plus en plus, par exemple… »

Une mésange chanta près de lui. C'était Eva qui lui répondait. Une larme se faufila sur la joue du veuf. La vie paraissait ne plus finir pour lui, il avait si hâte de retrouver sa belle brune.

«Aline va sûrement aimer les petites. Toé-même tu les aimerais, elles sont adorables. Ça va lui faire du bien de se rapprocher d'enfants, à notre fille, trouves-tu? On n'aurait jamais dit ça d'elle plus jeune, mais je pense qu'elle va avoir la fibre maternelle finalement. On verra ben, hein, ma douce?»

Hormidas mit fin à sa conversation à sens unique en grimpant les marches de sa maison.

Depuis qu'Alice et Rosaire avaient discuté dans la grange, il y avait du changement dans l'air. Ce matin-là, Rosaire avait boutonné une chemise neuve pour le déjeuner et s'était rasé. Il avait même mis du sent-bon. Ça sonnait officiel. Le jeune faisait une cour en bonne et due forme. Jules chialait ben un peu, car il se retrouvait tout seul pour l'ouvrage.

— Y va tout l'temps voir Alice... Y dit qu'elle jase ben... Moé itou, j'jase! se plaignit-il au curé.

— Ils disent pas les mêmes choses ensemble. Toi, tu lui parles d'ouvrage...

— Pas juste! J'ai entendu l'autre jour Alice lui parler de vaisselle. Ça aussi, c'est d'l'ouvrage, me semble! protesta le simple d'esprit.

Le pauvre prêtre savait plus comment s'en sortir.

— Oui, c'est de l'ouvrage. Mais c'est de l'amour, aussi.

— Ben j'peux ben y parler de vaisselle itou à Rosaire, si y aime ça!

Le curé Labrie baissa les bras et rentra dans son bureau. C'était pas la première fois que Jules manquait de le faire tourner en bourrique avec ses raisonnements de simplet.

Tout en pipochant, il se souvint comment, après les fêtes un an et demi plus tôt, un grand frisé noir, aussi piteux qu'une vieille bécane en chemin pour l'abattoir, était venu sonner au presbytère pour demander de l'ouvrage. Il lui avait dit venir de la campagne et avoir manqué de chance, mais à voir sa face de mi-carême, le curé savait bien qu'il y avait autre chose. Perdre une job, c'est pas comme perdre la moitié de sa vie, quand même. Le curé avait donc pris Rosaire à son service pour être « l'assistant » de Jules, mais en vérité, c'était un homme à tout faire plus que nécessaire.

— C'est quoi ça, une « sistant » ? avait demandé le simplet.

— Un « a-ssistant », l'avait corrigé le curé. Tu restes mon employé, pis Rosaire est comme l'employé de l'employé.

Jules l'avait regardé.

— Pis qui c'est qui va l'payer ? J'ai pas une cenne de côté pour payer un employé, moé, même si c'est l'mien !

— C'est moi qui vais m'en occuper.

— Ben ça devient votre employé d'abord ! J'comprends pas trop mon avantage à moé : j'ai un employé que je paye pas ! Il voudra jamais travailler pour moi ! Ça marche pas, ça ! avait rouspété Jules.

Le curé Labrie s'était frotté la face. Il aurait ben aimé, de temps en temps, manquer à la patience et faire un péché véniel. Mais s'il flanchait, il devrait lui-même aller se confesser à son confrère à moitié sourd de la haute-ville. Il avait préféré puiser dans ses réserves.

— Alors, mon Jules, je vais te payer en double, pour que tu puisses toi-même payer Rosaire avec ta moitié en trop. Là, ça marche-tu à ton goût ?

Le benêt avec plissé les yeux et longuement hésité.

— Non, c'est trop compliqué pour moé, engager quelqu'un. J'aime mieux laisser faire.

Le curé avait senti la moutarde lui monter au nez. On allait-tu finir par en venir à bout ?!

— D'accord, dans ce cas ! avait-il lancé. On va dire que tout le monde ici va travailler sans salaire pour le bon Dieu, pis que moi je vais vous faire des p'tits cadeaux en argent toutes les deux semaines. Pis je veux plus en entendre parler !

— Des cadeaux... Vous êtes trop bon! C'est ben mieux qu'avant! avait conclu Jules.

Un bruit interrompit le curé dans ses souvenirs. Quelqu'un cognait à la porte avant du presbytère. Alice étant en congé le mercredi matin, il alla lui-même ouvrir. Rosaire était planté là, sur la galerie, dans son col empesé, les cheveux lissés vers l'arrière. Il avait l'air d'un jeune professionnel, si ce n'était qu'il était rouge comme une bette prête à être cueillie.

— Bonjour, monsieur le curé.

— Bonjour, Rosaire... Ou plutôt «rebonjour Rosaire», vu qu'on vient de déjeuner ensemble. Quel bon vent t'amène? dit le prêtre, en conduisant son «invité» dans son bureau.

Rosaire gardait sa contenance le mieux qu'il pouvait tandis que le curé se retenait de rire. Il se dérhuma.

— J'aimerais vous informer du déroulement d'une partie de ma vie... étant donné que je vis sous votre toit.

Le curé ouvrit de grands yeux faussement surpris. On aurait pu voir à trois milles à la ronde que Rosaire s'apprêtait à faire sa demande en mariage. On s'habille pas en pingouin pour ferrer les chevaux, hein?

— Effectivement, effectivement. Alors, il se déroule quoi, mon Rosaire, dans ta vie, dont je ne serais pas déjà au courant? dit le bon prêtre, jouant le jeu.

Rosaire, drette comme un piquet, voulait mourir tant il était gêné.

— Riez pas de moi, curé... Je viens pour vous demander la main d'Alice puisque son père est loin et qu'elle vit sous votre toit aussi.

Il avait parlé si vite que si le curé Labrie avait pas déjà deviné de quoi il retournait, il n'aurait rien compris.

— Ça en fait, des toits, quand tu parles, Rosaire! On dirait presque que tu viens pour un contrat de toiture! Bon, arrêtons de rire, mon fils. Tu l'aimes vraiment, hein?

Rosaire relaxa un peu.

— Plus que tout... Plus que ma vie, ça, j'vous le jure.

— « Tu ne jureras point », dit le Seigneur... À moins qu'elle ne s'appelle Alice, bien sûr ! ricana le prêtre.

Il prit le jeune homme dans ses bras. Il l'aimait comme son fils, et tous ceux qui habitaient avec lui étaient autant aimés.

— Ah ! mon Rosaire, comme je suis content. Tu as une perle entre les mains, et elle, un solide écrin en toi pour la protéger. Tout ceci est parfait. Même si je vais perdre deux bons travailleurs.

Rosaire put enfin avaler sa salive. Il déloussa sa cravate légèrement.

— Mais non... on aimerait acheter la petite maison à côté de l'église. Je pourrais être officiellement bedeau, vu que le vôtre va prendre sa retraite. Et Alice demeurerait cuisinière. On pourrait y arriver ! répliqua Rosaire.

Le vieux prêtre était aux anges. Il avait craint que le couple veuille repartir pour Saint-Lazare. Mais c'est vrai que la terre, c'était pas la place d'Alice, avec sa jambe.

— Bedeau... mais certainement, mon garçon ! Je vais t'arranger ça. Toi, en revanche, tu sais que tu as une demande officielle à faire au père Leblanc, n'est-ce pas ? Le téléphone est drette là. Appelle au presbytère de Saint-Lazare, demande qu'on lui fasse le message de te rappeler. Dis que ça vient de moé, ça va aller plus vite.

Sans rien ajouter, le curé Labrie se leva et se dirigea vers la cuisine où il trouva Alice en train de lire un livre.

— Il paraît que vous voulez faire des noces, ma fille ?

Alice leva les yeux vers le curé, l'air étonné.

— Qui vous a dit ça ? Il n'y a rien de confirmé... Mon père est même pas au courant, bégaya-t-elle.

— M'est avis que ça ne devrait pas tarder.

Le temps de manger un morceau de pouding chômeur puis un deuxième, de demander à Alice son avis sur les fleurs à planter devant la galerie (des hydrangées ou bedon des roses trémières), de chercher les paroles d'une chanson oubliée depuis longtemps et de lui faire réciter tout son arbre généalogique, le téléphone sonna. Elle se leva pour aller répondre, mais le curé lui fit signe de rester assise. Rosaire fit irruption dans la cuisine, avec une manière de lumière qui lui inondait la face.

— Ton père, Alice... je viens de lui parler... Il... Il nous bénit! Asteure, il te reste juste à me dire oui!

Alice bondit de sa chaise et s'élança au cou de son amoureux. Pour une fille réservée, autant de spontanéité n'augurait que du bon. Le prêtre se mit à rire aux éclats en tapant dans ses mains.

— Ah, l'amour! Que vous êtes beaux à voir, mes petits!

La joie se sentait dans tout le presbytère. Le curé avait raison. En laissant tomber ses peurs, Alice venait d'ouvrir sa vie au grand amour.

Le mariage d'Alice et Rosaire aurait lieu à la mi-juillet, à Saint-Lazare, paroisse de la mariée. Le curé Labrie avait demandé la permission de célébrer la cérémonie en tant que proche de la famille, et c'est à Ti-Zoune que reviendrait l'honneur de conduire les mariés à l'église dans sa carriole toute fleurie pour l'occasion. Il avait même poussé le raffinement jusqu'à se dénicher un vieux haut-de-forme qui avait l'air de dater des pères de la Confédération.

Les tourtereaux étaient arrivés par le train deux jours avant la noce. Dans sa petite valise bien à elle, la robe de mariée était enveloppée dans du papier bleu. Alice l'avait achetée à Québec, une tenue simple mais moderne, toute blanche avec de la dentelle sur le corsage. Elle avait d'abord pensé s'habiller en bleu marine ou en gris, vu qu'elle était encore en deuil. Mais elle s'était dit que sa mère l'aurait préférée en blanc plutôt que de la voir obéir à des conventions poussiéreuses. Un diadème délicat orné de fausses perles et un voile court complétaient la toilette. Tout le long du voyage, le couple s'était tenu la main. Alice contemplait le paysage et s'absorbait dans ses souvenirs. Les trajets en train se suivaient mais ne se ressemblaient pas : les dernières fois, elle avait tant pleuré. Cette fois-ci, elle avait le cœur gai.

Hormidas les attendait sur le perron de la gare de Sainte-Claire. En voyant Rosaire soulever Alice dans ses bras pour l'aider à descendre du train, il eut l'impression de se revoir des années auparavant avec son Eva. Il savait que ces deux-là étaient voués au bonheur.

— Alice ! Par ici ! cria-t-il tandis que le train sifflait pour mieux repartir.

— Papa ! Mon papa !

Hormidas embrassa sa fille comme si une éternité les avait séparés. Puis il se tourna vers Rosaire et lui serra la main. Il lui sourit avec chaleur.

— Chus content de te revoir, mon garçon. Bienvenue dans la famille pour de bon.

Ils traversèrent le village, qu'Alice fut heureuse de retrouver. Elle se plaisait à Québec, mais Saint-Lazare resterait toujours chez elle. Quand elle vit la maison familiale, avec Rosalie et Aline sur la galerie qui les attendaient, son cœur se serra. L'absence d'Eva, disparue à peine trois mois plus tôt, était immense. « Oh, maman, comme vous me manquez ! »

Aline fut la première à s'approcher et à prendre sa jumelle dans ses bras.

— Tu es belle, lui dit-elle. Pis vraiment, j'le pense. Je suis contente pour toi.

Rosalie s'approcha à son tour.

— Mon Alice ! Si tu savais comme j'ai prié pour que tu ailles bien. Tu as l'air heureuse. Rosaire et toi, vous formez un très beau couple. Rentrez, j'ai de la limonade qui va vous rafraîchir.

Rosaire s'apprêtait à suivre sa fiancée à l'intérieur quand Aline le retint sur la galerie.

— Rosaire, il faut que je te dise… Je m'excuse. Je t'ai fait beaucoup de mal. J'étais jalouse à mourir…

— Je sais, Aline, ta sœur m'a tout expliqué. N'en parlons plus, si tu veux. C'est du passé, et là, on a l'avenir devant nous.

Aline croisa les bras, comme pour se protéger.

— Vous deux, c'est certain. Moi, le mien, d'avenir, je sais pas trop. Un jour à la fois, comme on dit.

Hormidas prêtait l'oreille à la conversation tout en dételant les chevaux. Le moins qu'on puisse dire, c'est que les derniers mois avaient complètement changé Aline. Elle avait gagné en sagesse, même si elle n'avait pas encore dix-neuf ans. « Si elle peut trouver un vrai bonheur comme sa mère et moi, je pourrai mourir tranquille... », se dit-il.

Le jour du mariage arriva, avec une joie si grande qu'on pouvait presque la toucher. Ti-Zoune avait braqué sa jument et sa carriole décorées devant la maison. Il avait même attaché quelques boîtes de conserve avec des cordes derrière pour que ça fasse du tapage au passage des mariés. C'était la mode aux States, lui avait-on dit. Alice était ravissante dans sa robe de mariée, et Rosaire était plus séduisant que jamais.

— Ah ! Mes tourtereaux ! Toujours beaux comme des cœurs, dit le curé Labrie, les accueillant avec effusion sur le parvis de l'église. Comme je suis heureux d'être avec vous pour cet heureux événement !

Alice l'embrassa sur la joue, cet homme si bon qu'elle considérait comme un deuxième père. Sans lui, sans sa délicatesse et ses conseils, elle ne se serait jamais laissée aller à confronter ses peurs et à s'ouvrir à Rosaire. Elle le présenta à ses sœurs et à son père.

— Monsieur Leblanc, quel plaisir de vous rencontrer enfin ! Votre fille m'est bien utile. Un trésor, rien de moins.

Hormidas bombait le torse, fier comme un paon. Alice s'interposa avant que son patron la vante trop, les compliments l'ayant toujours rendue un peu mal à l'aise.

— Je vous aime tant, monsieur le curé Labrie, je vous aime tant !

Rosaire serra la main du curé tout en faisant un clin d'œil à Alice.

— Gardes-en un peu pour moi, là ! Je vais être jaloux !

Tout le monde se mit à rire.

On finit de présenter Aline et Rosalie, la famille d'Armagh qui était venue pour l'occasion, puis le père Goupil qui servirait de témoin à Rosaire, orphelin et sans famille proche. Jules, arrivé la veille avec le curé, brillait pourtant par son absence. On le retrouva dans la carriole des mariés, paré de ses plus beaux habits. Les culottes étaient un peu courtes, mais vu la beauté de ses bas tricotés, personne ne lui passa de remarque.

— Voyons, mon homme ! Descends de là ! s'offusqua le curé Labrie. C'est pas ta place !

— Vous avez vu, curé ? protesta Jules, au bord du ravissement. Les fleurs poussent sur les charrettes par icitte !

Ils finirent par entrer tous ensemble dans l'église. Rosaire se tenait à la gauche d'Alice, Hormidas à sa droite. Vint le moment d'échanger les vœux. Le joueur d'orgue faisait ce qu'il pouvait et le bedeau essayait de chanter, mais à son âge, il y avait plus de mottons qui passaient que de belles notes.

Le curé Labrie s'approcha des époux.

— Marie Maxima Alice Leblanc, acceptes-tu de prendre Joseph Edmond Rosaire Longin ici présent pour mari, pour le chérir et l'aimer jusqu'à la fin de ta vie ?

Alice regarda son Rosaire. Il lui sourit.

— Oui, je le veux ! répondit-elle, la gorge nouée par l'émotion.

Le prêtre continua.

— Joseph Edmond Rosaire Longin, acceptes-tu de prendre Marie Maxima Alice ici présente pour femme, pour la chérir, l'aimer et la protéger tout le reste de ta vie ?

Rosaire regarda tendrement Alice. Oui, il le voulait depuis la première fois qu'il l'avait vue.

— Oui, mon père. Et cela, pour l'éternité !

Quelques rires animèrent l'assemblée.

— L'anneau, demanda le curé en regardant Rosaire.

Le jeune époux afficha un air perplexe une seconde : dans tout l'énervement, il avait complètement oublié le jonc gravé. Il se retourna vers son beau-père, le dernier à l'avoir eu en sa possession. Hormidas lui adressa un sourire en coin, se leva et tira l'anneau de sa poche : lui, il n'avait pas oublié. Il le tendit au marié en faisant un clin d'œil à sa fille. Eva aurait été fière que tout s'arrange si bien.

— Ce que Dieu unit, personne sur cette terre ne peut le séparer, termina le curé Labrie.

Rosaire prit doucement le visage d'Alice dans ses mains et effleura ses lèvres des siennes. Elle en frémit.

— Ton premier baiser en tant que madame Longin. Je t'aime, ma belle aimée !

Alice l'embrassa à son tour avec passion. Jules fut si ému qu'il se dévira vers Ti-Zoune, assis près de lui, et l'embrassa sur les lèvres aussi.

— Ah ben là, torrieux… j'viens de pogner l'fond du baril ! s'écria le peddler en s'essuyant la bouche. Pouah !

Les réjouissances continuèrent à la maison paternelle où les sœurs Leblanc avaient cuisiné un petit festin. Hormidas couvait les nouveaux mariés d'un œil tendre : il reconnaissait les regards que les nouveaux époux s'échangeaient, c'étaient les mêmes qu'Eva et lui avaient toujours eus l'un pour l'autre. Il prit un moment, un peu en retrait des festivités, pour jaser avec sa femme comme il le faisait souvent. « T'es là, ma biche ? Regarde notre Alice… Elle a trouvé l'amour, le vrai, comme nous on avait trouvé ! J'aimerais que tu sois avec nous aujourd'hui. La vois-tu, elle est heureuse ! Asteure, aide-moi, ma douce. On en a deux autres qui ont droit au bonheur aussi… »

L'après-midi touchait à sa fin. Les gens d'Armagh étaient repartis. Ti-Zoune fit ses au revoir. Il avait fini par avoir du gros plaisir avec Jules et lui avait même donné son chapeau, pour lequel le jeune homme avait développé une vraie fixation.

— J'vas l'garder jusque dans ma tombe ! avait promis ce dernier.

— Prends-lé pas personnel, mon homme, mais j'pense qu'y se rendra pas jusque-là ! avait répondu Ti-Zoune, avant de remonter dans sa carriole pour se rendre à Saint-Damien.

Alice et Rosaire devaient passer leur nuit de noce à l'hôtel des Quatre-Chemins. Le curé Labrie leur offrit une dernière bénédiction.

— Que Dieu vous bénisse dans votre union. Ce soir, vous allez unir vos corps et vos âmes. C'est le plus grand, dans la création de Dieu, l'amour. Comme il est bon de voir un couple s'aimer autant. Ne l'oubliez jamais... Chaque matin, il faudra décider de vous aimer comme aujourd'hui. C'est le secret des vies heureuses.

Le vieux prêtre leur avait tout dit. Comme un père qui conseille ses enfants, il souhaitait les orienter vers le bon chemin. De toutes les choses dont il avait fait le deuil en devenant prêtre, celle qui l'avait fait le plus souffrir, c'était de ne pas avoir d'enfants à lui. Il adressa à ses protégés un dernier signe de croix.

À l'auberge, le propriétaire vint au-devant du jeune couple. Adélard Plante avait racheté l'établissement de la mère Breton dite La Pitoune plusieurs années auparavant; les Leblanc, il les connaissait bien.

— Comme t'es belle, Alice! Ça fait longtemps que j't'avais pas vue! Félicitations pour vos épousailles, à toé pis ton mari. Monsieur Longin, ça me fait plaisir de vous recevoir. Je vais vous montrer votre chambre. Je vous ai réservé celle du bas, j'ai pensé à ta patte, ma belle fille.

— Merci bien, monsieur Plante, rougit la jeune femme.

L'aubergiste remit la clé à Rosaire. Il en avait vu, des jeunes mariés, mais beaux d'même, jamais. Il leur sourit.

— Je vous laisse, vous devez être fatigués. Les jeunes mariés sont toujours ben fatigués!

Rosaire guida Alice dans le couloir, ouvrit la porte, et prit sa femme dans ses bras pour lui faire passer le seuil. Un bon lit de plume meublait la chambre douillette, peinte en jaune soleil. Rosaire y déposa sa jeune épousée et s'assit près d'elle.

— Tu veux qu'on parle un peu avant...?

— Non, pas vraiment. À moins que tu aies quelque chose à me dire de spécial?

Rosaire sourit gauchement. C'était rare que le jeune homme ne soit pas en possession de ses moyens.

— Eh bien, hum... Vu que tu en parles... C'est pas facile... euh... mais tu dois le savoir avant de... Bon. T'es ma première, Alice. Ouf. C'est dit. Seigneur, je pense que le plus dur est faite!

Alice rit spontanément, puis embrassa son mari avec tendresse.

— Moi, Rosaire, le plus dur, je l'ai faite dans la grange.

Puis elle souleva sa jupe et entreprit de détacher sa prothèse, mais son époux l'interrompit dans son geste.

— Laisse-moi faire, si ça te dérange pas, mon aimée. Je vais être doux, je te le promets.

Il embrassa la jambe coupée avec toute la tendresse dont il était capable, et frôla de ses doigts la peau douce à l'intérieur de la cuisse. Alice frémit. Elle s'étendit sur l'édredon et tira sur son jupon, découvrant un peu plus sa peau. Rien n'était calculé dans ses gestes, pas plus que dans ceux de son mari. Il était attentionné, il était tendre. Il n'avait pas d'expérience, mais il avait tant désiré Alice en pensée qu'il savait parfaitement quoi faire. Il entreprit de la dévêtir et de sortir de son habit de noce à son tour, puis ils se réfugièrent sous les draps.

Il ne se fit pas prier pour explorer l'intimité de sa femme. Elle ferma les yeux et se laissa aller à de nouvelles sensations. Il la caressa longtemps, même si son membre était douloureux tant il était raide. Il sentait monter le plaisir dans le corps d'Alice, ce qui l'encourageait à poursuivre. Il voulut prendre son temps, mais c'est elle, en fin de compte, qui ouvrit grand les cuisses pour l'inviter. Alors il entra doucement en elle pendant qu'Alice fermait les yeux. Leurs corps se courbèrent ensemble en connaissant la jouissance. Une odeur chaude se répandit dans la pièce. Alice se serra très fort près de son homme.

Ensemble, ils découvraient les prémices d'une nouvelle vie. Une vie faite de chaleur et d'intimité. Une vie au goût de leur plaisir.

Chapitre 9

Depuis qu'ils s'étaient entendus au début de l'été, Clermont Cadrin continuait d'arriver chez Hormidas un matin sur deux, tout de suite après la traite des vaches, avec une fillette dans les bras et l'autre sur les talons. Les petites étaient généralement ravies de leur nouvelle routine, même si certains matins, c'était dur de les faire collaborer. De leur maman, il ne leur restait presque pas de souvenirs. Perdre un parent quand on est si jeune, vous savez, on oublie… Leur petit chapeau de paille sur la tête pour se protéger du soleil et leurs bas souvent ravalés, elles en avaient, une binette. Rosalie et Aline ne se faisaient pas prier pour en prendre soin. Tout le monde s'entendait à merveille.

La vieillesse était moins lourde comme ça pour Hormidas. Il y avait de la vie dans la maison, et aux champs, ça roulait. On avait été chanceux, on avait essuyé juste deux gros orages jusque-là. Le début de juillet avait été prospère et la suite promettait tout autant. Le foin qu'il restait à couper était plus haut que la deuxième pagée de clôture. Une vraie bénédiction. L'avoine était belle, elle était droite deboute. Même les deux grosses averses avaient pas réussi à la bêcher. Si le beau temps persistait, on commencerait les foins dans le haut des terres la semaine d'après chez Hormidas. Le temps des foins durait deux mois. C'était long, couper à la p'tite faux tous ces champs. Le jus de bras servait en masse.

Clermont était pas trop parlant sur l'ouvrage. Il travaillait deux heures, puis s'arrêtait pour fumer une cigarette. Chaque fois, Hormidas faisait une pause aussi pour venir jaser avec lui. Tout ce qui était arrivé dernièrement l'avait éloigné du monde qu'il avait toujours fréquenté. Le vieux père Leblanc savait qu'on bavassait en masse de sa famille. On voisine pas quand le malheur nous tombe dessus ; on se recroqueville en boule et on attend que ça passe. Il allait rarement au village, lui qui aimait tant commercer et barlander. On ne le voyait plus après la messe, le dimanche, parler à tout le monde. Il fuyait chez lui avec ses filles.

— L'année va être bonne, j'cré, dit Clermont. On n'a pas eu de bout de sécheresse encore cette année. Souvent, une bonne pluie la nuit, c'est parfait !

Hormidas alluma sa pipe. L'odeur du tabac lui faisait du bien.

— Ouais, un peu de facilité me fera pas mourir. J'ai mangé ma claque, ces derniers temps.

Clermont le regarda. C'est vrai qu'il avait l'air plus vieux depuis qu'Eva était partie. Ça faisait partie de ce que tout le monde disait sur lui.

— J'l'ai gagnée, ma terre, moé. Avec Eva, on n'a pas r'gardé à s'ménager. C'était une femme qui avait pas peur de l'ouvrage. Elle m'a toujours épaulé. Tout le temps.

Clermont toussa. Il pensait lui aussi à sa Lucie. Une épouse toujours ben drette, pas parlante ben ben, mais ils se comprenaient lui pis elle. Clermont sentit le besoin de lui rendre hommage.

— J'en avais une bonne, moé aussi, dit-il en replaçant sa casquette. Ma Lucie, elle était pas battable.

Les deux hommes se regardèrent. Ils avaient vécu les mêmes choses, en dire davantage était inutile. Perdre sa femme, c'était comme perdre sa meilleure aide.

— Tu pourrais te r'marier? T'es jeune. Souvent les veufs attendent juste une couple de mois avant de se retrouver une femme. Surtout avec les enfants…

Clermont haussa les épaules. Il poussa sur une couette de foin fraîchement coupée. Accoté sur sa faux, il avait l'air songeur.

— Justement, c'est à cause des p'tites. J'veux pas d'une deuxième mère qui les regarderait comme des fardeaux. On en entend, des histoires d'horreur de belles-mères qui s'prennent pour le diable en personne. Pis ma femme, chus pas prêt encore à la remplacer. C'est pas…

— … guéri.

— Non.

Hormidas comprenait parfaitement. Pis pour ses filles, Clermont avait raison. Les enfants, c'était le plus important. Il valait mieux que leur père leur prépare des crêpes faites avec amour, que de les voir manger des repas de viande servis par la belle-mère avec une claque en arrière de la tête. Sauf que si c'était une belle-mère aimante qui s'en occupait…

On reprit l'ouvrage en silence. Bientôt les cloches sonnèrent l'Angélus. En homme pieux, Clermont enleva sa calotte et baissa la tête. Hormidas fit de même. Dans le 6e Rang, quand le vent soufflait nordet, on entendait ben les cloches. On n'était qu'à un mille et demi du clocher.

À la maison, on n'entendait pas l'Angélus: les p'tites couvraient le son des cloches avec leurs babillages. Aline était attentive au moindre besoin des enfants. Elle les peignait avec minutie et reprisait à l'occasion leurs vêtements. Elle leur avait même acheté deux beaux mouchoirs roses. Cette manie que les petites avaient de se moucher avec leurs manches n'était pas raisonnable. Clermont avait ben à faire, alors leur montrer les bonnes manières, c'était pas sa priorité.

— On se mouche dans le mouchoir comme ça, disait Aline en se mouchant très fort, faisant comme un bruit de trompette.

Les petites riaient et essayaient de l'imiter.

— Puis quand on a fini, on le met où notre mouchoir? demanda-t-elle aux enfants.

— Dans ta poche! répondit Delphine.

Aline se mit à la chatouiller.

— Non, dans la tienne, ma chérie!

De temps en temps, la petite Marie-Anna l'appelait maman. Personne savait où elle avait pris ça. Sa grande sœur la corrigeait tout de suite, mais Aline était indulgente. À dire vrai, elle y prenait du plaisir. Fallait lui donner ça, elle savait s'occuper des petites Cadrin: elle leur montrait à s'asseoir en baissant leur jupe et à ne pas roter à table. Toutes ces petites choses qu'on enseigne aux enfants au fil des jours et qu'Eva avait elle-même transmises à sa marmaille. Quand Aline était avec les petites, tout ça lui revenait naturellement à la mémoire, comme les chansons à répondre qu'Eva leur avait apprises, et qu'elle passait maintenant aux petites Cadrin en faisant des rondes dans la cuisine. Son moment préféré était quand elle les bordait dans le lit de la chambre d'en bas pour leur sieste d'après-midi.

— Papa, demanda Aline un soir au souper, les p'tites viennent-tu samedi pour que je les garde? Je dois aller au village faire des commissions, au pire j'vais les emmener. J'ai remarqué qu'elles avaient besoin de plein de petites choses, je pourrais offrir de leur acheter ce qui est nécessaire…

Hormidas se gratta la tête, réfléchissant; il n'était plus sûr de se souvenir au tour de qui ils étaient rendus. À force de s'aider l'un l'autre, il était tout perdu dans ses échanges de services avec Clermont. En revanche, il voyait bien clairement que sa fille était pas regardante; elle se montrait même très dévouée, pour des enfants qui n'étaient pas à elle. Une idée lui trottait dans la tête depuis quelque temps… Il voulut voir si son flair était bon.

— Tu lui demanderas directement, il arrive dans pas long. J'ai un cheval qui a perdu son fer aujourd'hui, il va m'le ferrer. Y sait tout faire, c't'homme-là. Pis travaillant avec ça…

Hormidas louangeait son voisin comme si c'était un saint. Clermont par icitte, Clermont par là… Aline n'était pas dupe une miette.

— Ouais, bon. Je lui demanderai. Ah, et papa, si vous avez des ambitions de marieuse, je suis pas certaine que c'est une bonne idée. Clermont souffre encore de la perte de sa femme, pis moi... moi je suis bien de même. Restons-en là, voulez-vous?

Hormidas se le tint pour dit, mais ne put s'empêcher d'envoyer un clin d'œil complice à Rosalie qui n'avait rien perdu de l'échange. Rosalie sourit à son tour. Elle avait beaucoup de compassion pour la souffrance et n'espérait qu'une chose: que le bonheur revienne dans la maison. Et elle craignait que ça prenne ben du temps.

Comme promis, après le souper, Clermont arriva avec ses filles, une tenue par la main, l'autre juchée sur ses épaules. Marie-Anna s'accrochait souvent comme ça à son père. Elle disait toujours «Fatiguée!» en se baissant les bras par en avant pour qu'on la prenne. Et Clermont pliait toujours. Il frappa à la porte. Rosalie manqua de s'étouffer en le voyant: lui qui était toujours coiffé de sa calotte s'était lavé les cheveux et les avait séparés en plein centre. Son *after shave* sentait deux milles à la ronde. C'est pas mêlant, il avait l'air du député lors de son dernier discours sur le perron du magasin général.

Delphine s'approcha d'Aline. Elle avait quelque chose dans les mains qu'elle tenait bien serrées ensemble. Aline s'approcha.

— T'as quoi dans les minottes, ma belle?

Delphine se tortillait en faisant pivoter son pied pointé au sol.

— Une su'prise!

Aline sourit. Elle se pencha pour voir.

— Une surprise pour qui?

— Pour toé! dit Delphine qui ouvrit les mains d'un coup.

Un crapaud sauta directement dans la figure d'Aline qui lâcha un cri de mort. Elle tomba par-derrière, directement assise sur le crachoir de son père. On aurait dit qu'elle venait de s'installer sur le p'tit pot.

— Caca! s'exclama Marie-Anna.

Hormidas éclata de rire. Et comme le rire c'est contagieux, Rosalie ne put s'empêcher de pouffer elle-même, suivie des enfants excitées comme des puces. Aline, insultée rare de s'être retrouvée en si mauvaise posture, ne put s'empêcher de rire enfin elle aussi. Si on vaut pas une bonne risée, hein, on vaut pas grand-chose!

Il n'y a que Clermont qui gardait son sérieux, complètement mortifié. Il releva la jeune femme si promptement qu'elle vint s'écraser sur son torse. Leurs regards se croisèrent. Y avait pas une braise de poêle pour être plus rouge que la face à Clermont à cet instant. Rosalie leva un sourcil amusé: tiens, ça prendrait peut-être pas autant de temps qu'elle pensait avant que le bonheur se réinstalle... Son regard à elle croisa l'œil bleu de son père, qui semblait lui confirmer que, oui, il y avait quelque chose dans l'air.

Clermont reprit sa place près des filles comme si rien ne s'était passé, pendant qu'Aline allait se changer.

— Hum. Bonsoir tout le monde. Excusez l'crapaud d'la p'tite, j'étais pas au courant. Les filles peuvent-tu rester icitte le temps du ferrage? J'les veux pas autour des sabots.

Il n'en dit pas plus. Il savait pour Aimé, et pour la crainte viscérale des chevaux qu'Hormidas avait gardée depuis l'accident qui avait coûté la vie à son fils de trois ans.

— Tu vas y aller beau d'même, Clermont? demanda Rosalie pour faire diversion. T'es paré pour aller à grand messe, on dirait!

Clermont, mal à l'aise, s'embrasa à nouveau. Aline revint sur les entrefaites et coupa court aux taquineries.

— J'vais te les garder, les filles, moi.

Hormidas se leva, l'œil espiègle. Il s'amusait beaucoup trop pour laisser Aline lui rabattre le caquet. Il passa près de Clermont.

— T'es sûr que tu veux aller à' grange, mon homme? Me semble que t'es sur ton trente-six. C'est pas pour les chevaux certain!

Clermont patinait comme jamais pour se sortir de là. Hormidas et Rosalie voulaient-ils sa mort, coudonc? Jamais il n'avait été gêné de même.

— Ben quoi... Pauvres bêtes... elles nous voient toujours habillés en guenilles! Elles valent ben ça, un peu de bienséance!

Rosalie rigolait en regardant son père, qui se sentait encouragé d'en rajouter une couche. Clermont disait n'importe quoi, c'était tentant de lui tirer la pipe.

— Ah, t'as ben raison ! Les créatures vont être ben contentes de sentir ton après-rasage. Elles vont dormir ben mieux après ! lança-t-il.

Aline rougit. Il parlait de qui, là, son père ? D'elle ou de la jument ? Pis l'autre, Cadrin, c'était quoi son affaire de se parfumer pour venir ferrer ? Fallait que ça arrête, cette histoire-là. Voir si Clermont lui faisait la cour ! Aline regarda Hormidas, les deux mains sur les hanches, le regard réprobateur. Grimpée sur ses ergots, elle était le portrait tout craché de sa grand-mère Audet !

— Bon, ça suffit. On perd du temps, là ! Vous les enfants, vous restez ici avec Rosalie pis moi. Pis vous, les deux grands, dans la grange. Ouste !

— Moi ze reste avec toi pa'ce que ze t'aime, Aline, déclara Marie-Anna, qui voulait mettre son grain de sel.

— Pis moé tou je t'aime ! renchérit la plus vieille.

Même les enfants en remettaient ! Aline rougit violemment, mais pas autant que Clermont, qui s'échappa :

— Elles sont ben avec toé, Aline. Merci.

Rosalie se dérhuma. La plaisanterie avait assez duré. La graine avait été bien semée, on verrait si quelque chose germait de tout ça. Elle fit à son père un signe de la tête en direction de la grange ; il saisit le message.

— C'est ça, à tantôt, les demoiselles. Aline, tu feras du thé. Il est bien bon, son thé, à ma fille, mon Cadrin, savais-tu ça ? Je sais pas comment elle fait bouillir l'eau, mais… mmh…

Et le reste des mots se perdit au-delà de la galerie.

Aline regarda partir Clermont. Il avait au moins huit ans de plus qu'elle. Ce n'était pas une beauté rare, mais il était bon. La beauté était pas gage de bonheur, ça, elle le savait. Est-ce que Clermont avait vraiment des pensées pour elle, ou bedon c'était son père qui tirait sur la fleur pour la faire pousser ? Chose certaine, depuis que les Cadrin fréquentaient les Leblanc, la vie coulait mieux dans le rang Six.

Elle se retourna vers les enfants qui lui réclamaient des tartines à la confiture.

— Avec du beurre, comme l'autre jour ?

Elle les gâtait en masse. Le beurre, au prix qu'on pouvait le vendre, ben des familles s'en privaient pour garder l'argent.

— Oui, comme hier papa a faite, répondit Delphine.

Rosalie sourit. Clermont non plus ne regardait pas à la dépense pour ses filles. Il n'était pas du genre gratte-la-piastre.

— Il a dit qu'il allait nous les faire « comme maman », ajouta la fillette. C'est vrai qu'il les fait comme toé, Aline.

Aline dévisagea la petite. Il y avait dans ses yeux une douceur à faire fondre un bloc de glace. Clermont l'appelait « maman » devant les enfants ? C'était étrange. Les petites avaient dû mal comprendre.

L'ouvrage terminé, le jeune père vint récupérer ses héritières, qui avaient les joues toutes collées de framboises. Il ne voulait pas s'éterniser, il avait peur que les allusions reprennent. En homme prudent, il avait besoin de jongler à tout ça, et c'est sur la promesse de revenir le samedi pour sa part d'ouvrage qu'il quitta les Leblanc.

Deux jours plus tard, comme prévu, il retontit avec ses gamines avant de prendre le bord des champs avec Hormidas, puis, à la fin de l'après-midi, il retrouva ses fillettes dehors en train de cueillir des fraises. Hormidas resta avec elles pour leur indiquer les talles secrètes, pendant que Clermont rentrait dans la cuisine pour ramasser leurs affaires.

— Les filles ont pas fait leur sieste après-midi. Je t'avertis, elles vont être fatiguées. On vient de faire des biscuits, tu vas ben en goûter ? lui demanda Aline, toute à son affaire.

Elle le traitait visiblement avec le même détachement qu'avant la fameuse soirée de taquineries. Lui soufflait comme un char. Parce qu'il avait bien jonglé, notre Clermont. Et depuis deux jours, il voyait bien des affaires sous un autre éclairage.

— Si t'insistes, j'en prendrais ben une couple. Y doivent être plus tendres que ceux que je fais.

Il s'approcha de la table, tira une chaise et s'essuya le front avec son mouchoir. Aline lui apporta quelques biscuits avec une tasse de thé.

— Tiens, il est bien fort. Ça r'met en place.

Ils mangèrent leurs galettes en silence. Aline aussi avait pris le temps de réfléchir. Tous les deux avaient vécu la mort de leur conjoint, l'un avec peine, l'autre avec indifférence, soulagement, même. Mais le deuil reste le deuil. La solitude est lourde à tout le monde. Aline savait qu'à son âge, il fallait qu'elle pense à l'avenir. Mais elle ignorait quel avenir elle voulait. Clermont était ben fin, mais elle ne savait pas si elle pouvait en être amoureuse.

Hormidas rentra avec les enfants. Marie-Anna frottait ses petits yeux. L'endormitoire venait de la pogner.

— Bon ! Assez mangé, dit Clermont qui regarda ses enfants. Venez, les p'tites, dites merci à Aline, on s'en va.

Ses filles dans les bras, il s'en alla chez lui. Il aurait aimé rester jaser avec Aline, mais il ne savait pas par où commencer. Il ne la connaissait pas vraiment. Elle était belle, c'est certain. Mais il ne connaissait pas ses goûts, elle ne parlait jamais d'elle. Et elle était moins pétillante que dans ses années de foire agricole, qui avaient fait sa renommée. C'est le veuvage qui avait fait ça, et la perte de son enfant… En fait, parlant d'enfants, c'est ça qui l'attirait le plus chez elle : sa façon de traiter ses petites. C'était-tu assez pour se remarier, ça ?

De la cuisine, Aline le regarda s'éloigner par la fenêtre, songeuse. « Maman, je m'en vais où avec ça, voulez-vous me dire ? On dirait que papa veut me voir casée avec Clermont. Si on y pense froidement, ç'a bien du bon sens. Il est veuf, je suis veuve, il a besoin d'une mère pour ses petites, ça adonne que je les aime de tout mon cœur... Mais lui, je suis pas certaine de l'aimer. Ah, je l'haïs pas, là! Mais c'est pas comme avec Paul, vous comprenez? J'ai pas de frissons, pas d'envie. On peut-tu se marier sans ça? Je veux pus être déçue, je veux pus me tromper. Surtout qu'il y a des enfants en jeu, on n'est pas juste deux dans cette histoire-là... »

Elle se demanda ce que sa mère lui aurait dit si elle avait été là... Puis soudain, les réponses s'imposèrent dans son esprit: Eva lui aurait dit que Clermont était homme sur qui on peut se fier et que c'est de ça qu'elle avait besoin. Qu'elle devrait y penser à deux fois avant de faire le choix de la beauté avant la bonté. Que Clermont avait peut-être une apparence un peu rustre, mais qu'il avait plus de qualités que de défauts. Qu'il avait les valeurs à la bonne place. Qu'il ne jouait pas, ni ne courait la galipote. Qu'il avait un grand sens des responsabilités. Que son père et lui avaient l'air de bien s'entendre, et qu'Hormidas avait toujours bien saisi la vraie nature des gens. Sauf pour Paul. Oui, sauf pour Paul, mais Hormidas ne faisait jamais deux fois la même erreur. Enfin, sa mère lui aurait dit qu'il fallait qu'elle arrête de se voiler la face: qu'elle adorait quand les petites l'appelaient « maman » et qu'elle ne souhaitait pas que ça arrête.

Aline souffla la lampe à huile qu'elle avait machinalement allumée. Elle sortit et commença à marcher. Perdue dans ses pensées, sans vraiment se rendre compte du chemin qu'elle avait pris, elle se retrouva devant son ancienne maison.

Elle y avait vécu avec Paul beaucoup de malheurs et un peu de bonheur. Elle se tourna vers son ancienne étable. On voyait encore des restants de l'incendie. Les nouveaux propriétaires avaient bâti une autre grange. Une grosse corvée à laquelle ni Hormidas ni elle n'avaient participé. Personne aurait pensé le leur demander, après ce qui s'était passé. Pour la première fois, elle songea à combien Paul avait dû pâtir dans le feu. Il ne méritait pas une mort si atroce, au fond. Il était malade du jeu, ça l'avait rongé, mais ce n'était pas de sa faute.

Après un moment, elle se détourna et entreprit de redescendre la côte.

Le mois d'août arrivait tranquillement. De temps en temps, Aline n'avait pas le choix d'aller rejoindre les hommes, de mettre elle aussi l'épaule à la roue, si on voulait que ça avance. Ce jour-là, elle foulait le foin sur le voyage avec Clermont. Elle avait quelque chose en tête. Elle avait ben mûri ça.

— Pourquoi vous viendriez pas souper à soir, toi pis les filles ?

Le voisin se redressa. C'était pas innocent comme invitation, il s'en rendait bien compte. Il s'accota sur son broc à foin et regarda Aline dans les yeux.

— Ça vient-tu de toé, ou c'est ton père qui veut ça ?

La jeune femme plissa les yeux. La répartie était assez directe merci, et ça l'avait piquée au vif. Un vieux réflexe.

— C'est de moi. Pourquoi, ça fait une différence ?

— Oui, ça en fait une. Si ça vient de ton père qui pense de nous matcher mais que toé ça te tente pas, je nous ferai pas perdre notre temps. Tu comprends ? Mais si ça vient de toé, c'est que t'as un intérêt.

— Ça pourrait être aussi parce qu'on a un gros rôti de porc au feu pis que c'est un bon geste de le partager ! rétorqua-t-elle.

Clermont releva un sourcil, pas convaincu, et un peu surpris du ton de la riposte auquel il n'était pas habitué.

— Ça pourrait, mais je pense pas que c'est ça.

Aline haussa les épaules en souriant, consciente de s'être emportée pour rien.

— Rassure-toi, ça vient de moi, Clermont. Je me suis dit que, oui, on pourrait apprendre à se connaître.

Il hocha la tête. Il aimait les affaires claires et nettes.

— T'sais, Aline, on va mettre cartes sur table tu-suite. Chus pas le plus bel homme du comté, j'le sais ben. Pis chus pas un bon parleur. Ça fait qu'apprendre à se connaître, je veux ben, mais faut pas t'attendre à des affaires de prince charmant. Ce que je suis, tu l'as d'vant toé. Un père veuf qui a du cœur pis une terre à faire rouler.

— J'le sais, l'interrompit Aline. Pis moi, je suis consciente d'être ben plus jeune que toi, mais sache que je suis pas une petite dinde qui veut juste s'amuser, si c'est ça qui t'inquiète. J'en suis pus là depuis un boutte. Je suis une veuve qui a besoin de voir à son avenir.

Clermont la regarda posément. Elle avait l'air sérieuse.

— Viens ce soir, répéta-t-elle. Je demanderai à Rosalie de jouer avec les enfants. Toi pis moi, on pourra jaser davantage.

Et elle lui tourna le dos, le rouge aux joues.

— C'est bon, on sera là.

Lui aussi se détourna. C'était plus facile comme ça. De tout le reste de la journée ils ne se regardèrent plus. Ils attendaient tous les deux au soir pour voir comment ça tournerait.

Il se présenta donc à la porte une couple d'heures plus tard, tout propre et en habit. Il avait mis des rubans dans les cheveux de ses filles et leur avait passé leurs robes du dimanche. Disons que les couettes n'étaient pas au niveau, mais il avait fait son possible. Il tendit un bouquet de marguerites à Aline. La jeune femme ne put cacher son étonnement; elle ne s'était vraiment pas attendue à un geste si... galant.

— J'ai remarqué que chaque fois que tu passes près d'une talle, tu t'arrêtes pour les sentir. J'ai pensé que ça adoucirait les paroles un peu franches qu'on a eues cet après-midi.

« Un bon point pour lui », pensa Hormidas, qui avait assisté à la scène. Puis il ne put s'empêcher de taquiner un peu le prétendant:

— Oui, pis le plaisir avec les marguerites, c'est qu'on peut jouer avec à « J'me marie... j'me marie pas »!

Aline dévisagea son père. Elle s'avança pour prendre le bouquet et mit sa main sur celle de Clermont. L'homme rougit. Il était gauche dans ces situations-là, il le savait.

— Faut les mettre dans de l'eau, elles ont déjà la quéquette basse, laissa-t-il tomber pour dire quelque chose.

Hormidas regarda Rosalie qui pouffa de rire. Aline prit les fleurs, les mit dans un pot avec de l'eau et les déposa sur la table en faisant semblant de rien.

— C'est ben gentil, merci pour ta quéquette… euh… pour le bouquette, j'veux dire.

Clermont pourrait être un bon parti pour elle. Mais se contenterait-elle de ça, un gars mal équarri qui s'enfarge dans ses mots ? Aline avait toujours eu un tempérament fougueux ; Clermont, lui, était paisible. Il était comme les saisons, prévisible et en son temps. L'Aline d'avant l'aurait reviré de bord d'une pichenotte. Celle de maintenant le considérait avec sérieux.

Rosalie arriva avec un chaudron rempli de ce potage dont elle avait le secret. La vapeur qui en sortait montait dans l'air et les effluves donnaient faim. Hormidas se léchait les babines, mais il voulait surtout laisser Aline et Clermont en tête à tête.

— Tu voudrais pas manger dehors, ma Rosie ? Fait trop chaud en dedans, non ? Tu t'en es plainte tantôt… Hein, ma grande fille ?

S'il avait pu, il aurait fait des clins d'œil avec les deux yeux. Rosalie figea avec son chaudron, fixant son père qui lui montrait la porte.

— Ben sûr qu'y fait chaud ! répondit-elle avec empressement quand elle saisit où il voulait en venir. Pis de la soupe chaude quand y fait chaud, c'est ben meilleur dehors. On va s'en mettre dans des bols, hein les filles !

Hormidas sourit. Elle comprenait vite, sa grande.

— Venez, les enfants, nous on va faire un pique-nique dehors !

Tous sortirent, laissant Clermont et Aline comme des codindes. Clermont passa son doigt entre sa gorge et son col, trop ajusté. Il avait l'air de se préparer à affronter un ours à mains nues.

— Je pense qu'ils voulaient nous laisser seuls.

— C'est terrible comment c'était pas subtil. Une grande spécialité de la maison Leblanc, ça.

Les deux sourirent. Aline encourageait Clermont comme elle pouvait. Il changea de chaise et vint s'asseoir près d'elle.

— T'sais, Aline, on se connaît pas beaucoup, mais… je sais t'es qui. Ce que t'étais avant, tout ce que t'as enduré en peu de temps. Toé pis moé, on est des blessés de la vie. On a eu l'cœur brisé. Mais si tu veux, on pourrait essayer de recoller nos morceaux ensemble. Je te le proposerais pas si t'étais pas si bonne avec mes filles. Mais elles t'ont déjà adoptée, ç'a l'air.

Aline le regarda longuement. Elle aimait sa franchise, la façon qu'il avait de parler sans détour. Elle aurait toujours l'heure juste avec lui, c'était rassurant. Entre eux, ce ne serait peut-être jamais le grand amour passionné, mais il y aurait ben du respect, et surtout, une amitié qui se solidifierait au fil du temps. C'était déjà plus que ben du monde.

— Oui, je pense que ça vaut la peine d'essayer. Pour le reste…

— Pour le reste, on verra.

Clermont se leva et elle l'imita aussitôt. Il lui prit la main et l'attira contre lui. Il ne l'embrassa pas, il ne fit que la serrer. Elle était plus petite que lui, alors son oreille arrivait à la hauteur de sa poitrine. Elle écouta son cœur battre de façon régulière. C'était bon d'entendre le son de la vie. Il avait le corps chaud, ça compensait pour elle qui avait eu si froid ces derniers mois.

— Si tu m'acceptes, Aline, je promets de te protéger de tout ce qui pourrait te faire du mal. Pis toé, tu m'épauleras. Pis peut-être qu'un jour, on pourra s'aimer pour vrai.

Aline le dévisagea. Il avait l'air sincère. Avec lui, ce ne serait jamais compliqué.

Ils restèrent encore soudés l'un à l'autre quelques minutes. C'était comme après un cauchemar, quand on serre son oreiller pour éloigner les peurs.

— Vas-tu éloigner mes mauvais rêves, Clermont? J'en ai quelques-uns qui ne me lâchent pas.

— Je vais tout faire, tu peux m'crère.

Aline crut alors qu'on lui donnait une nouvelle chance de réussir sa vie. La chaleur du corps de Clermont, elle en avait besoin, et lui aussi avait besoin d'elle. Un merle chantait dehors, le soleil brillait. Leur romance commençait de belle façon, paisiblement. Aline avait fait son choix.

Chapitre 10

Les fréquentations d'Aline et Clermont étaient comme une rivière, tranquilles et reposantes. Trois soirs par semaine, il revenait la voir après souper pour veiller. Rosalie s'occupait des petites pendant que le couple discutait. Ils n'étaient pas pressés de passer devant le curé. L'impulsivité d'Aline lui avait déjà joué des tours, elle ne le savait que trop ! C'était une chose d'entendre de belles paroles rassurantes, c'était une autre affaire de les voir se réaliser. En d'autres mots, elle voulait s'assurer que les bottines suivent les babines.

— Il y a une danse demain chez les Corriveau, dit-il un soir de septembre qu'ils étaient tous les deux à se bercer sur la galerie. On est invités. Y savent que j'viens accrocher mon fanal assez souvent. Ça t'tente-tu ?

Clermont avait dit ça sans rien attendre. Elle dirait oui, ils iraient ; elle dirait non, ça serait pas grave. Ça faisait longtemps qu'ils n'étaient pas sortis, l'un et l'autre. Elle fit deux autres rangs de tricot avant de lui répondre. Lui regardait drette devant lui tout en faisant de la boucane.

— Il va y avoir qui, là-bas ?

Clermont écrasa sa cigarette et prit soin de bien regarder qu'il n'avait pas échappé de tison sur les planches de la galerie. Il se dérhuma. Il savait que pour Aline, aller à cette soirée avec lui montrerait à tout le monde qu'ils se fréquentaient. Ça ferait jaser.

— Ben... des gens du rang, pour la plupart. Clémence va y être. Tu pourrais avoir de la compagnie. Vous vous voyiez de temps en temps avant qu'elle déménage au village, non?

— Avant que je scrappe ma vie, tu veux dire.

Elle reprit son tricot et réfléchit. C'est drôle, il se souvenait de son amie dont elle lui avait parlé une fois, alors que Paul n'y avait jamais fait attention. Clermont avait de la mémoire, il rêtait attention à ce qu'elle lui disait. Elle aimait ça.

Et pour ce qui était de sa proposition... Il faudra bien qu'elle recommence à se montrer. Surtout si elle devait devenir sa femme et la mère des petites. Affronter les gens, aussi bien le faire maintenant plutôt qu'une fois passée devant le prêtre. Elle savait que si elle se pointait au bal de même, ça donnerait de la matière aux mémères: elles en feraient leurs choux gras. Mais Aline ne voulait plus porter de masque. Jamais.

— Ça commence à quelle heure?

Clermont tourna la tête pour la regarder.

— À l'heure qu'on arrivera. D'habitude, Ti-Pit le violonneux est là vers sept heures. Il se met à jouer pis y arrête rien que pour pisser.

— Oui, je sais. Il venait jouer chez nous aussi, dans l'temps...

« Dans l'temps. » Comme leur vie avait changé depuis un an! Aline regarda au loin. Clermont rougit. Il avait encore gaffé. Il avait voulu lui changer les idées, au lieu de quoi il l'avait replongée dans la nostalgie. La tête rentrée dans son col, il avait l'air d'une grosse boule de Noël.

— S'cuse, Aline. J'voulais pas te faire rappeler...

Aline sourit. Elle savait que jamais Clermont lui ferait volontairement du tort. Elle aimait bien quand il lâchait son fou un peu. Ils étaient toujours ben pas à' messe, assis sur la galerie!

— Il y a pas de faute, Clermont. On va pas toujours marcher sur des œufs, ça sera pas vivable. Bon! Pour une couple de cennes d'investissement, on peut ben y aller, à la danse! finit-elle par dire avec enthousiasme.

— Plus une bouteille de vin de cerises à grappes! Ti-Pit dit que ça l'aide à se souvenir de ses airs!

Les petites déboulèrent sur la galerie sur ces entrefaites.

— Regardez! montra Delphine en agitant ses cheveux. Matante Rosalie nous a fait des tresses avec un nouveau ruban tout rouge!

Aline regarda sa sœur.

— « Matante Rosalie »... ah ben!

Rosalie sourit en haussant les épaules. Elle était contente de la tournure des événements. Elle appréciait beaucoup Clermont, qu'elle dépeignait sous son meilleur jour dans les lettres qu'elle écrivait régulièrement à Alice. Cet homme-là était en train de sauver sa famille, elle lui en serait éternellement redevable.

Delphine grimpa sur les genoux de son père. Marie-Anna commençait déjà à tirer sur son ruban pour l'enlever. Elle recula les fesses vers Aline pour se faire prendre.

— Maman... veux pas 'uban...

Un ange passa. Clermont regarda Aline droit dans les yeux. À la maison, il ne reprenait jamais les petites quand elles appelaient Aline « maman », c'était si naturel. Mais il ne les avait jamais entendues le lui dire devant lui. Cet instant était important. Il observa chacun des gestes de la jeune femme.

— Viens, « maman » va te l'enlever. Ma p'tite Marie aime mieux avoir les cheveux lousses. Des beaux cheveux qui sentent le foin frais coupé, dit Aline sans quitter Clermont des yeux.

Et voilà, c'était fait. Elle s'assumait complètement comme la mère de ses enfants. Elle prit le ruban et le tourna autour de son annulaire gauche. Clermont comprit ce que ça voulait dire. Pas de flafla entre eux.

Hormidas, qui était resté dans la maison pour finir son thé, s'était assis sur le bord du châssis ouvert, d'où il avait entendu toute la conversation. Comme souvent, il se tourna en pensée vers Eva. « Ah ben, ma douce! As-tu vu ça? On va aller aux noces encore une fois ! Es-tu contente ? Moé, chus ben content en tout cas. J'me sens en paix. C'te fois-citte, chus sûr de son choix. C'est vrai, c'que tu disais : "Une douce amitié est souvent meilleure qu'une passion éphémère." Quoi ? Ça va faire une paire de bras solides de plus sur la terre ? Ah oui, ça, tu peux le dire, surtout que les miens faiblissent. T'as toujours raison, mon amour. »

Le lendemain, comme prévu, Rosalie se pointa chez les Cadrin pour garder les petites pendant que le père irait s'amuser, pour la première fois en cent ans, on aurait dit. Clermont sortit de sa chambre, se tortillant comme un diable dans l'eau bénite. Son col empesé lui donnait une misère noire.

— Démon de col ! rugit-il.

Rosalie le regarda.

— Ah, s'scuse-moé, Rosalie. J'aurais pas dû devant les p'tites, mais j'vas m'étouffer !

— Ça te fait peur, de te montrer devant le monde ? demanda la jeune femme en s'approchant pour attacher le col avec ses doigts fins.

— Ben… ça va être pire pour ta sœur. Moé, ça fait un an passé que chus veuf. Elle, ça fait pas six mois. C'est clair qu'elle va s'faire r'garder d'travers. C'est à soir qu'on va savoère qui c'est qui sont de nos amis pis sur qui on va pouvoir compter dans l'avenir. On va voère si les gens du Six se tiennent.

Rosalie n'en venait pas à bout, du mordit col. Pis à force de travailler pour que ça attache, elle avait mis le cou de Clermont presque au vif ; il était tout rouge pis ben enflé.

— Mon homme, je pense que tu vas devoir y aller avec une chemise à col plat.

Clermont soupira.

— On va officialiser nos fréquentations devant le monde. J'veux que tout soèye parfait. J'veux pas y faire honte, à ta sœur. J'sais ben que j'ai pas la gueule à son ancien mari…

Rosalie lui passa la main sur l'épaule pour replacer sa chemise.

— Elle veut pas d'un autre Paul, elle veut quelqu'un de bienveillant avec elle. En échange, elle va tout faire pour les enfants et pour toi. T'as pas de problème avec ça, hein?

Clermont prit les mains de sa future belle-sœur.

— Pas pantoute. J'vas y faire attention comme à la prunelle de mes yeux. Chus sûr qu'on va faire une belle p'tite famille.

— Pour ça, j'ai pas de craintes. Vas-y, pis amusez-vous.

Le fiancé remonta ses culottes quasiment en dessous des bras avant de passer la porte. Rosalie entama un *Je vous salue Marie* pour que tout se passe bien.

Clermont rejoignit Aline qui l'attendait sur la galerie chez elle. Il la trouva bien jolie dans sa robe blanche à petites fleurs rouges. La vie était drôlement faite... Lui, le balourd, qui se retrouvait fiancé avec la plus belle du comté, tout en étant encore amoureux de sa défunte, ce qu'elle acceptait sans discuter. C'était assez invraisemblable. Mais bon, fallait pas toujours chercher à tout comprendre.

La danse fut plaisante. On murmura à l'arrivée du couple, mais ça ne dura pas. Les Corriveau leur firent un bel accueil, et Clémence sauta pratiquement au cou d'Aline tant elle était contente de la revoir. La Brochu chiqua bien la guenille une p'tite affaire, mais Ti-Pit l'enterra avec son violon diabolique.

À mi-soirée, d'aucuns réclamèrent une valse. Évidemment, la jeune Corriveau en profita pour se coller au premier cramot à sa portée. Clermont, rendu audacieux par le vin de cerises, serra Aline contre lui. Elle se laissa faire. De un, parce qu'il était sapré bon danseur. Et de deux, parce qu'elle aimait la solidité de ses bras. Il lui fit un clin d'œil.

— Aline, ça va marcher, toé pis moé. Je l'sais.

L'automne avançait. À Québec, Alice et Rosaire filaient le parfait bonheur. Ils se construisaient un petit nid d'amour dans l'ancienne maison du bedeau. Les jeunes mariés avaient écrit qu'ils venaient d'arriver de trois jours dans Charlevoix, profitant d'un p'tit congé que le curé leur avait accordé pour leur lune de miel. En lisant la lettre à haute voix à son père et à Rosalie, Aline n'avait pas pu s'empêcher de dire que sa jumelle, même avec sa jambe de bois, était allée en voyage plus loin qu'elle… Mais bon, elle était contente quand même, hein! La lettre leur apprenait aussi que Ti-Zoune avait vendu tout son barda et qu'il avait décidé de poser ses pénates de façon définitive en ville. Il logeait au presbytère du curé Labrie, dans la petite dépendance, avec Jules. Officiellement, racontait Alice, c'était pour veiller sur le simple d'esprit, qu'il avait pris en amitié. Mais dans les faits, elle se doutait que c'était pour «continuer à veiller sur elle pis Rosaire comme un bon père de famille». Le peddler avait toujours eu un faible pour Alice, comme il en avait eu un pour Eva. Cette nouvelle tranquillisa Hormidas qui s'en faisait pour son vieux complice.

Le patriarche sortit sur la galerie pour fumer sa pipe. Eva n'avait jamais aimé quand il emboucanait la maison, alors il s'était habitué à fumer dehors, du moins durant la belle saison. Il était là à se bercer quand Rosalie vint le rejoindre. Elle était très belle, comme Anita quand elle était plus jeune. Elle coiffait toujours ses cheveux en chignon maintenant.

— Papa, j'aimerais vous parler, dit-elle, tenant une feuille de papier dans sa main.

Hormidas tapa sa pipe sur sa bottine et la replaça dans sa poche. Depuis un moment, il avait remarqué que sa douce Rosalie était jongleuse.

— Vas-y, ma fille. T'as l'air d'avoir de quoi de ben important dans c'te lettre-là.

Rosalie prit une grande respiration.

— C'est une lettre de matante Anita. Elle est arrivée de la poste hier avec les autres, mais je l'ai ouverte juste tantôt.

Elle avait l'air nerveuse.

— Ah, j'y pense souvent à ceux d'Armagh, dit Hormidas en se berçant. Anita… comment elle va?

Hormidas n'écrivait jamais à la parenté, c'est Eva qui se chargeait de ça. Après son décès, Rosalie avait pris le relai, naturellement. Toutes les nouvelles passaient donc par elle.

— Elle a quitté Armagh.

Hormidas la dévisagea. Pour une nouvelle, c'en était toute une.

— Elle écrit qu'elle faiblit et qu'elle veut pas être un fardeau pour matante Paula et mononcle Poléon. Pis comme elle est seule pis sans enfant...

Elle soupira. Ça lui faisait de la peine d'apprendre que sa tante préférée n'était pas bien. Elle était préoccupée, Hormidas le voyait bien.

— Personne a jamais parlé de son mari. J'ai jamais entendu aucune allusion, jamais. Il est-tu mort ? Le savez-vous ?

Hormidas jeta un regard furtif vers la lettre. Qu'est-ce qu'Anita lui avait écrit, donc, pour que Rosie se mette soudainement à poser des questions ?

— T'sais, ta tante, elle l'a pas eue facile. Disons que son mari, c'était pas un homme pour elle. Leur mariage marchait pas. Je sais pas ce qu'il est devenu.

Hormidas était toujours ben pas pour lui parler de ce qui s'était vraiment passé entre Anita et Victor Tanguay. Si un jour elle venait à savoir que c'était son père... il ne voulait pas le noircir pour rien.

— Comment ça, leur mariage marchait pas ? Je la pensais veuve ! Ça veut dire que quand elle est revenue des États, elle était juste séparée ?

Hormidas coupa au plus court. Il n'aimait pas ça, raconter les secrets des autres. Il avait toujours été ben discret là-dessus et il n'avait jamais mémére de sa vie.

— Vivre séparés, c'est mal vu asteure, faque imagine que ça l'était encore plus v'là vingt ans. Les gens du coin ont commencé à parler d'elle comme d'la veuve Tanguay. Elle les a jamais contredits.

Rosalie comprit que son père était mal à l'aise de raconter cette histoire-là. Elle ne poursuivit pas son questionnement.

— Elle m'a écrit que matante pis mononcle lui ont donné le quart du prix de la terre parce qu'elle partait. C'était son héritage, et sur le testament de grand-maman Audet, ils devaient la payer le quart quand elle ne serait plus à leur charge. Un quart pour l'avoir gardée à Armagh et le reste, là... Elle me demande d'aller la voir pour qu'elle me donne la part qui me revient. Je comprends pas.

Hormidas hocha la tête et détourna le regard au loin. Un oiseau passa dans le ciel doré. On était en fin de journée, le temps était doux. C'était paisible. En quelques secondes, il avait compris qu'il ne pourrait pas y échapper : Rosalie devait faire son chemin vers la vérité. Il n'aurait servi à rien d'essayer de se défiler.

Ainsi donc, il grava ce moment dans sa tête. Il y aurait un avant, et un après. « On est rendus là, ma douce... Jure-moé que ça va ben se passer, que je vais pas perdre notre Rosalie », demanda-t-il en prière à Eva.

— C'est pas à moé de t'en dire plus, ma fille. Je sais pas ce qu'elle a en tête. Tu devrais aller la voir. Elle est rendue où ?

— À l'hospice des sœurs du Perpétuel Secours, au lac Vert.

Hormidas acquiesça.

— Ah oui. Les vieux tu-seuls vont là pour mourir. Y paraît qu'y sont bien traités. Sont bien accueillis, surtout si y ont là une parente religieuse pour en prendre soin.

Entendre parler de la mort imminente de sa tante avait ébranlé Rosalie. Elle pensa que sa tante Annette, connue sous le nom de sœur Saint-Damas, avait peut-être pris Anita sous son aile.

— Viendriez-vous avec moi, papa ?

Il se leva. S'il y avait une place où il ne désirait pas se retrouver pour un empire, c'était ben au couvent au moment des retrouvailles entre Anita et sa fille. Il fallait que Rosalie rencontre sa mère seule à seule. Il assumerait les conséquences de la rencontre à son retour.

— Non, mon cœur. J'me fais trop vieux pour être barouetté dans des chemins d'enfer. Demain, j'vais te seller la voiture. Tu iras, t'es capable en masse.

— C'est que…

Elle hésitait. Ce n'était pas prévu qu'elle déballe son sac ce soir-là, mais bon, puisque l'occasion se présentait.

— Je vais peut-être rester là-bas… un bon moment…

Hormidas tiqua. Sa fille avait le regard suppliant de quelqu'un qui veut être compris sans avoir à parler. Il lui simplifia la tâche, parce que dans le fond, il savait ce qu'elle avait dans sa belle tête.

— Es-tu en train de me dire que tu veux rester au couvent? Tu veux prendre le voile, c'est ça?

— Oui! Je veux être religieuse, je pense que c'est une surprise pour personne. Toute ma vie, j'ai voulu me donner à Dieu. Je suis prête depuis longtemps, mais il y a eu la chicane des jumelles, pis Alice à Québec, c'était pas le temps. Pis maman qui est partie, pis Aline qui a tout perdu… J'étais utile ici, mais là que tout s'arrange…

Elle baissa la tête, toute rouge.

— … il est temps que tu penses à toé, c'est ça que tu te dis, hein? poursuivit Hormidas. T'es tellement dévouée, ma Rosie, tu nous as fait passer avant tes propres ambitions… C'est un beau projet de vie que tu as. Pas celui que ta mère et moi on avait imaginé, mais je pense qu'on l'a toujours su, au fond. T'aurais fait une bonne mère, n'empêche. Mais tu vas faire une bonne sœur. C'est ça que tu veux, t'es ben certaine?

Rosalie regarda son père avec amour. Comme il était encore beau, et bon surtout.

— Oui, c'est ça que je veux. Les sœurs à Saint-Damien sont une bonne communauté. Aline va se marier dans pas long, vous allez rester avec eux. Alice fait sa vie. Moi, c'est là-bas que je veux faire la mienne. Ma tante Annette va sûrement bien m'accueillir.

Hormidas vit que sa fille avait pensé à tout.

— Ma douce Rosalie… T'es un ange. Notre ange gardien à nous. Va, demain. Va voir Anita. Pis j'veux que tu saches que quoi que tu trouves là-bas, j'serai avec toé. Pis si tu restes là avec Annette, j'approuverai ta décision. Je t'aime, ma grande.

— Je vous aime aussi, papa.

Toute la nuit, Hormidas pensa à sa vie. À sa douce Eva. À Anita et leur secret qu'il gardait depuis vingt et un an maintenant. À Rosalie, son cadeau du ciel, qui avait bouleversé son existence et l'avait révélé en tant que mari et père. Est-ce qu'Anita lui dirait la vérité, est-ce qu'il risquait de perdre sa fille aînée?

Le lendemain, après des au revoir très pénibles, Rosalie partit pour Saint-Damien. Le vieux père ne savait pas s'il allait la revoir. Il s'accrochait à l'idée qu'Eva et lui en avaient fait une enfant avec de bonnes valeurs, avec une tête sur les épaules. Son empathie hors du commun ferait peut-être en sorte qu'elle comprenne mieux la situation d'Anita à l'époque. Ça, c'est si Anita parlait. Il n'osait prier ni dans un sens ni dans l'autre.

Une chose était sûre, il avait fait ce qu'il avait à faire. Asteure, Rosalie était maîtresse de sa vie. Il prit à ce moment pleinement conscience que les enfants nous sont prêtés, pas donnés.

À l'hospice, Rosalie fut dirigée vers le réfectoire où elle demanda la chambre de madame Anita Tanguay. Dans tous les couloirs, on pouvait ressentir la paix de l'âme. Comme il était doux pour Rosalie d'être dans cet endroit empreint de sérénité.

— Madame Tanguay est assise dans son fauteuil, dans sa cellule, dit une petite sœur qui l'avait conduite sur les étages. C'est une de ses bonnes journées. C'est pas toujours de même; des fois, elle sort même pas de son lit.

Dans sa chambre tout ensoleillée, sa tante Anita tricotait en se berçant.

— Rosalie, ma chérie! T'es venue, comme chus contente.

La jeune femme s'avança. Elle embrassa sa tante sur la joue. Anita avait pas perdu ses beaux traits, mais elle avait terriblement maigri depuis le printemps. Sa peau était grise, ses cheveux tout blancs. Dire qu'elle n'avait que quarante et un ans.

— Viens que j'te r'garde, ma toute belle. Mes vieux yeux sont moins bons qu'avant. Depuis la mort d'Eva, j'en ai reperdu beaucoup.

Rosalie tira la chaise droite qui semblait l'attendre au bord de la porte et s'assit près de sa tante, ébranlée de la voir en si piteux état.

— Je vous ai apporté des galettes à' mélasse, la recette de maman. Ça va vous r'quinquer.

Anita lui flatta la main.

— T'es ben gentille, ma belle. On verra ça plus tard, pis j'espère qu'on va les manger ensemble autour d'un bon thé. Là, y faut que j'te parle. Chus malade, ma Rosie. C'est la maladie des minces[12]. Chus pas à l'article d'la mort, mais j'en ai pas pour ben ben longtemps encore. Tut tut, laisse-moé finir! J'ai eu ma part d'héritage, comme j't'ai écrit. Tout ça me revient de droit, c'était les dernières volontés de ta grand-mère.

Rosalie retenait son souffle.

— Tu dois te d'mander pourquoi j'veux t'donner mon argent à toé en particulier? Il faut que tu saches que de mon mariage, j'ai pas eu d'enfant. Mais qu'avant, j'ai eu un bébé. J'ai été une fille-mère.

Rosalie la dévisagea.

— Vous avez un enfant, ma tante? Comment ça vous l'avez dit à personne?

Anita déposa son tricot et prit les mains de Rosalie dans les siennes. Elle la regarda jusque dans l'âme.

— Tes parents le savaient, ma chérie.

La jeune femme écarquilla les yeux. Anita prit un grand respir. Elle avait le cœur qui voulait exploser. L'heure de vérité avait sonné. Elle s'était préparée si longtemps à cet instant.

— Ton père et ta mère l'ont élevé, mon bébé. C'est toé, mon enfant, Rosalie. T'es ma fille de chair et de sang. Pas celle d'Eva

12. C'est comme ça qu'on nommait le cancer à l'époque. L'expression vient du fait que les malades du cancer perdaient du poids.

ni d'Hormidas. C'est pas pour rien que tu me ressembles autant quand j'étais jeunesse.

Rosalie se leva drette debout, une main sur la bouche. Elle regarda sa tante comme si c'était une créature à deux têtes. Son cœur battait à tout rompre, ses jambes tremblaient. Elle avait à peine assez d'air pour respirer.

— Comment... ? Qu'est-ce que vous m'dites ?

Anita continua, puisqu'il était trop tard pour arrêter.

— Eva s'est mariée avec Hormidas quand j'commençais ma grossesse. J'avais pas de mari... j'pouvais pas t'garder, pis j'voulais pas t'donner à l'orphelinat, j'aurais été malade d'inquiétude toute ma vie. Avec eux, au moins, j'avais l'esprit tranquille, j'pouvais t'voir, avoir de tes nouvelles.

— C'est pour ça que je suis un bébé supposément prématuré ?

— C'est ça que ta mère t'a dit ?

— Non, mais je sais compter entre leur date de mariage pis celle de ma naissance.

— Ils se sont mariés pour pouvoir te faire passer pour leur fille. On a habité à trois dans une maison louée à Saint-Vallier le temps que j'finisse ma grossesse. Personne nous connaissait là-bas, pis on est restées cachées. Ton père avait pensé à toute, il a été bon depuis le début. Ta mère aussi. Une vraie sainte, Eva. J'aurais jamais pu t'donner autant. Si t'es la personne que t'es, c'est à cause d'eux autres, de leur bonté. Oublie jamais ça.

Rosalie recula jusqu'à la porte. Il n'y avait qu'une chose qui résonnait dans ses tempes : ses parents n'étaient pas ses parents. Sa mère, Eva, n'était pas sa maman. Elle ne tenait pas ses yeux bleus d'Hormidas. Elle se sentait soudainement... orpheline. Un haut-le-cœur la saisit, la bile lui remonta dans la gorge.

— C'est qui, mon père, d'abord ? Je dois ben avoir un père ?!

Anita aurait pu lui dire que son père était un bon à rien, un homme qui l'avait battue et torturée, et qui avait sacrifié ses enfants sans hésitation. Qu'il était un homme dur et froid, un criminel. Mais ça aurait juste servi à faire du mal à sa fille.

— Ton père, c'est Victor, le frère de ton oncle Napoléon. Il était beau pis j'étais ben amoureuse. Mais il avait pas le caractère de son frère. Disons que moé pis lui, on n'était pas faites pour les mêmes choses. On s'est pas compris. On a fini par se r'trouver pis s'marier, mais il était trop tard. Chus r'venue toute seule des États. C'est pour ça qu'on m'a appelée la veuve Tanguay dans l'comté. J'ai payé ma faute ben cher, cré-moé!

Rosalie se détourna et, sans un mot, sortit de la chambre. Elle sentait que tout ça était vrai, c'était pas juste les folleries d'une vieille tante malade. Elle n'avait aucune raison de douter.

Mais ça faisait beaucoup à penser.

Pourquoi sa tante lui avait-elle tout révélé? C'était utile à qui? Elle devait vouloir faire le ménage de son âme avant de mourir, mais là, c'est elle qui en faisait les frais. Elle n'avait rien demandé. Tout ce qu'elle voulait, c'était un peu de sérénité.

Elle descendit un étage et entendit de la musique. D'instinct, elle la suivit. Bien vite, elle arriva à la chapelle. Là, caché dans le saint-sacrement, son Dieu l'attendait. Elle s'agenouilla.

— Comment est-ce qu'on peut séparer un enfant de sa mère? Je sais même pas je suis qui! Une Tanguay! C'est qui, les Tanguay? Mon Dieu! Léontine… c'est… c'est ma grand-mère!

Elle regarda autour d'elle. Avisant une statue de Marie au pied de la croix, elle s'adressa à la Vierge:

— C'est le mal des humains de briser des vies, hein?

Elle pleura pendant des heures, toute mêlée avec sa nouvelle identité et l'ancienne, puis avec celle qu'elle s'apprêtait à prendre, peut-être. Bombardée d'images de son enfance, d'allusions à sa blondeur unique chez les Leblanc, dont elle n'avait jamais tenu compte avant. Cherchant à se rappeler si ses parents l'avaient jamais traitée autrement que ses sœurs et son petit frère. Elle se tortillait les mains à tenter de trouver une façon de pas virer folle avec ces révélations. C'est clair que Dieu la mettait à l'épreuve.

La sœur responsable de la chapelle n'osait pas la déranger. Elle voyait bien que cette jeune âme était en grande conversation avec son Créateur et qu'elle bataillait ferme pour rester dans la lumière. Elle arrêta de jouer de l'orgue et se mit elle aussi à prier pour que Dieu allège sa peine.

Quand Rosalie eut pleuré toutes les larmes de son corps, elle se leva, essuya ses yeux et retourna voir Anita. Elle semblait résolue, à défaut d'être sereine. C'était bientôt l'heure du souper. Elle n'avait même pas dîné. Elle retrouva sa tante dans sa cellule, assise à une petite table, attendant son repas.

— Rosalie... J'te croyais repartie.

Rosalie la dévisageait. Elle cherchait des ressemblances entre son visage et celui de sa tante... de sa mère. Elle en trouvait plein.

— J'étais à la chapelle.

— Veux-tu soup...

— Non. Laissez-moi parler. S'il vous plaît.

Elle saisit la main d'Anita par-dessus la table et la serra doucement dans la sienne.

— J'vous en veux pas. J'pense que vous avez souffert plus que moi de notre séparation. Vous m'avez donné de bons parents et je vous en remercie. J'imagine que je peux dire que je suis chanceuse, pis c'est comme ça que je vais voir les choses. Comme une bénédiction. Mais pour ce qui est de vous appeler « maman » ou « mère », je pense pas que j'en serai un jour capable. Ma mère, c'est Eva. Pour toutes les raisons du monde. Vous comprenez ?

— Rosalie ! J'te demanderai jamais ça, voyons !

— Tant mieux, je pourrais pas. Mais je vous aime quand même, ça change pas. Je vous ai toujours aimée, même sans savoir pourquoi je vous aimais plus que les autres.

Anita ferma les yeux et remercia le ciel. Elle avait tant redouté que sa fille se détourne d'elle.

— Tu m'pardonnes ?

— J'ai rien à pardonner, matante. Sincèrement. Je connais pas votre histoire, à vous pis mon père naturel, mais je suis pas certaine de vouloir la connaître non plus. Vous savez, ce qu'on sait pas nous fait pas mal.

La vieille femme hocha la tête. Sa fille était pleine de philosophie. C'était une personne généreuse et pétrie de bonté. Elle en était fière.

— Pour ma part d'héritage, continua Rosalie, vous pouvez la donner à qui vous voulez, je veux pas d'argent. En fait, c'est à mon tour de vous faire une révélation. Je suis pas venue ici seulement pour vous voir. Je souhaite entrer en religion.

Anita dévisagea sa fille, le teint encore une couche plus blême qu'il l'était déjà.

— Ma Rosie! Voyons donc, ma belle fille! C'est le choc qui te fait dire ça? Tu vas pas t'priver de ta vie pour... pour... te punir de ma faute!

Rosalie hocha la tête et sourit maladroitement.

— Ça n'a rien à voir avec ça. J'ai annoncé la nouvelle à mon père hier soir. La vie, comme vous dites, je veux la passer au service de Dieu. La seule paix que je ressens, c'est quand je prie. Depuis que je suis toute petite. J'ai toujours voulu ça. Aujourd'hui, je m'en donne la permission.

Anita resta surprise, mais au fond d'elle-même, elle était contente. Elle pourrait vivre sous le même toit que sa fille pour le temps qu'il lui restait. La vie lui redonnait sa place.

Rosalie demanda à manger. On lui servit une soupe. Après son repas, elle rencontra la supérieure pour lui demander l'autorisation de faire son noviciat.

Trois jours plus tard, un garçon de ferme envoyé par le couvent arriva dans le rang Six avec l'attelage d'Hormidas et une lettre de Rosalie.

Papa, mon doux papa,

Oui, je veux continuer à vous appeler papa. Ma tante m'a tout raconté. Savoir d'où je viens me confirme le chemin que je dois suivre. J'ai été acceptée au noviciat. J'ai pris le nom de sœur Eva en l'honneur de maman. C'est pas le fait de porter un enfant qui fait d'une femme une mère. C'est bien plus le fait de lui faire trouver sa voie. Anita, ma tante, vous remercie pour tout. Moi aussi. Je suis bien ici, j'ai trouvé ma place. Je vous embrasse avec toute la chaleur de mon cœur. Dites à Aline et Alice que je leur écrirai bientôt et que je les aime.

Votre fille pour toujours,
Rosalie

Hormidas se mit à pleurer. De grosses larmes coulaient le long de ses rides. Il était heureux et malheureux à la fois. « Eva, Eva ! T'as vu ça ? Elle nous aime, notre grande fille ! C'est encore la nôtre, on l'a pas perdue !... Mais elle sera pus jamais là ! Mon amour, aide-moé ! Aide-moé ! Chus tout seul, Eva... Mon Dieu, tu m'manques ! J'veux ma vie d'avant, Eva. J'vous veux avec moé, toé pis les p'tits. Comment j'vas faire pour survivre, Seigneur ! »

Chapitre 11

La nouvelle de la mort d'Anita arriva à la fin novembre. Elle s'était éteinte dans son sommeil, la main de sa fille dans la sienne. Rosalie, qui se retrouvait orpheline de mère pour la deuxième fois en sept mois, se réfugia dans la prière et trouva beaucoup de réconfort auprès de sœur Saint-Damas, c'est-à-dire sa tante Annette.

Cette nouvelle mortalité accabla un peu plus Hormidas. Tout le monde partait. Une mélancolie profonde l'envahissait, et il n'avait pas la force de lutter. Il ne pensait qu'à Eva. Le soir, seul dans leur lit, il serrait à deux mains un de ses vêtements dans lequel flottait encore un peu de son odeur. Il était frustré dans son désir d'elle. Il aurait vécu jusqu'à cent ans avec elle qu'ils n'auraient pas encore eu assez de temps ensemble à son goût. Leur chambre était son refuge. Il montait de plus en plus tôt le soir pour s'y enfermer.

Il se rappelait leur première rencontre. Il n'avait pas osé la regarder en pleine face de peur de voir sa réaction devant sa patch. Il avait craint qu'elle s'enfuie. Elle était si belle… Au moment où il l'avait vue descendre du train, il en était tombé amoureux. Un coup de foudre! Il s'était pas attendu à ça, lui qui avait répondu à l'invitation de Cléophas bien plus par curiosité qu'autre chose.

Mais il n'avait rien laissé paraître, pour se protéger. Elle, elle voulait juste se marier pour sauver l'enfant de sa sœur. Elle ne semblait pas intéressée au reste, et à lui encore moins. Il n'avait rien dit cette journée-là. Il avait retenu son souffle de peur de la voir partir.

Puis ils avaient appris à se connaître. À force de vivre sous le même toit, fallait ben ! Il avait été tellement surpris la première fois qu'elle l'avait rejoint, un soir. C'est là qu'il avait compris qu'elle l'aimait aussi. Il était fou de joie. Mon Dieu, ça lui avait pris des forces de titan pour la repousser. Il a gagné son ciel ce jour-là, je vous en passe un papier.

Ils avaient fait l'amour après la naissance de Rosalie seulement. Avant, c'était trop risqué qu'elle tombe enceinte, il aurait pas fallu, ça aurait défait le plan. Il avait su prendre sur lui. Même si toutes les nuits, il la désirait à se taper la tête sur les murs. Le corps d'Eva… Chaque mouvement gracieux qu'elle faisait, chaque fois qu'elle le frôlait était un martyre pour lui. Des bassines d'eau frette l'avaient aidé à se contenir. Et le regard d'Eva ! L'intensité de ses yeux, sa détermination… Il vibrait juste à la voir aller. Il pensait être un homme solide, mais elle pouvait lui en remontrer ben des fois. Puis, il l'avait connue dans son corps. Moment de grâce, si près du paradis. Elle était enfin vraiment sa femme. Il l'avait possédée jusque dans l'âme et elle avait fait de même. Il n'aurait jamais pensé qu'on pouvait être heureux à ce point-là.

Ils avaient fondé une famille. Ils avaient eu leurs peines. Si Eva n'avait pas été là à la mort d'Aimé, il serait viré fou. Elle avait déjà l'expérience des départs douloureux. Elle l'avait consolé dans sa peine, avait atténué son sentiment de culpabilité. Il regrettait de ne jamais avoir pu le lui rendre. Alors chaque nuit, il la faisait revivre en souvenir. Mais la douleur de ne plus l'avoir à ses côtés le rongeait comme l'eau des torrents effrite les rochers.

Aline avait convolé en justes noces avec Clermont au début du mois. Le départ de sa dernière fille rendait la maison vide comme un tombeau. Bien sûr, les fiancés avaient attendu que tous les ouvrages soient finis avant de passer devant le curé. Ça avait été un mariage simple, un jour de semaine, à six heures du matin. Il n'y avait eu qu'Hormidas, le bedeau pis sa femme pour toute assemblée. Le bedeau avait été honoré de servir de témoin à Clermont et de signer les registres.

Ni Alice et Rosaire, ni Rosalie, ni parents ni amis n'avaient été conviés. Aline avait expliqué qu'elle aimait mieux vivre cette journée le plus sobrement possible, et Clermont était d'accord. L'union, si on pouvait appeler ça ainsi, tenait plus d'une entente entre deux parties. Ça méritait pas que tout le monde se déplace pour ça. Les futurs époux avaient juste hâte de s'installer dans leur routine familiale avec les enfants et de vivre une vie tranquille. Alice avait quand même envoyé par la poste une nappe brodée à la main. Avec des roses bleues, la couleur préférée d'Aline.

Le mariage s'était déroulé dans la sacristie, embellie de branches de sapin pour l'occasion. La femme du bedeau avait son mot à dire dans le cérémonial. Avec ses soixante-dix ans ben sonnés, la vieille n'avait rien perdu de son ardeur pour la beauté des célébrations, et elle se rappelait comment Eva Leblanc aimait les enjolivures, elle aussi. Discrète comme une souris, elle touchait l'harmonium quelques fois. Elle se vantait de l'avoir appris toute seule. Et ça paraissait. Il y avait autant de fausses notes que de notes justes, mais elle y mettait tout son cœur. Alors, de temps en temps, quand les cérémonies se tenaient dans la sacristie, on demandait à la bénévole de la gamme de faire la musique, au lieu de déranger le joueur d'orgue officiel. Les mariés firent donc leur entrée dans un désordre de dièses et de bémols.

Quand le curé leur dit « Ce que Dieu a uni, que l'homme ne le sépare pas », Aline se revit un an plus tôt, épousant Paul. C'est pas Dieu qui les avait séparés, c'est le jeu pis le feu. « Repose en paix, Paul. J'espère que t'as arrêté de souffrir. Moi oui. Asteure, je veux pus penser à toi. Jamais. »

Un petit baiser à la sauvette, les alliances passées, on était retournés manger à la maison d'Hormidas. Aline avait fait du sucre à la crème pour les fillettes et un gâteau pour son Clermont. Oui, son Clermont. Aline savait bien qu'il n'avait pas encore fait le deuil de sa Lucie, mais elle faisait avec, et à défaut d'amour passionné, il y avait déjà beaucoup de tendresse entre eux.

Après le repas, la nouvelle petite famille avait invité Hormidas à venir jouer aux cartes chez eux. Le vieux père y était allé, pour faire plaisir, mais n'était pas resté longtemps. La maison de Clermont manquait royalement d'isolation pis le frette lui rentrait dans les os. Il était mieux chez eux. Aline lui avait emballé de quoi se faire un repas pour le soir. Son premier souper tout seul.

En revenant de la partie de cartes, il était entré dans la cuisine et s'était assis. Il n'avait pas besoin de se forcer ben gros pour revoir Eva dans la pièce, en train de rouler des tartes, pétrir du pain, brasser les confitures, couper des légumes, arroser un rôti, verser du thé, s'asseoir sur ses genoux pour l'embrasser... C'est devant un poêle de cuisine, étendus par terre, qu'ils avaient fait l'amour pour la première fois. Il se rappelait la blancheur de sa peau, ses cheveux longs, l'étincelle dans son regard au moment où...

«Oh, ma douce, implora-t-il une fois de plus. Viens donc. Viens me chercher. Tu m'manques, Eva, c'est pas humain.»

Le froid pinçait déjà les joues. Malgré ça, Aline descendait la côte tous les jours pour venir voir son père. C'était en train de devenir une femme exemplaire, souriante, dévouée pis à son affaire. Avec Clermont, ça marchait bien, et leurs filles étaient heureuses. Elle s'amusait à essayer de nouvelles recettes qu'elle découpait dans la gazette, mais pour Hormidas, elle cuisinait des affaires qu'il connaissait: de la tourtière, de la soupe, du boudin aux oignons. Elle essayait de bien s'en occuper, mais elle le voyait dépérir quand même. Son père si vaillant, si fort, si fier, était maintenant un homme voûté, décharné. Il allait tomber malade pour vrai si ça continuait.

Un matin du début décembre où il se berçait dans la cuisine pendant qu'elle finissait de passer le balai, il lâcha un profond soupir.

— Aline, viens t'assire une seconde. Tu m'étourdis, là.

— Oui, ça sera pas long, j'ai quasiment fini. Voulez-vous d'autre thé?

— Aline, viens t'assire. J'ai quet'chose à t'dire.

La jeune femme connaissait ce ton autoritaire; elle l'utilisait des fois avec les enfants. Elle se tira une chaise et se posa dessus juste sur une fesse.

— J'veux partir pour Saint-Damien, laissa tomber Hormidas. Avant qu'il neige, de préférence.

Aline fronça les sourcils. L'œil bleu de son père était noyé de larmes. Il retenait ses sanglots à grand peine. Son cœur à elle chavira. Voyons, qu'est-ce qu'il avait en tête pour avoir reviré de même?

— Rosalie vous manque, c'est ça? demanda-t-elle doucement.

Hormidas se passa la main dans les cheveux. Il voulait pas que ça se voie. Il s'essuya le nez avec sa manche.

— Tout le monde me manque, tu l'sais ben.

— Ben oui. C'est terrible de vivre ici tout seul, je l'ai dit à Clermont que c'était pas une bonne idée. Pourquoi vous venez pas rester chez nous avec nous autres, en haut?

Son père la regarda tendrement.

— Tu l'as dit, c'est chez vous. J'vas me sentir en trop, ça m'tente pas. Pis si j'reste icitte, ça va te forcer à tenir deux maisons pis j'veux pas de ça. Chus pus bon à l'ouvrage, j'vas être un poids. Là, j'veux me r'poser. J'veux pus penser à la terre pis aux roches, j'veux pus r'garder le ciel chaque soir en priant pour les récoltes. Chus tanné des animaux. Chus vieux pis fatigué.

Aline voulut argumenter, mais il leva la main pour l'interrompre.

— J'veux aller finir mes jours au lac Vert. C'est mieux d'même. Pis traite-moé pas en enfant qui fait un caprice, je l'endurerai pas. Chus encore fier, c'est pas avec l'âge qu'on perd ça.

— J'oserais jamais, voyons.

Hormidas lui prit la main.

Aline se sentait toujours responsable de la mort de sa mère. La solitude d'Hormidas lui revenait toujours en plein face. C'était de sa faute si son père souffrait tellement... Elle soupira. Faudrait qu'elle apprenne à se pardonner, c'est ben certain. Mais c'était pas gagné d'avance.

— Écoute, Aline, j'ai ben pensé à mon affaire. La terre icitte, Rosalie en a pas besoin. Pis Alice reviendra pas de Québec ; une terre pour elle, c'est pas pensable. Donc, j'vous la donne, à toé pis à Clermont. Tu paieras la moitié de sa valeur à Alice quand vous aurez de l'argent. Je sépare toute en deux, pas en trois. Rosalie serait supposée donner sa part à sa communauté, mais elle aime mieux vous la laisser. Tu vas ben avoir des enfants : y vont pouvoir travailler pis vivre sur ma terre. Sinon, pas grave. Pour moé, Delphine pis Marie-Anna, c'est déjà ma descendance. Pis à ce sujet-là, j'aimerais ben que vous veniez vivre icitte. La maison de Clermont, c'est une glacière. C'est pas mêlant, quand vous chauffez pas assez, on voit notre haleine quand on parle ! Pis icitte, la maison a besoin de rires d'enfants. Ta mère en a toujours faite un logis chaleureux où on manque de rien, ça serait bête de gaspiller ça.

Aline pleurait à chaudes larmes. Elle s'approcha et serra son père dans ses bras, longtemps. Il n'avait suffi que de quelques mois pour mettre ce géant à terre.

— Je vous aime, papa. Je veux pas que vous vous en alliez, mais je comprends.

Une larme coula sur les vieilles joues d'Hormidas. La conversation l'avait épuisé.

— Bon, va me finir ça, ce balai-là, asteure, Aline-la-plus-fine ! lui dit-il en forçant un sourire, pour ramener la belle humeur dans la maison. Pis fais-moé chauffer ma soupe, j'ai faim !

On vida à nouveau les tiroirs d'Aline, mais pour la dernière fois, l'espérait-on. Clermont alla reconduire son beau-père à l'hospice une semaine plus tard. Hormidas n'apportait qu'une petite valise. Dedans, quelques vêtements, sa pipe, et un portrait d'Eva. Le reste était ben superficiel pour le bout de chemin qu'il lui restait à faire. Sur la route, Clermont essayait de faire la causette, mais le cœur n'y était pas.

On arriva au lac Vert. C'était beau de passer sur le pont. Le vent venait de loin, mais l'air était sec. Les sœurs avaient réellement un beau coin de terrain. Hormidas était tout en admiration quand il aperçut Rosalie, qui l'attendait sur le porche. Elle était belle en costume religieux, avec sa robe noire, son voile blanc de novice et son rosaire à la ceinture.

Hormidas ne se rappelait pas à quel point la bâtisse était impressionnante, avec tous ses étages et la galerie qui courait autour. La lac, près de l'hospice, inspirait au calme. Derrière, il y avait l'étable. On pouvait entendre des vaches beugler par la porte entr'ouverte. L'endroit logeait plusieurs pensionnaires, pas mal de vieux sans famille qui n'avaient nulle part où aller, d'autres en fin de vie. Les sœurs prenaient soin de tout le monde. « C'est donc icitte que j'vais mourir », pensa-t-il.

Rosalie toussa discrètement pour ramener son attention.

— Venez, je vais vous faire visiter.

Clermont les suivit avec la valise. Le vestibule était impeccable, malgré les visiteurs qui allaient et venaient avec leurs bottes. La saleté et les microbes, c'était pas pour le bon Dieu.

— En bas, il y a une salle commune pour les pensionnaires. Il y en a qui jouent aux cartes. Pour fumer la pipe, il faut le faire sur la galerie. Sœur du Précieux Sang n'aime pas l'odeur du tabac. Mais quelquefois, on lui en passe une p'tite vite. En haut, c'est les chambres. On appelle ça des cellules, mais bon, on n'est pas en prison, je vous rassure. Elles ont toutes un p'tit lavabo. Vous allez voir, la vôtre a une vue sur le lac. C'est une demande spéciale que j'ai faite pour que vous voyiez comme c'est beau. Au printemps, ça devrait être magnifique.

Ils montèrent ensemble au deuxième étage et débouchèrent sur un très long couloir. La cellule d'Hormidas était peinte en blanc, meublée d'un lit simple avec une couverture de laine bleue, d'une table droite sur laquelle était posée une Bible, et d'une chaise. Les rideaux en voilage étaient immaculés. C'était propre, sans personnalité.

— Alors, vous aimez? demanda Rosalie.

Hormidas fit semblant d'apprécier. Il voulait sa Rosalie contente, alors il fit signe que oui de la tête. De toute façon, il était pas ici pour la villégiature.

Clermont posa la valise sur le lit en souriant à Rosalie et Hormidas.

— Y faut que j'm'en aille, dit-il ensuite sur un ton d'excuse. C'est une bonne trotte jusque chez nous. Hormidas, je vous l'redis : si vous changez d'idée, un mot pis j'arrive. Sinon, je r'viens au printemps avec Aline pour une visite. À la r'voyure, là!

Il ne pouvait pas se faire à l'idée qu'il ne reverrait pas son beau-père vivant, il fallait qu'il laisse une porte ouverte. Hormidas lui serra la main sans répondre. Clermont repartit avec en tête l'image d'un vieillard, ce qu'il évita de dire à sa femme à son retour.

Au souper, Hormidas ne mangea que sa soupe, prétextant que le voyage lui avait viré l'estomac à l'envers. Au fond, le chagrin l'envahissait. Jamais il n'aurait imaginé sa fin de vie comme ça, sans sa femme, loin de sa terre. Heureusement, il y avait Rosalie avec lui, et Annette, à la rigueur, qu'il avait vue deux fois en vingt ans. Il n'était pas tout à fait au milieu d'étrangers. Son regard se porta sur les autres pensionnaires. Celui-là avait de la misère à manger, un autre semblait avoir un peu perdu la tête… Pourtant, toutes ces personnes avaient eu une vie sûrement bien remplie, comme lui.

Ce soir-là, dans sa petite chambre, il conversa en pensée avec Eva.

« Es-tu là, ma douce? Tu vois, j'ai faite mon devoir de père avec les filles. J'peux m'en aller tranquille. Rosalie est bien, pis elle est lumineuse comme un soleil, t'as r'marqué ? Même avec sa robe de corneille. Ah, j'te fais rire, hein ? Aline aussi a trouvé son parti, je m'inquiète pas pour son avenir, elle va être ben. Ça lui prenait juste une deuxième chance. Tu sais ce qu'elle m'a dit ? Que c'était une bonne chose que j'aie pus jamais besoin d'engager pour m'aider, qu'elle se voyait mal se marier avec un nouvel engagé à chaque année… Elle a de l'humour, peux-tu crère ? Ça m'a fait rire. Pis Alice avec son Rosaire… T'avais raison, ma biche, c'était le sien. Ouais, ouais… tu me l'avais ben dit. T'sais quoi, Eva ? On n'a jamais parlé de ça, mais j'veux que tu saches que j't'ai toujours été fidèle. Même quand je partais sur la route pour commercer. J'ai jamais regardé une autre femme que toé. J'aurais jamais risqué de t'perdre, t'étais mon âme sœur, Eva. T'étais ma vie. Ma respiration. Mais là, respirer me fait mal, Eva. Viens me chercher, asteure, mon amour. J't'attends… J'veux pus rester icitte sans toé, y a pus rien qui a du sens si t'es pas là. »

Dans la pénombre de sa chambre, on pouvait l'entendre gémir. Il finit par s'endormir, recroquevillé sur sa souffrance.

Les jours qui suivirent, Hormidas refusa de manger. Rosalie eut beau tout essayer, rien de ce qu'elle lui disait ne pouvait le convaincre d'avaler quoi que ce soit.

— Si vous ne mangez pas, je devrai le dire à sœur du Précieux Sang. Avec elle, c'est « Tu manges ou tu t'étouffes ». Même grand-mère Audet aurait eu peur d'elle, j'pense… Je vous laisse votre assiette là et j'reviens tantôt. Soyez raisonnable. C'est bon, vous savez.

Hormidas sourit. Quand Rosalie revint, l'assiette était intacte. Elle regarda son père qui tenait la photo d'Eva entre ses doigts pleins d'arthrite.

— Tu penses qu'elle nous r'garde, ta mère, ma douce ? demanda-t-il.

Rosalie s'assit sur le lit. Son père était si malheureux. Elle soupira, son regard se voila. C'était une torture de le forcer à continuer à vivre dans la solitude. C'était tourner le dos à Dieu de se laisser mourir, mais Eva était aussi forte que Dieu pour Hormidas. La jeune femme ravala ses larmes.

— Oui, je pense qu'elle nous voit. Maman aimait pas ça, quand on avait de la peine. Elle aurait le cœur dans la bouette de vous voir de même. Elle dirait qu'il faut mettre un terme à ça. C'est ça que je vais faire.

Elle se leva, prit l'assiette et la racla pour la vider dans un linge, qu'elle replia avant de le faire disparaître dans les plis de sa robe. Sœur du Précieux Sang arriva sur ces entrefaites.

— Ah, je vois que l'appétit vous est revenu, monsieur Leblanc. Votre fille doit être fière de vous. Pas vrai, sœur Eva ?

— Oui, très. Mon père et moi, on s'est toujours parfaitement compris, souffla Rosalie avant de disparaître dans le couloir, le cœur en miettes.

Ce petit manège dura quelques jours. Rosalie, complice, cachait la nourriture que son père refusait de toucher. Les remords la rongeaient tellement qu'elle se confia à sœur Saint-Damas.

— Pensez-vous, matante, que le bon Dieu va me le reprocher quand je vais paraître devant lui ?

Annette la regarda. Pauvre fille.

— Dieu nous laisse libres de choisir. Tu dois faire de même pour ton père.

La novice hocha la tête. Elle avait toujours cru en un Dieu miséricordieux, pas en un Dieu qui punit. Elle serait pardonnée d'avoir aidé son père à retrouver sa mère, elle en était certaine.

Après avoir cessé de manger, Hormidas, après quelques jours, se mit à refuser de boire. Pour un homme si affaibli, il était d'une résolution inébranlable. Rosalie était le seule témoin de sa lente agonie et trompait les autres sœurs du mieux qu'elle le pouvait.

— Rosalie... ma fille... Es-tu là ?

— Oui, papa. Je vous quitte pas.

Une pause. Quelques râles dans le silence.

— Tu sais ce que je disais… à ta mère… tantôt ? Je lui disais que… si t'avais pas été là… elle aurait pas été là elle non plus… Dans ma vie, j'veux dire. Notre vie, à ta mère pis moé… notre amour, ma Rosie… ton frère pis tes sœurs… C'est grâce à toé, tout ça… Si tu t'étais pas accrochée… dans le ventre d'Anita, pis si ta mère… Eva… avait pas été si décidée… à te sauver… rien aurait existé. Je te dois ma vie, ma Rosalie. Je te dois tout… Ta mère avait de si beaux yeux… Tu sais, c'est ça qui m'a… frappé… en premier ? Ma vie pour revoir… ses yeux…

Son œil bleu à lui n'avait plus rien de pétillant. Il errait sur le paysage gris au-delà de la fenêtre, il ne voyait plus rien. Rosalie reçut les mots de son père en plein cœur. Depuis les révélations sur ses origines, elle n'avait jamais réalisé que toute l'histoire de ses parents, tout leur amour, c'était grâce à elle, d'une certaine manière. Elle, la plus discrète des filles, née du péché, avait permis au plus grand amour au monde d'exister.

De temps en temps, le visage d'Hormidas s'éclairait, le coin de sa bouche se soulevait en un faible sourire. Rosalie comprit que son père conversait avec sa mère et qu'il revisitait les moments heureux de leur histoire. Elle se retira après l'avoir embrassé. Elle redoutait qu'il ne passe pas la journée.

Le soir, après les vêpres, elle retrouva Hormidas mort dans son lit. Il s'était éteint comme on souffle une bougie.

La mise en terre eut lieu au cimetière de Saint-Lazare. Hormidas se reposerait auprès d'Eva et d'Aimé. La terre n'ayant pas encore gelé, il n'eut pas à aller en charnier, heureusement. Être séparé d'Eva même dans la mort ? Voyons donc !

Alice et Rosaire étaient descendus de Québec avec Ti-Zoune. Jean Leblanc vint saluer son frère une dernière fois. D'anciens clients, des voisins, des amis, dont le père Goupil, avaient aussi rendu leurs hommages. Le curé ne manqua pas de dire à quel point la famille Leblanc avait été éprouvée, écorchant au passage ceux qui s'étaient détournés d'Hormidas dans les moments difficiles des derniers mois. On se reconnut, craignez pas.

Les fêtes passèrent sans célébrations cette année-là. Les sœurs Leblanc s'étant vues aux funérailles, elles restèrent chacune de son côté à Noël puis au Nouvel An. Elles s'écrivirent beaucoup durant l'hiver. Même qu'Aline se servait du téléphone au magasin général pour appeler sa jumelle de temps en temps au presbytère, à Québec. Dès lors, elles furent plus unies que jamais. Et quand une p'tite tête frisottée se pointa chez les Longin au bout de quelques années, c'est à Aline qu'on demanda d'être marraine de l'enfant.

Eva et Hormidas auraient été contents.

Remerciements

Quand j'arrive au moment d'écrire les remerciements, je suis toujours émue. Pour ce livre, j'aimerais remercier toutes les personnes qui ont pris le temps de me raconter leur histoire, dans la serre ou sur la galerie. Que de beaux moments.

Chaque vie est un trésor inestimable. Chaque vie devrait être racontée.

Notre histoire s'est bâtie avec des hommes et des femmes qui ont peiné et vécu plusieurs difficultés. Je lève mon chapeau à toutes ces personnes qui ont forgé notre identité.

À nos ancêtres à tous et surtout aux miens… je vous aime!

Marthe

Suivez-nous sur le Web
et les réseaux sociaux !

Imprimé chez Marquis Imprimeur inc.